中国柯尔克孜族英雄史诗《玛纳斯》故事丛书

克孜勒苏柯尔克孜自治州
玛纳斯史诗保护研究中心
编

英　雄
赛麦台依

朱玛克·卡德尔
改　编

新疆人民出版社
（新疆少数民族出版基地）

图书在版编目（CIP）数据

英雄赛麦台依 / 朱玛克·卡德尔改编；克孜勒苏
柯尔克孜自治州玛纳斯史诗保护研究中心编 —乌鲁
木齐：新疆人民出版社（新疆少数民族出版基地），
2025.7.（中国柯尔克孜族英雄史诗《玛纳斯》故事丛书）.
ISBN 978-7-228-21682-6

Ⅰ . Ⅰ293.722

中国国家版本馆 CIP 数据核字第 2025G25N43 号

中国柯尔克孜族英雄史诗《玛纳斯》故事丛书
ZHONGGUO KEERKEZIZU YINGXIONG SHISHI
MANASI GUSHI CONGSHU

英雄赛麦台依
YINGXIONG SAIMAITAIYI

出版人	李翠玲			
策　划	刘晓玮		装帧设计	刘堪海
责任编辑	刘晓玮		封面绘图	杨世新
责任校对	美热依·巴合提奴尔		责任技术编辑	杨　爽

出版发行　新疆人民出版社
　　　　　（新疆少数民族出版基地）

地　　址	乌鲁木齐市解放南路 348 号	
邮　　编	830001	
电　　话	0991-2825887（总编室）　0991-2837939（营销发行部）	
制　　作	乌鲁木齐形加意图文设计有限公司	
印　　刷	新疆新华印务有限责任公司	

开　　本	787mm×1092mm　1/32
印　　张	11.75
字　　数	250 千字
版　　次	2025 年 7 月第 1 版
印　　次	2025 年 7 月第 1 次印刷
定　　价	66.00 元

居素普·玛玛依演唱的

中国柯尔克孜族英雄史诗《玛纳斯》

新疆人民出版社 2021 年汉译本

——— 改编 ———

—— 获得 ——

国家非物质文化遗产

保护资金补助项目

—— 支持 ——

前　言

　　中国柯尔克孜族英雄史诗《玛纳斯》，是中华民族灿烂文化宝库中的瑰宝，也是人类非物质文化遗产代表作。做好《玛纳斯》保护传承工作，使之发扬光大，是我们义不容辞的光荣使命。

　　为了更好地传播和保护这一珍贵文化遗产，克孜勒苏柯尔克孜自治州非物质文化保护（玛纳斯保护研究）中心（现更名为克孜勒苏柯尔克孜自治州玛纳斯史诗保护研究中心）与新疆人民出版社（新疆少数民族出版基地）合作推出中国柯尔克孜族英雄史诗《玛纳斯》故事丛书，并得到国家和自治区文化主管部门的支持。这不仅是对我们工作的肯定，更是对保护和传承中华优秀传统文化的坚定信念的体现。

《玛纳斯》故事丛书，是根据史诗《玛纳斯》汉文全译本改编的通俗读物，是集体劳动成果的转化和延伸。在丛书出版之际，我们向已故的《玛纳斯》演唱大师居素普·玛玛依表示敬仰和怀念，向参加过《玛纳斯》汉译工作的专家学者和工作人员，向关心和支持《玛纳斯》故事丛书出版工作的各级领导和有关部门，表示诚挚的感谢！

　　今后，我们将继续深化与新疆人民出版社（新疆少数民族出版基地）的合作，将《玛纳斯》故事丛书推向更广阔的舞台，让更多的人了解和欣赏这部伟大的英雄史诗，感受我国丰富的优秀传统文化。

克孜勒苏柯尔克孜自治州

玛纳斯史诗保护研究中心

2024 年 7 月

目　录

雪上加霜

卡妮凯把英雄玛纳斯的后事办得圆满又稳妥。

她送走前来吊唁的客人，平静的日子刚过了五六天，玛纳斯的同父异母兄弟阿维凯、阔波什和父亲加克普三个人便暗地里勾结合谋，之后派媒人向卡妮凯传言："她必须改嫁给我们兄弟俩中的一人，她必须尽快做出决断。如果她只守着玛纳斯的灵魂，拒绝嫁给我们，我们将不会让她好过，我们要揪她的头发，让她沦为拾牛粪的奴婢，将她的财产全部拿走，让她流落街头受到惩罚。"媒人立刻来到卡妮凯面前讲出了让她心痛的话："噢，卡妮凯夫人，死去丈夫是常事，守寡的女人不常见，她总要被人娶走，这样可以守住现有的地位和家产，你还依旧受人尊重，否则将遭受不幸惹来祸端。阿维凯和阔波什二人，你愿意改嫁哪位，尽快明确表态！卡妮凯夫人，你已不是当年的你，你无法决定自己的婚姻。你若拒绝这桩婚事，他们现在就会把你赶出王庭大门！"

卡妮凯听后怒火顿生，立刻向媒人怒斥道："你给我快快滚回去，将我说的话一字不落地告诉他们。那两个畜生的母亲是我婆婆的陪嫁佣人，他们俩是下贱的奴仆。我绝不会嫁给他们，我藐视他们的下贱行为。我宁死也不会向他们屈服，就是杀了我也不应允。我宁愿流浪天涯自谋生路，也不会遂了他们的心愿。"媒人狼狈离开。生来机智聪慧的卡妮凯暗暗预测，狂风暴雨就要来临。只因早就转移了儿子赛麦台依，将萨热塔孜从野外拾来的孩童替代了赛麦台依，她的心中才感到了一丝平静。

媒人返回后禀告了阿维凯、阔波什和加克普。听罢媒人的一番禀报，加克普气得满头青筋，暴跳如雷："这件事由不得她，一定要从早到晚严管这个固执的女人！要像对疯狗一样用棍棒管束她！"此刻阿维凯也恼羞成怒："瞧我怎么收拾这顽固的女人！我要踏平她的阿依勒[1]，要让她做我的下人，去当女仆！我要让她天天烧火做饭干苦力，让她受尽侮辱，遭受地狱般的折磨，生不如死！"阿维凯的话音刚落，阔波什气急败坏地大声叫嚷："我一定要收拾这难缠的寡妇！"

心怀叵测的父子三人咬牙切齿摩拳擦掌，恨不得连夜冲进卡妮凯的宫帐，向卡妮凯兴师问罪寻衅发难，夺取汗

[1] 阿依勒：意为牧村。

王的宝座，霸占宫中的财产。他们篡权心切，彻夜未眠。

次日，东方渐渐发白，父子三人立刻召集所有人马，向玛纳斯的阿依勒进发。

阿维凯和阔波什带着一群恶棍，抢走了卡妮凯的畜群，又赶走了草滩上的骆驼，还有那装满宝库的绸缎金银也被他们洗劫一空，并将卡妮凯和婆婆绮依尔迪无情地赶出了王庭大门。加克普还指着卡妮凯怒气冲冲地狂吼乱叫："你目中无人不听我的好言劝告，不肯嫁给阿维凯，给你脸面你不要；你自认高贵不知天高地厚，不愿嫁给阔波什，这一切都是你自作自受！"

面对他们的暴行，卡妮凯强忍着悲痛，先是不失礼貌地向公公加克普鞠了一躬，接着义正词严地怒斥道："公公啊，你的儿子玛纳斯在位时，你曾过着天堂一样的日子，成为汗王。你的儿子玛纳斯死了，你理应为死去的孩儿悲痛伤心，这是起码的人之常情，你却一反常态暗中高兴。你儿子死了还不到十天，你就逼着我改嫁再婚，你儿子尸骨未寒，你就带着两个畜生恶棍趁火打劫！我把一切寄托给了玛纳斯的英灵，他的灵魂会惩罚你们。要问我为何不嫁你的两个儿子？他们无德无能根本不是人。别说让我嫁给你的两个恶子，我甚至连一眼都不想多瞧他们。你指使恶棍抢劫儿子的家产，比强盗还凶残三分。"

卡妮凯声声哭泣、句句怒斥像刺向加克普的尖刀利刃。加克普变本加厉，邪恶之火烧得更猛。他跨上烈马狂奔而去，立刻招来更多的打手："你们来瞧瞧这下贱的女人，装成可怜样哭天喊地。她生下的孩子还不到三岁，可她把希望寄托在这孽子身上。你们别看这孩子跟跟跄跄不能站立，走起路来东倒西歪，可说不定将来会做出什么样的事情，让他活在人间就是祸害。趁着他现在年幼无知，大家应杀死这个孽种！像这样的狼崽子，如果放他生路，将来会危险无比！阔波什，你们怎么还不动手？还不快将这祸根铲除！"恶毒的加克普气急败坏地狂呼乱叫，好似一个催命的恶鬼。阔波什、阿维凯两个野兽此刻变成了吃人的魔鬼，他们决心铲除后患，奔向前去抢夺那可怜的孩子。卡妮凯与绮依尔迪联起手，将那刚会爬行的小孩紧紧地抱在怀里。目睹抢夺孩子的情景，周围的百姓顿时一片哗然。人们不顾一切地将卡妮凯和孩子围在中间，力图保全英雄玛纳斯幼小的血脉。禽兽不如的加克普见到百姓保护玛纳斯的儿子，心中更加嫉恨，变得更加恶毒和凶残。他命令杀气腾腾的阿维凯和阔波什疯狂地踩踏着面前的父老乡亲，终于夺下了两位女人手中那可怜的孩子。两个恶棍催马加鞭，将小孩刁羊般地拉来扯去，最后重重地摔死在地……

卡妮凯和绮依尔迪席地而坐，掺血的眼泪夺眶而出，悼念着玛纳斯又大哭了一场。站在一旁观望的乡亲，无法抑制也齐声哀号。

两位妇人就这样被抛弃在苍凉的荒郊。掠抢儿子财产、杀害幼小孙子的加克普一伙像匪徒一般踏上了罪恶之巅。

加克普心想，两个妇人渴了饿了会乞求他的怜悯，会屈服于他的威严，醒悟后悔后会乖乖来到自己面前。但遭受残酷迫害的卡妮凯和绮依尔迪没有倒下，暗自思量总有一天要与他们彻底清算！她们决定离开这个地方。

含悲祭亡夫

就在人间悲剧上演之际，还有一个人时刻关注着事态的发展：足智多谋的巴卡依，此刻隐居在铁米尔套山的山间。

巴卡依的脑海里浮现无数的设想和推断，阿维凯、阔波什的阴谋，他早就有预感。几日来他坐卧不安，多次拿起千里眼仔细瞭望，对着塔拉斯平原，细心观察玛纳斯雄狮的家园。昔日繁华的王庭和漫山遍野的畜群，此刻一片混沌模糊不清，足智多谋的巴卡依看到原野茫茫一片，顿时心潮奔涌挂肚牵肠。就在此时，远处有两个人影时隐时现，巴卡依辨认出是卡妮凯和绮依尔迪。此刻他已料到她们遭了难，带血的泪水顷刻间洒满胸前，但转念一想，一切都不会违背上天的意旨，便以此极力安慰自己。

巴卡依立刻宰了两只肥羊煮成熟肉，准备了两大皮囊马奶，又牵来两匹马准备妥当，提起肉和马奶安放到马背上，沿着平缓的山坡悄悄地来到两位妇人的必经之路，与她们见面。巴卡依听完她们的哭诉，十分悲痛地叮嘱她们："这里不能久留，你们要尽快逃命。要避开大道走小路，千万要避开凶残的敌人！"巴卡依将羊肉、马奶和两匹马交给了两位妇人。卡妮凯和绮依尔迪喝了几口马奶，强压下心中的悲愤。她们骑上马，在巴卡依的引导下向前行进，走向玛纳斯高大的陵墓。

来到雄狮玛纳斯的陵墓前，她们向英雄在天之灵做最后的告别。卡妮凯泪珠涟涟，双膝跪倒，哭唱丧歌："上天赐给我的福星已逝去，我的英雄玛纳斯命已归天，我聚集人为你送葬，沉痛悼念。你逝去还不到十天，我却遭到了无端的大劫难。面对苍天我向你求诏示，我应该怎么办？发难的是你昏庸的父亲加克普，汗王啊，正是他对你心生仇恨和不满。他那恶毒的阴谋和诡计，在光天化日之下已暴露于众人面前。上天用顽固不化的黑岩石，给你的父亲安造了黑心肝！……我尊贵的玛纳斯你去世后，举部上下为你致哀，众乡亲以泪洗面将你悼念。你父亲和你的兄弟，却气势汹汹地抢夺了你的全部家产。你那阿维凯和阔波什两个兄弟，终于暴露了丑恶不堪的嘴脸。现在我们不知道谁能做靠山，我已走投无路头晕目眩。……丘陵上跪着你的花头骏马，当年骏马和驽马一起混杂实在难以分辨。如今恶人已暴露了丑恶的嘴脸，将来为你报仇雪恨的孩儿，你留下的后代虽然躲过了劫难可尚未成人。亲人啊，我只

7

能向你哭诉心中的愤恨，请你把我也带到你的身边吧。……
山岭上跪着你的花头骏马，能骑上你选定的战马，穿上你
的战袍向敌人兴师问罪的，你那幼小的儿子还没长大。亲
人啊，我只能向你诉说苦情，莫让我再遭受煎熬，把我也
带走吧。……自古无人进攻的陌生之地，那个有去无回的
别依京。你开辟道路远征别依京，你率领的人马伤亡惨
重，柯尔克孜中有多少英雄，在征战中丢掉了性命。你不
听忠告一意孤行，遭受空吾尔巴依的偷袭，月牙斧砍进了
你的脖颈儿。你失去了宝贵的生命，也把我丢进了苦难的
火坑。……我怎能留在你的阿依勒，我怎能忍受阿维凯他
们的欺凌！我不能让你的遗孤遭受劫难，我要把他抚养长
大成人。只要赛麦台依健康地活着，我坚信他会为我讨还
血债，不会让我再受他人的欺凌……"

　　卡妮凯滔滔不绝哭诉着痛苦经历，绮依尔迪与巴卡依
听着她的哭诉也悲伤心酸。

　　恰恰就在这个时候，突然传来一阵孩子的哭声，卡妮
凯立刻起身，只见萨热塔孜背着赛麦台依，正向这边飞奔
而来。当萨热塔孜将孩子送到卡妮凯面前时，年迈的巴卡
依疾步上前，扑到萨热塔孜面前，敞开粗壮的双臂，把赛
麦台依紧紧地抱在怀里："我的孩子，你还平安吗？"老人
边说边不停地亲吻他，那含血的眼泪顿时打湿了孩子的衣
襟，"只要上天保佑你平安，长大后你一定要返回家乡，
找到众乡亲，向敌人报仇雪恨，我坚信你一定会勇往直前
把他们打败！我巴卡依虽然已经年迈，但我会全力相助。"

说话间他从怀中掏出从不离身的刀鞘，对卡妮凯说道："我把它送给孩子作为纪念。他如果回到塔拉斯故土，就以此作为信物与我见面。夫人，请你把此物收下。"巴卡依老人对卡妮凯反复叮嘱："卡妮凯夫人，你要记下我的话，汗王和你留下的独苗，你要精心抚养他长大成人。可不要让他黯然神伤，切莫让他遭人凌辱，也不要让他遭'毒眼'伤害。你若不好好抚养孩子，把他变成无用之人，你自己也要落下坏名声。愿我的孩子快快长成无人匹敌的青鬃狼，更愿他成为一只凶猛的猎豹，愿上天保佑你们，祝你们一路平安，快快上马！"巴卡依老人给她们指了条僻静的小道，让她们跨马上路。这时卡妮凯勒住缰绳，叮嘱萨热塔孜："你切莫对别人讲出真相。我起初把孩子交给你抚养，是用传统的习俗保护他。只要他平安长大，我就坚信他卓越无比，定能成为汗王。"萨热塔孜当即点头接受。卡妮凯心中充满了希望，似乎儿子已经登上汗王之位，她怀抱着赛麦台依，和婆婆一起策马起程，渐渐远去。

送走了两位妇人和孩子后，巴卡依向玛纳斯在世时当过守卫官的萨热塔孜开口说道："萨热塔孜，你要认真听我说，你不能待在这里。从这里出发走三个月的行程，就能抵达喀拉汗的都城。你从明天开始准备，就到那里去。我给你提供金银财宝，给你充足的各类牲畜。你到了那里后，一边经商，一边放牧，还要种地栽果树，做到衣食无忧。我的萨热塔孜，你要记住，我对你只有一个要求。你是见过世面的长者，你要在暗中密切关注赛麦台依这孩子的成长。如果他长大具备复仇的本领，你就要寻找时机告知他真相，让他知道自己的身世，返回故土夺回汗位。如果他是勤劳勇敢的人，他会喜欢劳作耕种；如果他的志向足够远大，他会像雄鹰一样翱翔天空。如果他是个懦夫，他就不敢走出门庭半步；假如他天资聪颖智慧过人，他就不会躺在家中虚度光阴。你耐心地观察他的性格，我相信你的眼光不会有错。我说的这些话，你可要多多思考牢记在心。如果他能夺回他父亲的财富，如果他能登上汗王的宝座，你也会再次走进那华丽的王宫。"这时萨热塔孜回答道："尊敬的巴卡依，我全都答应您。玛纳斯在世时，您是他的高参谋士，从容地管理过他的百姓。我是他的守卫侍从，与那些汗王们平起平坐。玛纳斯信任和重用于我，哪一点我也不比别人差！我也是知恩图报的男子汉，汗王玛纳斯的独苗遗孤，我怎能不时刻挂记在心。我将遵照您的叮嘱静观其变。如若这小猛虎能成大器，我一定会向您传递消息。等到他年满十二周岁，我定会把他的详情传递。巴卡依汗呀，这就是我的承诺。"

逃　　难

告别了巴卡依和萨热塔孜，卡妮凯和绮依尔迪不分昼夜，长途跋涉，不顾疲倦，历尽艰辛。为了宽慰婆婆的心，卡妮凯一路强颜欢笑，太累时让绮依尔迪和赛麦台依一起在温暖避风的地方歇息，自己却紧紧拉住马的缰绳，让疲惫的马吃草饮水。

当她们走了一个半月的时候，两匹马已精疲力竭，马蹄被石子磕得伤痕累累。走过无垠的戈壁荒野后，两匹母马累得再也迈不开四蹄。她们百般无奈，只好丢弃马匹，怀抱赛麦台依徒步行走。出身高贵的卡妮凯背起婆婆，咬紧牙关继续前进，她身上的布鲁木袍破成碎片，脚上的皮靴早已磨穿，脚跟已经磨烂。但她顽强得一步不停，复仇的决心给了她无穷的力量。

又是四十五次天黑，四十五次天亮，诉不完的病痛饥寒，走不完的荒漠孤烟。这一天刚过晌午，她们已是饥肠辘辘昏昏沉沉。这时她们遇到了一个骑马的路人，是一位年轻的小伙儿，他勒住了马缰，上前友善地开口问道："你抱着孩子背着老人，步履艰难，疲惫不堪，为何不骑马却徒步跋涉？你们从何处来，将投奔何人？夫人啊，你千万不要见怪，能否告诉我你们的由来？"他刨根问底十分诚恳。这时候，卡妮凯开口回答道："年轻人，你既已询问我就实言相告，我们的家乡是闻名的坎阔勒塔拉斯，那里有诺奥依人和众多的阿拉什人。要问我的丈夫是谁，他便是已去世的盖世英雄玛纳斯。我是喀拉汗的女儿。我们因躲避灾祸逃难到此地，我的悲伤一言难尽。为了孩子我们一路吃尽苦头，抱着他长途跋涉历尽艰辛。我要去寻找节迪盖尔人，去投奔巴葛什。年轻人，请你告诉我，你们阿依勒的首领是谁？我不想太麻烦你这个好人。"机智的卡妮凯娓娓而谈，不卑不亢。年轻人露出洁白的牙齿向卡妮凯回禀："尊贵的夫人，请您仔细听，您就是我们可敬的同胞，我是喀拉汗城堡的百姓，原来我们如此亲近。您一路跋涉受尽苦难，难为您一路困乏劳累，才会这样的筋疲力尽。走吧，骑上我的马，让我们快点回家。"年轻人十分热情，催促不停。卡妮凯却没有答应，她坚持要去节迪盖尔找巴葛什，心想："我的汗王玛纳斯离开人世，我的心一天也没有安宁。我的父母不派人前来吊唁，还能算是我的娘家人？自从玛纳斯闭上眼睛，可怜的我一刻也没有安宁。你们不来祭拜雄狮之魂，还能算是我父王家的人？

只要我还能活下去，我就能找到巴葛什英雄[1]，去做节迪盖尔的庶民。即使父王派人牵来骆驼向我道歉，我也不去登娘家的门！"她思前想后，对那年轻人和颜悦色地说："年轻人你走吧，别误了你的事情！"

年轻人见状不再多说，扬鞭起程，朝着人群聚集的喀拉汗城，朝着汗王的宫帐飞奔，瞬间无影无踪。

年轻人气喘吁吁地赶到城里，来不及问好便闯进宫门。守门官命令卫士抓住这年轻人，狠狠鞭打。勇敢的年轻人急忙辩解，说明理由，消除了守门官和卫士的怒气，他们当即禀告，喀拉汗接见了这位年轻人。

高傲的统治者喀拉汗听完年轻人禀报的关于卡妮凯的消息，当即头晕目眩叹息不已，两只胳膊无力低垂，未张口就痛哭流涕："啊呀呦，这无月的黑夜，啊呀呦，这愁煞人的岁月！我的英雄女婿真的死了吗，他真的走进了另一个世界？他的父亲和亲戚兄弟，是否真抢夺了他的财产？英雄是否留下了他的后代，她们是否为保护孩子才逃了出来？你们不要在这看着我，快去迎接，带上九件礼品和奴婢！'树梢虽然分了权，树根还连在一起！'你们快去劝卡妮凯不要去巴葛什那里。不要因为我们未去吊唁，就不愿来我的家里。我的卡妮凯实在不应埋怨我，玛纳斯离开人间，却无人向我禀告，并不是我不懂人情世故，而

---

[1] 英雄：古代柯尔克孜人崇尚力量，把力大无比的人统称为英雄，并不分正反面人物。

是这个噩耗我此时才知道。我请求绮依尔迪亲家母能够原谅，请求女儿卡妮凯也不要记恨在心上。快去为她们挑选行走平稳的快马，快快鞴上漂亮的马鞍，把她们接到我的身边！"

喀拉汗的话就是命令，谁也不敢怠慢，人们备好礼品，跃身上马，立刻出城，飞马驰骋，很快来到卡妮凯身边，齐声向她问好请安。迎接的队伍中有位叫克里木库勒的奇才，他能言善辩口才出众，善于交际亲近族人，无论办任何事情，总能办得妥当令人舒心。他一见卡妮凯就滔滔不绝："哎呀，我的好姐姐，请您原谅，我们没能到您的家中看望，刚刚才得知姐夫仙逝的噩耗，我们老老少少都万分悲痛。亲爱的卡妮凯姐姐啊，听说您准备背着孤儿去投靠巴葛什英雄。一听这些消息，您的父王喀拉汗万分焦急，坐卧不宁，为此恨不得拔刀寻短见，好不容易被我们阻止了冲动！您失去丈夫肯定忧伤，我们有过失还请您原谅。父老兄弟皆为迎您而来，带着奴仆和九件厚礼，牵着马来到您的面前。您的父王送来行云流水般的走马，就在您面前，请您乘骑。我们还有许多要说的话，但不敢开言，怕惹您生气。姐姐啊，我们都是您的兄弟，请您快快把骏马乘骑。"卡妮凯轻启朱唇，微露皓齿，终于开言："我可不听你们的花言巧语，我就不认我的娘家，我只向苍天祈祷保佑我的儿子。"

卡妮凯不听劝阻，拒回娘家，克里木库勒的心凉了半截。一同前来的人们簇拥在道上，一起阻拦卡妮凯去节迪

14

盖尔。此时绮依尔迪开口说话:"卡妮凯,听我的话,我们不要去巴葛什那里!我那死去的宝贝玛纳斯,一生多次南征北战,在世间结下了很多仇人,难道那些人会欢迎我们?我可怜的孙子还幼小,我怕他们不会轻易放过他。在异族异乡的恶徒中有谁会同情你的仇怨?说不定他们会把猫肝当食物,强迫你的儿子去吞下。我们俩已受尽苦难,要是还在异乡他地的磨难里备受煎熬,我们只能在愁闷中等死!"听罢绮依尔迪的肺腑之言,聪明贤惠的卡妮凯也不好违背绮依尔迪的心意。她们立刻被扶上马,朝着喀拉汗的宫帐疾驰,不大工夫就抵达宫帐门前。众人簇拥夹道欢迎,扶她们下马,格外热情。

喀拉汗见了女儿号啕失声:"你如此艰辛从何处来,我的心肝宝贝卡妮凯?听说你失去了汗王玛纳斯,听说你要徒步投靠别人,更让我痛心疾首的是,你要寄人篱下到巴葛什家去安身。'那里不是你父亲走过的路,那里不是你母亲裁缝的衣领'[1]。你要到巴葛什那里去,完全是个错误的决定。"

喀拉汗命人用四匹肥壮母马为绮依尔迪和卡妮凯接风洗尘,还举行隆重仪式祭奠玛纳斯。亲人的关怀,消除了卡妮凯和绮依尔迪心中的苦闷,心中的阴霾也逐渐散去,所有人的心情终于平静。

---

[1] 那里不是你父亲走过的路,那里不是你母亲裁缝的衣领:柯尔克孜族俗语,意为都不是十分熟悉和亲近的人。

　　喀拉汗为卡妮凯和绮依尔迪独立门户支起了新的毡房。她们得到族人的关爱，过着舒适的生活。人人都呵护着可爱的赛麦台依，让他备受娇宠。

痛诉家史

卡妮凯和绮依尔迪牢记巴卡依的忠告，精心养护着玛纳斯的儿子赛麦台依。她们一心盼望圣灵来和孩子一起躺卧，为此在孩子的屁股和褥子上抹上油脂。为让他长得英武又结实，天天给他吃马脖颈油和马肠，给他吃葫芦里装的蜂蜜，给他吃炒得很香的肥肉，给他吃奶皮蘸油馕，给他喝冰糖泡的红茶水。不让他脚板踩凉地，不让他身穿破旧衣。赛麦台依满七周岁之前，卡妮凯都未让任何人探看。

赛麦台依的外祖父喀拉汗天天为外孙的健康祈祷，但还没有端详过外孙的面容。为了满足父亲的心愿，卡妮凯请父亲过来见面，受到邀请的喀拉汗匆匆赶来："我今天兴奋不已情不自禁，可别让我的眼睛伤害了我的外孙。"他取出收藏的石头镜，戴了一层又一层，用眼镜盖住了自己的眼睛。他仔细观看赛麦台依非凡的模样，内心十分满意。他心想外孙快到骑马撒鹰的年龄了，立刻下令让手下寻找大猎鹰，在马群中挑选良驹。

英雄玛纳斯的后代赛麦台依，一双发亮的眼睛很有神采，面色酷似那钢铁一般，气势能压倒任何仇敌。他满六岁，就显露出无敌的英雄气质；他满七岁，已显出超人的聪明和智慧；他长到八岁时，就有大山一般强壮的身体，挥手可毁灭任何抗拒自己的劲敌；他长到九岁时，已长成巨人模样，越来越强悍，很难有人与之比肩；他满十一岁时，便能催马扬鞭跨上骏马飞驰；他在十二岁时，已开始放猎鹰。他生来头脑聪明过人，少年时就识文断字，成为莫勒多[1]。

萨热塔孜始终牢记着巴卡依的托付，一边放牧一边经商做生意，一直在附近仔细观察着赛麦台依的成长。但是赛麦台依的性格不同于那些贪玩的普通孩子，从来不随便接近陌生人，从来没有买这买那的凡人之心，从来不瞧萨热塔孜卖的水果食品。萨热塔孜关闭店门，心想："金啊，银啊，全是石头。我积攒它们有何用处？把赛麦台依带回故乡，才是我的最终意图。"为了寻找机会向赛麦台依讲明他的出身和家乡，萨热塔孜不分昼夜地在丛林中转悠，时刻等待赛麦台依的到来。

有一天，赛麦台依在野外骑马放鹰，猎鹰叼起一只锦鸡钻进了一片茂密的丛林。他无法钻过那簇荆棘密藤，眼

---

　　　[1] 莫勒多：意为有学问的人。

看要失去那凶猛敏捷的猎鹰，心中十分不舍。赛麦台依举目四望寻找小路，却看到在被砍伐的一片林地中滚滚浓烟升起。赛麦台依朝着冒烟的地方走去，一看，原来是一位秃顶的烧炭人烧制木炭冒起的浓烟。他向烧炭人问好，装扮成烧炭人的萨热塔孜回礼时眼睛闪动着惊异的泪珠。赛麦台依不认识萨热塔孜，互致问候之后，赛麦台依开口发话："你的脸上落满了黑灰，看来你就是烧炭的人。我的猎鹰追击着锦鸡，一下钻进你的丛林。你的脚上穿着牛皮乔考依靴，刺草扎不进你的脚心。如果你钻进茂密的丛林，找回我的猎鹰，我定会感谢你的善心，你可以拿走那只锦鸡。趁我的猎鹰还未吃完锦鸡，快跑过去，你这可怜的灰面烧炭人！"萨热塔孜听罢此言，心中顿生怒火，说道："让我去给你抓回猎鹰，难道这里有让你使唤的仆人？"

一听这话，赛麦台依当即暴跳如雷大吼大叫："你浑身上下尽是炭灰，你不是仆人，难道还是富翁？你若不去给我抓来猎鹰，就休怪我手下无情！"他挥动着马鞭，不知天高地厚地耍起威风。

萨热塔孜此时十分气愤，他用严厉的口吻回敬道："孩子，你太傲慢太无礼，你怎能如此狂妄无知对待他人！你如此不明事理，这里没有你可以指手画脚的人！你竟然敢高举手中的马鞭，这里没有你可以随意抽打的人！这里不是你的故土塔拉斯，这里也没有你可以依靠的乡亲！我看你这毛孩子，你一直被蒙在鼓里，当你父亲玛纳斯去世时，你的爷爷加克普领着他的另外两个儿子阿维凯和阔波什瓜分了你们家的财富。卡妮凯和绮依尔迪为了保全你的性命，背井离乡投奔到这里。切莫得意，赛麦台依！外甥从来不会在舅舅家长住久居。请记住我对你说的话，你如果还有理智，就去寻找你的乡亲！除此之外，我再无话可说！"

在娇宠中长大的赛麦台依还从未受过如此的训斥。听说自己的家乡是塔拉斯，听说自己的父亲是玛纳斯，赛麦台依目瞪口呆。他面色蜡黄，反复地捂住嘴巴再无话可讲。他跃下骏马，自己去取回那只猎鹰，闷闷不乐地离去。

傍晚，赛麦台依回到家，卸下鞍具向旁边扔去，解开猎鹰的绳索往一边猛然抛下。他皱着眉头，沉着脸庞，不吃不喝，彻夜难眠，内心充满忧伤，几天闭门不出。

卡妮凯看出了赛麦台依的心事，左思右想，步履轻盈地走进父亲喀拉汗的宫帐，来到他身旁，观察着他的神色，这才把自己的想法告诉父亲："我亲爱的父亲啊，赛麦台依好似听到了闲言碎语。自从那天从森林中回来后，就不肯吃喝，整整三昼夜未进一口茶饭，烦躁缠身不能入眠，总在唉声叹气、冥思苦想。"听到卡妮凯的倾诉，喀拉汗已猜出了几分，他向卡妮凯吩咐道："我的卡妮凯啊，既然孩子沉默三天为事忧愁，快唤一些姑娘和媳妇，宰杀马驹煮肥肉，让孩子和她们单独玩耍，你不要惊扰他，要躲在门外静静观察。"

听了父亲的话，卡妮凯急忙回到了家。她让人宰了母马驹，请来花一样的姑娘和大方的小媳妇，让她们一起来陪伴赛麦台依。不一会儿那些姑娘媳妇簇拥着向赛麦台依唱歌敬马奶酒，她们都想让赛麦台依愉悦开心。卡妮凯从门外偷偷向里瞅着，只见赛麦台依依然心事重重紧锁眉头，弄得聚会的人不欢而散。

赛麦台依闷闷不乐地来到卡妮凯身边，突然他忍不住向卡妮凯吼叫："妈妈，我想吃炒麦，快给我炒点小麦！"手脚麻利的卡妮凯，急急忙忙用铁锅炒好了小麦，又听赛麦台依大吼道："快抓一把给我拿来！"卡妮凯手忙脚乱，居然把手伸进锅里，抓了一把滚烫的小麦。正在此时，赛麦台依冲上前，一把抓住那握着热麦子的手："妈妈，妈妈，你不要喊叫！妈妈，妈妈，我要报仇！我的故乡在哪里？我的人民在哪座山背后？妈妈，你要说实话！"赛麦台依用热麦子烫着母亲的手，逼迫她说实话。

听到赛麦台依这样问，看到儿子这种急切的神情，卡妮凯顿时心知肚明。热小麦烫得她难以忍受，大喊："狼崽子，快快放开我的手！"卡妮凯百感交集，千言万语顿时涌出口来："你的故乡在广袤的塔拉斯，你的父亲是名震天下的玛纳斯，你还有千千万万的百姓住在塔拉斯。只因我没有改嫁给你的两个恶棍叔叔，你的爷爷加克普将我们驱逐，让众多塔拉斯的百姓四处流浪。他们为斩草除根要将你杀死，残暴地错害了我收养的奴仆的孩子。为了保护你这棵独苗的性命，我们抱着你背井离乡历尽艰险，徒步跋涉到这里。我天天向上苍祈祷，我一直把梦想寄托在你身上。我想等到你的骨节长硬时再把真相告诉你。"卡妮凯从头讲述了赛麦台依父亲玛纳斯的英雄事迹后，说道：

"当你父王玛纳斯去世以后，我精心为他建造了豪华的陵园，就在雄伟的奥波勒山脚下，就在坎阔勒阿塔的洼地上面，你一定要去那里祭拜。你父王住过的辉煌富丽的白色宫帐，如今却落入了阿维凯的手里。你父王留下的长矛、刀剑和阿克奥勒波克战袍，如今已落在阔波什手中。你是雄狮玛纳斯的儿子，你要把所有的东西都夺回来，你要把那些恶魔统统打败！"卡妮凯向赛麦台依诉说了这些，痛断肝肠，泪如泉涌。

听罢母亲卡妮凯的诉说，赛麦台依更是万分悲痛："我的母亲和祖母，经受的苦难折磨如此沉重！那些禽兽犯下的罪行，我怎能忍受和宽容！"想到此处，他气冲冲地向母亲提出："亲爱的母亲，请你们宰杀马驹为我祝福。我要去拜见外祖父，请他将他的黑色战袍借给我用。我要去寻找阿维凯和阔波什，让他们瞧瞧我的厉害；我要当着众乡亲的面，砍下加克普的脑袋。我要推翻他们的野蛮统治，收回我的领地和百姓。我父王开创的基业，我一定要让它更加辉煌！"

母子惜别

只有十二岁的赛麦台依，知道了自己的身世后，打定了回乡的主意。他同绮依尔迪和卡妮凯，来到外祖父喀拉汗面前。不过几年的时间，他已经成长为独当一面的英雄，在威严的外祖父面前，他丝毫没有畏惧和惊慌，首先向长辈问安行礼，接着真诚请求道："我尊贵的外祖父，树枝虽然分开长高，却和树根永远连在一起。我的祖母和母亲为我受尽苦难，我听到她们的悲惨经历，已经肝肠寸断悲愤之极！我若不去寻找自己的百姓，怎能消除心中的仇怨？我要回到故土回到乡亲们的身旁，为两位亲人报仇雪恨。我尊敬的外公呀，我希望借到您那箭矢射不透、烈焰烧不着的黑色战袍。"

面对赛麦台依的请求，喀拉汗怎能说出不借的话语，但战袍毕竟是自己的至爱宝物。他左右为难地走出大帐，与夫人悄悄商量："我深知黑色战袍的神奇，本想死后把它披在身上。"夫人气愤地对汗王说："你什么时候才死呢？当年你没有借给玛纳斯，事到如今我都后悔不已。少说废话，快把战袍送给孩子，让他去战胜那万恶的仇敌！让战袍助他一臂之力！"两人经过商量合计，把战袍郑重地送给了赛麦台依。喀拉汗又向赛麦台依赠送了一匹灰色坐骑，它疾驰六个月也不知疲乏。不愧是青鬃狼赛麦台依，穿上黑色战袍更显英武雄壮。他跨上战马就要起程，母亲卡妮凯依依不舍，泣涕涟涟打湿了衣襟。她拉住战马的缰绳，对赛麦台依千叮咛万嘱咐："赛麦台依啊，我的吉星，你要到远方乡亲们中去，我愿你能平安归来，你千万不要丢掉战袍和骏马，要将那些疯狂的敌人斩尽杀绝！切莫留下一个丑恶的骂名，只要你勇敢坚持，我的宝贝，朝着你那祖辈的故土塔拉斯前进，五十天后就能抵达家乡。在塔拉斯，在阿拉阔勒湖岸边有你父王的陵墓，你一定要下马庄重地悼念你的父王。在长满夏布尔草的湖边有你父王留下的拴马金桩，那里还有你父王留下的成群马匹，其中有匹马叫塔依布茹勒，那是专门为你准备的神驹，征战时你一定要把它乘骑。在喀拉布拉恰特卡勒山谷，你父王留下的神奇的喀拉略克骆驼[1]和白色猎犬等候着你，它们会帮助你找到巴卡依圣人，找到我给你埋藏的金银珠宝。只要你

---

[1] 喀拉略克骆驼：意为强壮的、领头的单峰公驼。喀拉，原意为黑色，引申为强大、高贵的意思。

平安地找到巴卡依圣人，按照他的指示去做，你的一切将更加顺畅。"卡妮凯还特别提醒赛麦台依，不要在途中伤害和猎杀马鹿和岩山羊，否则会给自己和母亲、祖母带来灾难。生来机智的赛麦台依，此时此刻也十分动情，他挺起胸膛安慰母亲："我的母亲，莫悲伤。您对我的教诲与叮咛，我定会字字入心，句句牢记。我不会迷路，定能找到故乡。我父王留下的故土，我定会夺回。您担心我见了野羊野鹿就会射杀，陷入狩猎的乐趣不能自拔。母亲啊，请您放心，我不会为狩猎轻视胯下的骏马。"

　　母子依依惜别，喀拉汗领着送行的人们，面朝着巍巍的阿德尔玛克高山，为赛麦台依做了祈祷和祝福。青鬃狼赛麦台依斗志昂扬、英姿勃发，向人们挥手告别。

与圣人相会

赛麦台依告别亲人，快马加鞭，日夜不停，乘着骏马旋风般飞驰，把扬起的滚滚尘土抛在身后。他没有愁眉苦脸，而是怒火万丈；他身旁没有一个伙伴，却好像率领着千军万马一般，毫无畏惧驰骋而去，终于驰过了名为玉其卡英[1]的地方。

长满三棱草和夏布尔草的湖滨，就是赛麦台依的父王玛纳斯生活过的牧场。赛麦台依在这里看到了被厚厚尘土蒙上的拴马金桩，这里曾拴过千万匹母马。赛麦台依仔细观察前方，暗自思量："这是母亲卡妮凯讲过的地方，这是父王玛纳斯的家乡！"

在平坦的塔拉斯平原，在激流滚滚的河岸旁，在玉其

---

[1] 玉其卡英：地名，意为三棵白桦树。

阔绍依的山口，在巴热阔勒湖的边上，赛麦台依看见父王
巍峨的陵园，像一座山冈矗立在远处。赛麦台依很快来到
近旁，翻身下马，来到陵前，双膝跪下，哭祭父王："啊，
离我而去的父王，我向您的英灵祈祷，请您倾听我的衷肠，
请您给我庇护和安康！"

赛麦台依向英灵膜拜祈祷，还未做完，突然从白色陵
墓中刮起了一阵狂风，气流狂旋，呼呼作响。年轻的赛麦
台依仿佛听到英灵的呼唤，内心感到兴奋，朝着父王的陵
墓疾步如飞，一脚跨了进去。

只见陵墓正面的墙上画着魁梧高大的玛纳斯像，他骑
着阿克库拉骏马，闪烁着洁白的光芒。在他的身后便是那
索然迪克之子阿勒曼别特英雄骑着萨热阿拉神驹。英俊潇
洒的叔父色尔哈克和出类拔萃的英雄楚瓦克被栩栩如生地
画在了这墓壁上。在他们的旁边，穆孜布尔恰克和阔绍依
两位雄狮也被画得英姿飒爽。

年轻的赛麦台依仔细观察了陵墓里所有的壁画，心潮
澎湃，无比兴奋。他从陵墓中走出来，解下木桩上的战马，
一个飞身，虎跃而上，继续行进。

正当赛麦台依行进在崎岖山道上的时候，突然从半路
上蹿出一条狂叫的猎犬。他没有一丝畏惧，说："我是雄
狮玛纳斯的儿子！"那猎犬立刻温顺起来，摇摆着尾巴紧
紧跟随。原来这是他父王心爱的猎犬，它早已预料到赛麦
台依会到来。

赛麦台依来到山谷密林中央，猎犬紧跟在他身后。他

父王留下的喀拉略克骆驼正卧在对面的山冈。当它听到马蹄声响，呜呜地叫着站起身来，它哪知道是赛麦台依，以为哪来的盗贼，妄图来夺取埋藏的珠宝，便咆哮着，径直朝赛麦台依奔扑过来。赛麦台依当即认出了它，知道它就是母亲所说的那峰喀拉略克骆驼，就对它说道："喂，喀拉略克，你受苦了，是白翳遮盖了你的双眼，我是玛纳斯的儿子，我的名字叫赛麦台依，我为寻找乡亲从远方归来！"喀拉略克骆驼听了兴奋不已，顿时活蹦乱跳像驼羔一样。它一次次把头触到地面，紧跟在赛麦台依身旁。

见多识广的巴卡依，隐居在铁米尔深山老林里，一直耐心等待。日复一日，年复一年，巴卡依常常掐指计算，赛麦台依离开已满十年，他已经长成英雄少年。他从萨热塔孜那里得到了不少消息，知道赛麦台依很快就会回来。

巴卡依老人今日又登上黑色山头，手执千里眼四处瞭望。他时而坐下，时而站立，调整着千里眼仔细观察，猛地发现一个黑影，镜头对准过来的独行者，看清了赛麦台依和他的快马。

巴卡依顿时激动得心潮澎湃，泪水哗哗地流淌，他跨上短尾雪青马，飞也似的狂奔到了赛麦台依身边。虽然巴卡依多年来未曾见过赛麦台依，却像是每日都相见的家人；虽然赛麦台依并不认识巴卡依，却也像是每天都和他生活在一起。赛麦台依走上前去先向巴卡依施礼问安："大伯，您看到我的身影，朝我奔来，还这样泪流满面，好像有无尽的话儿藏在心间！"这时巴卡依开口问道："孩子，你从何处而来?"巴卡依佯装啥都不知晓,心中思量要把孩子考验一番,试探他的胆量有多大、志向有多高。

这时赛麦台依答道:"大伯啊,您听我讲,我英雄的父王不幸惨死,为了保护我这个孤儿的安全,我的祖母和母亲遭到了无端的侮辱摧残。我长到十二岁才得知雄狮玛纳斯是我的父亲,勤劳的诺奥依人是我的乡亲。我听从母亲的谆谆告诫,就立即来寻找自己的家园。大伯啊,您是一位可敬的前辈,您忠诚无比地活在人间,我看您的眼睛像清澈的泉水,您满怀企盼把我考验,您就是我母亲口中尊贵的大伯,请原谅晚辈我如此直言。"这时,巴卡依深情地说道:"我亲爱的孩子,为了保护你们母子连夜逃离,我一直送出去半日路程。在奥尔托阿尔额克达坂上道别时,我曾经把刀鞘作信物馈赠。刀鞘在哪里,快给我看看!"刚满十二岁、虎头虎脑的赛麦台依恰似福星落在头顶,"大伯,这就是您的刀鞘!"他用双手恭恭敬敬地递呈刀鞘。

巴卡依见了刀鞘,万分激动,把赛麦台依揽在怀中,开始倾吐心中的不平:"孩子啊,在我思念之时,你来到我的面前。你可知道,我为你受过多少煎熬?你父王玛纳斯不幸惨死以后,阿维凯、阔波什等恶棍们肆无忌惮地欺凌我,我忍辱蒙冤保住性命。在这群山之间,我终于盼到了今天与你会面。我非常知足,赛麦台依,我心中已了无遗憾!"赛麦台依强忍着一腔的愤怒、满眼的泪水,劝说巴卡依:"亲爱的大伯,您别哭泣,您做出如此的牺牲,哪位英雄能比得了您! 大伯啊,您切莫再悲伤,有您的激励，我充满了勇气。"

巴卡依心情渐渐平静，他带着赛麦台依返回隐居的地方，让人立刻宰杀了肥壮的马驹，款待这一路万分辛苦的孩子。玛纳斯在世时常来巴卡依家欢宴，常用一个大木盆盛肉。这个大木盆，巴卡依当作宝物保存。自从玛纳斯逝世以后，从没用过这个木盆。今日，玛纳斯的儿子赛麦台依光临家中，巴卡依老人将煮好的肥壮的马驹肉全盛在这个大木盆里，端到赛麦台依面前，自己在旁静静地观察这个少年有多大的能耐和本领。

少年猛虎赛麦台依也没有丝毫的客气谦让，眨眼间就把马肉吃了个精光。在场的人为他的气概惊叹。巴卡依目睹赛麦台依的英气非凡，在旁暗自称赞："他会比他的父亲强，我亲爱的宝贝。"

赛麦台依一路奔波是那样疲惫，吃饱了喷香的马肉就有了困意，巴卡依安排他在安静的地方休息。

祖父下毒

第二天黎明时分，周围的柯尔克孜族牧民闻讯赶来，在巴卡依家中聚集一堂。在人们早餐的时间，巴卡依把赛麦台依拉到众人的面前，说明了事情的前因后果。

用完早餐，赛麦台依跃马起程，请巴卡依在前面引路。他们要找阿维凯、阔波什和加克普清算。当他们逼近加克普的阿依勒时，巴卡依对赛麦台依说："孩子，你暂时在这里耐心等待，我先去探听虚实、了解情况，瞧瞧他是否还会想念你？他是个狡猾的小人，我看他是否还有什么诡计？"巴卡依让少年赛麦台依在原地等待，自己扬鞭催马，朝着加克普的宫帐奔去。

绮依尔迪和卡妮凯婆媳逃脱之事，加克普怀疑是巴卡依帮助了她们。自从那时起直到现在，巴卡依从未到过加克普门前，更不要说一道喝茶用餐，多年来从没有见过面。

如今，赛麦台依来到身边，巴卡依第一次专程来到这里，他特意向加克普请安问好，再把事由讲起："我们没有见面没有问候转眼已经过了许多年，加克普汗，你还好吗？今天我有个好消息特来向你禀报，你难道不给我准备报喜的礼钱吗？我已找回了你的孙子赛麦台依，他要来拜见你。他远道而来，消息突然，你是否真心去欢迎相见？死去的孩子突然回来，你是否心中还有疑团，是否不欢迎又有口难言？"加克普听后脸色骤变，但也装出非常委屈的样子抱怨道："你放走了我的儿媳，如今还如此嚣张的编造谎言，你这个帮凶，老朽的奴隶，你竟敢跑来向我讨要报喜的赏钱！赛麦台依是我家的亲骨肉，你凭什么交给别人养大？你把我不贤的儿媳卡妮凯送到喀拉汗的部落。你所做的坏事比骆驼刺还多，你的恶意赛过了毒蛇！……我的孙子长大成人，自然要回到他的爷爷的家里。快点把我的孙子带回来见我，你把他丢在野外是何道理？"

加克普狂躁不安，巴卡依也立刻迈出帐门，从马桩解下坐骑，跨上马鞍，奔驰了一段，但心中的疑惑使他不再向前。他将马拴在山沿之后，猫下腰悄悄地返回加克普的宫帐跟前。

巴卡依揭开加克普宫帐的下围毡，从帐外侧身细听里面的交谈，听到加克普气急败坏地大声喊叫他的三老婆："嗷咿，巴克多莱特，快过来，我听说该死的赛麦台依已经回来，肯定要讨还他父亲的钱财。我们如果不铲除这条祸根，眼前的好日子就无法保全。你那两个儿子也会被送进火海刀山。等会儿巴卡依和赛麦台依到来时，我一定要让他们一起归天。老婆子，你把从契丹人那儿拿来的瓷碗先用清水清洗干净，再用毒药和酒将它盛满，毒药一定要足量，然后把它敬给赛麦台依一口喝完。"巴克多莱特不情愿地诅咒起加克普："你这该死的老东西，伤天害理，不要脸面。赛麦台依可是你的亲孙子，你怎么忍心毒死他。"巴克多莱特又哭着哀求，可加克普拳打脚踢，逼着她把毒酒勾兑搅拌。躲在帐外的巴卡依将一切听在耳、记在心，不急不躁地听完后，弓着身子悄悄离去。

巴卡依来到自己的坐骑旁，立刻跨上去，朝着等在远处的赛麦台依飞奔而去。

巴卡依将自己的所见所闻，一字不差地告诉了赛麦台依，并讲出对策："噢，孩子，他们如果用瓷碗端出毒酒，你就把酒碗转递给坐在你上座的祖父，倘若他不饮那碗毒酒，你就立刻倒进门外狗的食槽里。"巴卡依讲完，就带着赛麦台依，朝着加克普的大帐策马奔驰而去。

加克普听到急促的马蹄声，出门来迎接孙子："哎呀呀，我心爱的马驹，你去了遥远的地方，叫我时刻挂在心里。我的马驹，你已经长大，你那恶毒顽固的母亲，把你带到陌生的地域。你平安地回到了我的身边，让我多么欢天喜地！雄狮留下的独苗啊，我也即将离开人世，你的到来真让我开心无比！快让孩子进屋吧，巴卡依，你快领他进到屋里。"

加克普佯装满脸热情十分欢喜，亲自开门将他们领进家里。

加克普一跨进家门就厉声叫嚷："噢呀，巴克多莱特，长途跋涉的孩子已经又渴又饿，快把接风的酒肉端上来，给我可亲可怜的孩子解渴充饥！把那瓷碗里的马奶酒，快快端给我的孙子赛麦台依！"巴克多莱特向巴卡依老人恭恭敬敬地端来一碗马奶酒，巴卡依接过碗，当即昂头喝干。巴克多莱特心慌意乱，她不忍心给赛麦台依端来那个酒碗。她不知所措，双手不停地打战，端上来的却是另一个碗。心怀鬼胎的加克普不耐烦地高叫起来："你这该死的恶婆子，怎么这样冷落我的孙子。快用那瓷碗倒酒来，那可是他父王用过的碗！"

失魂落魄的巴克多莱特，惊恐地端起那酒碗，怜悯地望着眼前的孩子，浑身战栗，双手打战。她躬着腰吃力地迈开脚步，艰难地伸手，向赛麦台依端送酒碗。

赛麦台依接过酒碗，若无其事，一脸安然。他站起来，面带笑容地对加克普说道："祖父啊，这碗酒还是你老人家先喝，有您老人家在面前，我怎敢先张口喝酒！"便把酒碗送到加克普面前。这时狡猾的加克普说道："自从你父王玛纳斯离去，我早就把喝酒的嗜好丢弃，如今，我已年老力衰，忌讳饮用美酒。"他还以可怜的口吻劝说着："谢谢你孩子，好孩子，你快喝吧！"他全然不知道少年赛麦台依已知底细。

望着碗里冒泡的毒酒，赛麦台依顿时有了主意。他把碗举到加克普的嘴边："为了您独苗的一腔敬意，祖父，您先喝一口吧！我不能在您面前喝酒，倘若我在您面前喝酒，我就不是柯尔克孜的子孙！"赛麦台依端着酒碗往加克普的嘴边递去。从酒碗里溅出来的酒洒在加克普的胡须上，吱吱冒烟。赛麦台依又把酒倒在了狗食槽里，狗鼻子一触到毒酒，便一头栽倒在地，龇牙咧嘴地死去。赛麦台依亲睹此情此景，怒气冲天，一把掀翻了背后的被堆[1]，从被堆里抽出了战袍，按照巴卡依的提醒，也拿到了一个鼓鼓囊囊的褡裢，"嘭"的一声掀开门扇，一个箭步冲出门去。被他甩出去的门扇向一箭之远的地方飞去，玛纳斯之子赛麦台依显示出英雄的勇猛和威力！

赛麦台依愤怒地跃上战马，临行时气势如虎地向那狠毒的老贼祖父训斥："加克普，我要把你这丧尽天良的家伙送入地狱！为了杀我你已杀死一个孩子，今日你还想害死我！我永远不会放过你！如果你有能耐，就带领阿维凯、阔波什来找我比试！你对我所做的阴谋勾当，将会落到你自己的头上！"

青鬃狼赛麦台依说完这些话，和巴卡依一起迅速离开。两人抄近路，向阿维凯、阔波什的阿依勒逼近。

---

[1] 被堆：在柯尔克孜毡房里摞起来的被褥。

初次较量

当接近阿依勒时，巴卡依老人让赛麦台依原地等候，自己要去观察动静，探明虚实。昔日玛纳斯的宫帐如今成了阿维凯与阔波什的家。他来到他们的门前勒住马头，连声高喊道："阿维凯！阔波什！在家吗？"

阿维凯和阔波什在宫帐里，一个正在玩着"攻王宫"游戏，另一个下着恰特拉西棋[1]，都沉浸在游戏里无所顾忌。

"家里到底有没有人？"巴卡依又大声问了一句，可依然无人出门搭理。这时，巴卡依在门口瞧见一个孩子，随口问道："孩子，请告诉我，阿维凯在不在家？"那孩子转身跑进了屋。

[1] 恰特拉西棋：柯尔克孜族古老的民间棋类游戏。

孩子一进屋就不停发笑，屋里人都感到十分好奇："为何要傻笑呀，你这个小孩？"孩子就嬉笑着说出原委："骑在马上的一个老头，问我'阿维凯在不在家'，让我进来叫他出去。那老头骑在马上叫人，毫不知礼！"

精于世故的阿维凯，马上嗅出风暴的气息，心想："骑在马上高喊的人，不会是别人，肯定是巴卡依。"他便急忙朝门口冲去。阔波什也动起心眼："巴卡依此时来肯定有什么事端。"也风风火火地冲出宫帐。

阿维凯走到门外见到巴卡依就开口问候："前辈，尊敬的巴卡依，我尊敬的大伯呀，您可平安健康，生活如意？您这样着急，肯定有什么好消息？"这时巴卡依开口说道："阿维凯、阔波什两位汗王，你们是否都还安乐健康？赛麦台依来寻找你们，你们是否还认为那孩子早已死去？他很早离开这里如今归来，你们是否认为对手来了，早有准备将他打败？或者认为他是玛纳斯之子，愿意给他扛起战旗？"

听了巴卡依的这番询问，阿维凯顿时心中惶惶，阔波什却像洪水似的咆哮怒吼："你这个老糊涂巴卡依，胡说什么赛麦台依已经回来了，竟敢到这来骚扰纠缠！瞧着，我怎样收拾你！"阔波什抄起木杆冲了上去，朝着巴卡依的头顶猛砸，巴卡依老人应声落下马背。此时阿维凯赶紧跑过来，一边厉声斥责阔波什，一边扶起巴卡依老人："我尊敬的大伯啊，愚蠢的阔波什太缺德，请您千万别往心里去，上天定会惩罚阔波什。亲爱的大伯，'头破了在帽子里，手断了在袖子里'。我们是同一个祖先，我们本是一家人。只要我们团结和睦，上天会恩赐我们。"阿维凯说着安慰的话，把巴卡依请进家里，殷勤招待，以示歉意。等到饭已饱茶已足时，阿维凯掩饰着内心的诡计，客客气气地对巴卡依说道："生来智慧的卡妮凯懂得六十多种招数，又精通六个部族的语言，也许她使出的招数太神奇，不然早已死去的赛麦台依怎么会活着回来呢？大伯啊，请您快点把他带过来。他是我大哥留下的独苗，让我们隆重欢迎他，用智慧消除他心中的积怨。我要推举他为汗王，我要为他出力保驾。我要让六十个部落的阿尔根[1]，让整个诺奥依人都受他管辖。我尊敬的大伯呀，您快去好好安慰他，切莫让他在心中留下怨恨。千万别说出不祥的话，更别使他心存疑虑不听解释。"当听完阿维凯的这番话后，巴卡依这样回答："我的孩子，阿维凯，从赛麦台依的外表来观察，他同他父王一样强壮一样高大！他的内心充满了仇恨，我这就去尽量说服他。"巴卡依说完出门，跨上骏马，朝着赛麦台依待的地方飞驰而去。

赛麦台依见到巴卡依，快步向前迎接，急切地问道："我亲爱的老伯伯，您清晨出发，傍晚才回来，发生了什么不好的事情？"巴卡依愤怒地叙述了自己的遭遇后，叮嘱赛麦台依遇事要冷静，当心阿维凯与阔波什的阴谋诡计。听完巴卡依老人的叮咛，赛麦台依跃上骏马，跟随巴卡依出

---

　　　[1]　阿尔根：柯尔克孜族部落名称。

发，很快来到了宫帐前。

人们聚集在宫帐外，阿维凯上前迎接赛麦台依，还热情地扶他下马，在他脚下铺上厚地毯。所有的人簇拥而上，一个一个与赛麦台依热情拥抱，捧着赛麦台依的脸颊亲吻和问好。

当见到赛麦台依的那一刻，狂徒阔波什的心脏差一点就蹦出了胸腔。他想起自己当年的卑劣行径，顿时眼前一片漆黑，心神惶惶。阿维凯对赛麦台依甜言蜜语："我亲爱的侄儿，你总算平安的归来，你是否一直思念着我们？你亲自来寻找我的家门，我们对你非常满意，昨晚我还梦见了你，今日你就回来了，可真是美梦成真，令人兴奋和惊喜！"

赛麦台依面对阿维凯和阔波什的表演，不卑不亢，用锐利的慧眼将其观望。阿维凯和阔波什见到少年赛麦台依如此威严，当场掩饰不住惊恐的神情，便双手贴着胸脯处处献媚逢迎。

这时，赛麦台依厉声说道："阿维凯，阔波什！你们犯下滔天罪行，你们抢夺了我的家产，你们赶走了我的畜群。你们欺辱我的母亲，你们疯狂到了极点，甚至杀死了我的替身！你们这帮人坏事干尽，桩桩件件我都知情！你们是否承认我是亲人，那是你们的事情。你们如果认为我是敌人，那就快去招兵买马，与我厮杀！"阿维凯听罢浑身打战，跪在赛麦台依面前频频求饶："我亲爱的赛麦台依啊，我有过错，请你原谅！聪明机智的鹰隼，从来不把猎物吃光；尊贵的汗王之子，不论遇到什么事情，从不会把仇恨记在心上。雄狮赛麦台依，我阿维凯愿为你肝脑涂地，我愿向你敬献骏马，我要把你父王留下的座座宫帐重新维修交付于你，让朵朵花儿开在果园，让夜莺时时鸣啼在枝头，王庭内外雕满美丽的花纹，让世人看了惊叹不已。我若说谎便不得好死。如果我对你不忠诚，就让我下地狱，永不翻身！我亲爱的赛麦台依呀，请你宽恕，请你原谅，你若不肯饶恕的话，要杀要剐，一切由你决断。"这时，赛麦台依再次厉声说道："阿维凯、阔波什，你们两人不要再花言巧语耍伎俩。你们要立刻招募能工巧匠快快修复我的王庭，要用彩漆描绘，要修造得崭新如初无比华丽，要让那凋谢的花坛百花齐放，要那布谷鸟在枝头鸣唱，要那回音悦耳绕梁。限你一个月内全部完工，两个月后我将搬进王宫。你若真心真意悔过自新，我才能回报你叔侄之情；你若心怀敌意暗藏杀机，我定会再追究清算到底。"

赛麦台依讲明这一切，阿维凯惊恐万状，一一答应，口若悬河地表达情谊。巴卡依和赛麦台依又被他请进了白色的宫帐里，受到殷勤招待。

第二天早晨，阿维凯又来亲自侍奉巴卡依和赛麦台依，当用完餐收起餐布，赛麦台依开口吩咐："阿维凯，请你听明白，我父王留下的各种武器在什么地方，赶快都给我拿来！"阿维凯赶忙站起身，让人把阿克凯勒铁火枪、阿克奥勒波克战袍、阿恰勒巴热斯神剑、布勒杜尔逊神鞭、月牙战斧和色尔长矛全都拿到了赛麦台依的面前，件件宗宗一一清点，交到了赛麦台依手中。

赛麦台依接收了所有武器和战袍，感到心满意足。然后他要去查看马群，就和巴卡依一同上马起程，阿维凯俯首帖耳地跟随前行。

从阿维凯的阿依勒出发，在一个跑马赛程的距离开外，蓝蓝的天空飘着朵朵白云，无边的草原布满了马匹。赛麦台依赶到跟前仔细观察，在那里十二条拴马绳相互连接着，每条就有马驹的一个跑马赛程那么长。玛纳斯留下的财产，首推的就是这成群的马匹。玛纳斯在世的时候，特意留下塔依布茹勒骏马，准备作为赛麦台依的坐骑。这件事，只有卡妮凯和巴卡依知道底细。巴卡依对赛麦台依说："孩子，你父亲为你留下的塔依布茹勒骏马，现在已经十五岁，你去把它拉过来乘骑。"但是在这么多毛色相近的骏马中一下辨认出塔依布茹勒骏马实在很困难。他们绕着草场查看了一圈，都未能找出塔依布茹勒骏马。无奈之下，巴卡依又想出了一个办法。他们驱赶着马群到十二条拴马绳那里，赛麦台依询问跟随的阿维凯："在山间还有没有马匹？"阿维凯当即回答："所有的马匹都在这里，再没有任何马匹落下。"便挥动着套马杆吆喝驱赶马群。

十二条拴马绳成了围堵马的缆绳，四周所有的牧马人都来吆喝着帮助他们驱赶马群。一匹深灰色的骏马高高地翘起尾巴，向着天空长嘶一声，腾空一跃，从缆绳上跳了过去。智慧的巴卡依心中确认这就是塔依布茹勒骏马，他让赛麦台依打开那个褡裢拿出玛纳斯留下的用真丝捻成的套绳，把它在桦木套杆上拴牢，去套住塔依布茹勒。赛麦台依不等塔依布茹勒转身，就挥舞着套杆套紧了它的脖颈儿。塔依布茹勒猛地腾空一跳，然后又乖乖停下。它扭头来嗅闻赛麦台依，嗅完这曾经熟悉的气味，显得百般和气，十分亲近。玛纳斯留下的阿克库拉骏马的笼头，套在塔依布茹勒的头上竟是那样的合适。制作精美的阿克库拉马鞍具，鞴在塔依布茹勒的背上，不摇不晃，稳稳当当。

赛麦台依骑上塔依布茹勒骏马，将色尔长矛紧握在手，恰似玛纳斯雄狮英气冲天。阿恰勒巴热斯神剑挂在身边，月牙战斧别在腰间，布勒杜尔逊神鞭握在手中，那保护生命的奇宝——阿克凯勒铁火枪挎在宽厚的背脊，更使少年风度翩翩。

英姿飒爽的赛麦台依，回过头来对阿维凯这样说道："我的叔父阿维凯、阔波什，我父王留下的所有财产我已经全部接管，我将成为汗王造福乡亲。现在我还要回到母亲身边，就是那受尽你们欺辱的母亲身边。你们要精心修造王庭，两个月后我将返回此地，将母亲带来入住豪华的宫帐。你只有把宫帐修造得华贵美丽，我才能看出你同胞的心意。阿维凯，你若是从此行善，我就委任你为军队的将领；至于抚养我长大的亲爱的母亲，我会求她饶恕你的性命。你如果心怀鬼胎继续作恶下去，我会随时取了你的性命！"赛麦台依的话语掷地有声，狂跳的心总难平静，他又对在场的人说了这样的话："我从这里返回母亲身边，还要娶夏铁米尔的孙女恰绮凯为妻。什哈依之子青阔交也想娶这个美女，赠送聘礼娶亲是祖辈传下的习俗；打败情敌娶亲，也是祖辈留下的传统。恰绮凯这个佳丽，不能落在猛汉青阔交手里。他就是叫苦连天我也要将恰绮凯强娶。他如果真的惹怒了我，我将毫不手软打散他的百姓！"

这时，阿维凯对赛麦台依开口做出了这样的承诺："我愿在你手下为你效劳，我保证听从你的命令。我如果对你产生恶意，就让我立刻进入地狱，如果诺奥依人中有人反抗你，我就当即扭断他的脖颈儿。你如果去追讨你父王的血债，你如果准备出征远方，我将招来六个部落的喀拉诺奥依人，全部为你效力。只要我阿维凯活在人世，我定将永怀一颗忠心。我将坚决追随你，直到我生命的最后一刻。"

赛麦台依和巴卡依心中欢畅，展露笑容掉转马头驰向远方，巴卡依汗老当益壮，引路在前；赛麦台依紧随其后，扬鞭催马。

神树的启示

赛麦台依和巴卡依向长满三棱草的湖滨奔去，在那个
阿拉阔勒湖的平原，矗立着玛纳斯的陵墓，犹如巍巍高峰。
赛麦台依和巴卡依来到陵墓前，勒住马缰，翻身下马。听
说赛麦台依回到故乡，先王的百姓已经在此等候多时。赛
麦台依让人宰杀了白色母马，把马肉分给了百姓。众人虔
诚地为英灵祈祷。瞻仰完雄狮玛纳斯的陵园后，赛麦台依
和巴卡依告别乡亲，重新骑上骏马，踏上大道继续前进。

他们前行没过多久，便来到先王玛纳斯的草场。此时，
这里遍地鲜花格外芬芳。巴卡依感慨地向赛麦台依介绍道：
"噢，我的猎豹赛麦台依，你的父王玛纳斯在世时，你的
大伯常伴随在他身旁。这里是我们消夏的牧场，也是所有
诺奥依人常相聚的地方。当时漫山遍野全是马牛驼羊，人
们无法辨认自家的牲畜，人人不分贵贱贫富，平等和睦，

44

融洽相处。男儿们精心驯养自己的坐骑，挎上长枪威风潇洒，演练时把所有的装备佩挂，时刻提防来犯的敌人。为了去讨伐远方的别依京，玛纳斯派遣善于辞令的阿吉巴依邀请远近的七位汗王前来这里商议。当七位汗王率领兵马前来集结的时候，大地上顿时礼炮隆隆，旌旗飞扬。这里就是竖起战旗远征的地方，这些都是大草原曾经的辉煌。"听了巴卡依的讲述，赛麦台依心情无比激动。当夜，他们就宿营在这里的山坡上。

第二天黎明时分，赛麦台依和巴卡依登鞍起程，他们马不停蹄，继续前进，来到一片葱绿的树林，眼前出现了一眼喷涌的泉水。他们翻身下马，赛麦台依对巴卡依说道："我尊贵的大伯啊，我猜这是我母亲卡妮凯提到的神泉。我想您一定知道它的来龙去脉。"巴卡依开口讲述："赛麦台依，我的孩子，这是一眼神奇的喷泉，泉眼的水流，日夜不息，非常温暖；泉边的梧桐树，郁郁葱葱，枝繁叶茂，人们常到此膜拜。你的父王玛纳斯在世的时候，将泉水和大树当作神灵，十分崇敬。有一次梧桐树突然干枯，那就是你的父王玛纳斯出征别依京的时刻。当你母亲为了保护你这个孤儿逃难的时候，也曾途经这里住过一宿。我后来听说梧桐树又重新发了芽，但剩下一枝至今依然干枯。咱们过去看看。"他们手牵着骏马的缰绳，徒步来到泉边，把马鞭子搭在脖领上，绕行着神奇的泉眼虔诚拜谒。他们瞻仰着梧桐树，只见那树姿巍巍，分成三根枝干，两根树干长满绿叶，另一根却发黄干枯，天下竟有如此奇观。巴卡依老人摇着头念念有词，泪水涟涟。梧桐树好像被狂风席卷，当即哗啦啦作响。从不隐瞒真情的巴卡依，此刻道出了他预感到的秘密："我的孩子，听我说，我把所有的实情告诉你。当年梧桐树干枯，预示着你父王遭到空吾尔巴依的暗算。从那时起直到如今，这根树干没有吐芽长绿，这干枯的模样是不祥之兆，总有一天会殃及你。你的敌人将会把你暗算，已经吐芽长绿的这两棵树干，预示着你有两个伙伴，一个对你无限忠诚，一个将会背叛你。孩子啊，你要特别小心，时刻警惕。"赛麦台依若有所思地凝望着眼前的梧桐树，一动不动。巴卡依老人催促着赛麦台依："孩子啊，我们快快上路，前面的路还长着呢。"他们跨马上路，驰向遥远的喀拉汗的都城。一路上，巴卡依大伯教导着年轻的赛麦台依。他们不顾车马劳顿，日夜兼程，从塔拉斯到喀拉汗都城六十天的路程，他们用了三十五个昼夜就已抵达。

再说赛麦台依的母亲卡妮凯，自从赛麦台依出门后，她从早到晚不知疲倦地计算着日程，每天直到夜幕徐徐落下，她还在门口眺望着孩子的身影。今日，她又登上了门前的山头，远处巴卡依与赛麦台依的身影终于进入了她的视野。她立刻请来了亲朋好友，专门到城门迎接。

赛麦台依和巴卡依英姿勃发，两匹快马飞步流星，转眼间来到了城门。

卡妮凯当即让人宰杀黄色山羊羔举行消灾辟邪仪式，又打开长长的褡裢，取出闪亮的黄金白银，作为施舍抛撒给人们。老弱病残和穷困的人得到的施舍更多几分。她又将赛麦台依所有的衣物，全部施舍给了穷人。十二岁的青鬃狼赛麦台依赢得喀拉汗百姓的声声赞许。人们围观着赛麦台依的坐骑塔依布茹勒骏马，发出由衷地赞叹："他的坐骑也像玛纳斯的阿克库拉战马一样神奇！"

众人簇拥着将巴卡依和赛麦台依迎进了宫帐。卡妮凯对巴卡依的到来激动万分，热泪滚滚。赛麦台依回到母亲卡妮凯身边，母子情深，话语连连。

初　　婚

　　卡妮凯的父亲喀拉汗举行盛大的宴会，给巴卡依和赛麦台依接风洗尘。席间，卡妮凯躬身向巴卡依请安致敬，嘘寒问暖，又向赛麦台依询问返回塔拉斯的情况。赛麦台依向母亲讲述自己在塔拉斯的经历，最后说："已经把一切安排妥当。"卡妮凯听后，有些担心地提醒道："我心爱的马驹啊，你要识破恶人们的甜言蜜语，千万别信他们的鬼话，不要中了他们设下的诡计。阿维凯和阔波什无恶不作，罪恶如山。他们无法容纳你父王的遗孤，为了斩草除根企图将你杀死。我活着承受了他们地狱般的折磨，我怎能饶恕他们这伙畜生？如果让我宽恕他们的话，宝贝，还不如让我再下地狱。孩子啊，他们蒙骗着你返回这里，你留下了灾难的祸根。"此时赛麦台依回答道："噢，我亲爱的母亲，阿维凯、阔波什也是我的亲人，如果我杀死自己的同胞，岂不等于我自己惩罚自己。如果他们不守信誉，到那时我再惩罚他们，任由您来处罚，我绝不干预。阿维凯如果讲同胞之情，如果不施展鬼蜮伎俩，如果不制造麻烦，如果他承担起叔伯的责任，按照祖先留下来的规矩，您将成为他的夫人。我会让他成为我尊贵的叔伯，让他继承我父王的位置，成为统治百姓的汗王，永葆玛纳斯家族事业的辉煌。"赛麦台依坚持自己的主见不肯退让，反复强调："让我们举家搬迁回乡，让众多可怜的诺奥依乡亲进驻我们的领地休养生息。"

听罢赛麦台依的这番话，他的外祖父喀拉汗对外孙的雄心壮志和宽广胸怀感到十分欣慰。他伸展双臂，摊开双手，向赛麦台依衷心祝福："孩子，衷心祝福你前程似锦，让你的恶敌自取灭亡。愿最初扶助玛纳斯的先贤圣人再齐聚在你的身旁。愿你父王开创的伟大事业在你手中更加辉煌！孩子啊，我的兄弟夏铁米尔的孙女恰绮凯，正当妙龄，我愿她成为你的伴侣。巴卡依难得来到这里，我们立刻为婚礼做准备。你的亲戚青阔交也曾经派人来提亲，我没有答复，这样也好让他死了这份心。请放心，我不会向汗王之子索要聘金和彩礼。"在场的人欢声如潮，大家一同来祝福祈祷。

恰绮凯是人间的美女，有许多年轻的小伙子对她倾心，卡妮凯对父王喀拉汗把恰绮凯嫁给赛麦台依的许诺感到如愿以偿、十分高兴。俗话说："姑娘出嫁可以没有聘金彩礼，但不能没有起码的规矩。"卡妮凯和巴卡依匆忙商议，把喀拉汗馈赠的战袍和白马交还主人权当订婚的聘金和彩礼。看到战袍和骏马归还主人，汗王的兄弟打心底里欢欣。按照卡妮凯的要求，喀拉汗举行隆重的定亲仪式和婚礼。人们不分男女老少，四方相聚，喜气洋溢，婚礼持续了七天。

夏铁米尔为自己的孙女支起了洁白的新婚毡房，漂亮的毡房光彩耀人，雍容华贵，熠熠生辉。为了不让恰绮凯思念远方的家乡，为了不让恰绮凯整日忙于家务，夏铁米尔选出了四十个小伙儿、四十个少女，作为仆人陪嫁到男方，用六十峰单峰骆驼驮上新婚陪嫁，四千五百匹骏马也作为恰绮凯出嫁的嫁妆。途中需要的物品，六十天需要的食物，喀拉汗也样样准备得当。喀拉汗做的这些事情，更让卡妮凯感到欣慰。

一百九十人的婚礼队伍，告别喀拉汗和众乡亲，牵着六十峰单峰骆驼，吆喝着陪嫁的畜群，踏上了去往塔拉斯故乡的大道。老当益壮的巴卡依一马当先，少年英雄赛麦台依紧紧跟在他身旁，绮依尔迪和卡妮凯婆媳并辔同行，恰绮凯紧紧相随。归心似箭的队伍夜以继日地赶路，当满六十五个白昼和黑夜的时候，终于来到了美丽的塔拉斯草原。浩浩荡荡的队伍抵达雄狮玛纳斯的陵园，人们纷纷下马，走向陵前，无限虔诚地祭祀玛纳斯的英灵。瞻仰了玛纳斯的白色陵园后，人们又纷纷上马，不远处就是玛纳斯当年培育的林园，那里还有汗王的宫殿，赛麦台依说道："我们先到修葺一新的宫帐去！"说话之间他们走过托尔特阔勒湖，宫帐越来越近，就在眼前。

严惩叛逆

生来邪恶的阔波什，又一个恶念涌上心头。他背着阿维凯私下行动，就在要道上挖了深坑，握着一杆无声的火药枪，偷偷地藏在地坑内，要向少年英雄赛麦台依开黑枪。

阔波什在暗处焦急地等待。赛麦台依正率领队伍赶来，他光明磊落天真无邪，根本想不到会有恶敌在埋伏。正当他们一步步接近阔波什埋伏的地方，赛麦台依的坐骑塔依布茹勒神骏机灵地观察到了动静，四蹄停下不肯前行。就在此刻，躲在暗处的阔波什冷酷地开了枪。塔依布茹勒神骏本能的闪电般四蹄腾空，飞身躲过了枪弹。骑在马背上的赛麦台依险些摔落在地，"这该死的马儿怎么见了鬼？"他举起马鞭劈头抽打骂了一声。随后他扭头看到身后的土堆尘土飞崩，还有一股火药味扑鼻而来，顿时明白，这一定是有人暗下毒手。他对阿维凯、阔波什失望透顶，心冷如冰。心灰意冷的赛麦台依策马来到宫帐。阿维凯、阔波什心神不宁，却在重新修好的宫帐里铺上新地毯，好像没有任何事情发生一样，恭恭敬敬地迎候。喀拉汗的女儿卡妮凯新仇旧恨怒气难平："别让我见到那帮恶棍，我坚决不与他们见面，他们曾把我的养子像刁羊一般残害致死，今日又在途中用无声枪来伏击，妄图将我们杀死。这些死不悔改的畜生，我怎能把他们放过。"阔波什和阿维凯、加克普得到了他们应有的下场，卡妮凯心中再没有任何遗憾。

赛麦台依返回故乡时还牵挂着父王的四十勇士，他们曾跟随父王南征北战，有不少人已在战场上献出了生命，仍然健在的还有二十几位。他想健在的勇士肯定会前来迎接自己，可是他们并没有前来，更没有前去一同瞻仰玛纳斯的英灵。赛麦台依心中产生一串谜团。

其实，什哈依之子青阔交在背后挑唆着众勇士。青阔交一直想要娶恰绮凯为妻，但卡妮凯将恰绮凯迎娶为自己的儿媳，青阔交对此十分不满，寻思着"一定要闹点事儿，给她点颜色看看"。

青阔交心怀鬼胎地召集了以长者克尔葛勒恰勒为首的勇士，其中不少人是替代死去勇士的年轻小伙儿。青阔交在他们面前摊开餐布，对勇士进行教唆指派："勇士们，你们遇到了天大的灾祸，招来了洗不尽的冤枉和陷害。你们所做的一切善事和功绩，好似洒在河里的水一样无人理睬。奇比提、阔奇霍尔你们两人，阿德拜、阔勒拜你们二位，我们的克尔葛勒恰勒，我仔细观察了你们各位，面对死亡你们竟若无其事毫无防备。当年玛纳斯去世时，阿维凯、阔波什他们二人欲娶卡妮凯为妻，当时差我去当媒人劝说时，卡妮凯一口回绝坚决反对。我把此事如实地报告了阿维凯、阔波什和加克普，他们对此十分恼怒愤恨，把她赶出了家门。他们还去劫夺了玛纳斯王宫的家产，还将误认为是赛麦台依的婴孩像羔羊般地撕扯致死。当时留下的深仇大恨，一定燃烧在卡妮凯的心间。你们这些勇士，当时也成为阔波什的帮凶，获得了不少财产。你们还欺辱巴卡依，把他排挤在外浪迹荒山。那老贼并没有安闲，他计算着天日和月份，伺机寻找雪恨的一天。你们如今已经看到他的诡计。当赛麦台依从布哈拉前来，是他在途中等候接应，一路把狼崽子领到这边。是他在乡亲中走家串户，将狼崽子引来此处寻找事端。阿维凯、阔波什和加克普，终于遭到他们的清算。这些都是巴卡依的主意。在座的诸位勇士呀，你们什么都懵懵懂懂，那老贼一旦卷土重来，你们的性命将被葬送。他会说：'加克普抢劫玛纳斯的阿依勒，四十勇士是帮凶。'他还会说：'四十勇士不来迎接赛麦台依，更不会为赛麦台依办事效忠！'巴卡依这样煽风点火，卡妮凯会说：'孩子，你不杀戮四十勇士，还不如让我死在这里！'为了不得罪自己的母亲，赛麦台依定会把你们斩尽杀绝。如果你们死在赛麦台依的手里，又有谁来怜悯你们。赛麦台依对自己的祖父叔父都不心慈手软，还能对你们宽恕仁善？如今已大祸临头，大伙儿快快商量个主意。

人对生命的渴望无休无止，谁也不愿意悲惨地死去。咱们要逃离这个是非之地，尽快找到安全的地方。我也将跟着你们前去躲避。只要我们团结在一起，终会有一日返回这里，一定达到我们的目的。你们如果听我的规劝，就应立刻起程离开此地。切莫要心存侥幸，平白丢了自己的性命。如果赛麦台依从后面追来，他会说出骗人的甜言蜜语，说什么他要给你们披上战袍，给你们塔依布茹勒骏马骑乘。他还会与你们一个个交谈，说赋予你们各种权利。你们宁肯老死在异地他乡，也千万不能返回塔拉斯。无论他说什么都切莫反悔。"

勇士们听完青阔交的话，三三两两地走出帐门，边走边想青阔交的话语，不由得互相议论着，最后下定了逃跑的决心。他们从早上准备到天黑，谁也没有走漏消息，就连自家的妻子儿女也未发觉他们的动向。从玛纳斯时代开始到如今，他们的装备始终整齐统一，每人都有一匹强健的神驹，饲料袋中一年四季备料充裕。骏马始终在备战状态，长年的训练使马的肥瘦始终如一。如今他们借着沉沉的夜幕，逃离了塔拉斯。

第二天清晨，乡亲们要来参见赛麦台依，当所有乡亲聚集时，卡妮凯派人去请众勇士，特别吩咐让古里杜尔、坎巴尔勇士把古里巧绕、坎巧绕两个孩子一起带来。在等待的时间卡妮凯给大家讲述两个孩子的来历："当年我的汗王去别依京的时候，艾散汗将自己的女儿碧尔米斯卡勒美人和艾将军之女布茹丽恰美人一起作为礼品相送。因为阿勒曼别特与楚瓦克在远征中做出了贡献，阔绍依老人提议把碧尔米斯卡勒美人送给阿勒曼别特，把天仙般的美女布茹丽恰送给楚瓦克。柯尔克孜族人都同意阔绍依的提议，撮合了他们的婚事。英雄们盘踞在别依京，当两位夫人有了身孕后，他们派头戴大白毡帽的秀图勇士率领五百人马，护送有了身孕的夫人来到此地。到两位夫人预产期时，在广阔的塔拉斯上游，在楚河岸边的软草甸，他们扎下了营地。我当时亲自前去迎接，召集着所有的父老乡亲，两位夫人没过三日就分娩了，两人同时生下两个男孩，格外喜人。不幸的是两位母亲还没来得及疼爱自己的亲生骨肉，就一同离开了她们无限留恋的人世。我把两个婴儿抱在怀里，将我洁白的乳汁赐予了这两个孩子，阿勒曼别特的儿子所吮食的乳头，洁白的乳汁犹如泉涌，就给他起了'古里巧绕'的名字，楚瓦克的儿子所吮食的乳头当时就滴下一滴滴的鲜血，我为他起了'坎巧绕'的名字。然后把古里巧绕托付给古里杜尔勇士抚养，把坎巧绕托付给坎巴尔勇士抚养。我猜想现在正是他们跟随赛麦台依左右的时刻。"卡妮凯说出这一切的时候，还不知道众勇士已经逃跑。"众勇士为何还不前来！"赛麦台依也在纳闷。

恰在此时，有人来报消息："众勇士已经出走，那两个孩子也被他们带走。我们骑马去追撵，在麻扎依勒山坡上发现了马的行踪。"赛麦台依立即起身，顺手拿起身边的武器，跨上塔依布茹勒神驹，毫不迟疑地追赶而去。他一路挥鞭，风驰电掣，到了阔奇阔尔那里赶了上去，阻挡了勇士们的去路。赛麦台依没有冲动，没有动气，彬彬有礼地规劝众勇士："我尊敬的叔叔伯伯们，你们的孩子赛麦台依赶来给你们请安。你们匆匆忙忙要去哪里，你们是否出来侦察敌情，是否有敌人来犯？昨天，我才刚刚回到家园，是我在哪里给你们造成麻烦？我若有过错，请你们讲讲。也许我年幼无知，但我知道你们是我的长辈亲人。尊敬的叔叔伯伯们，请你们消消气！飞禽降落需要尾巴，鸟儿起飞需要翅翼。叔叔伯伯们，如果你们离我而去，我就失去了落地的尾巴，我就失去了起飞的翅翼！叔叔伯伯们，切莫让我忧虑，在我还年幼时别抛弃我。克尔葛勒恰勒大伯，您是我们的长老，我们要给您应有的地位。我听说阿德拜、阔勒拜、奇比提和阔奇霍尔都是明白事理的头人。我坚信你们会理解我的话。也许你们想：'赛麦台依虽然能理解，但卡妮凯、巴卡依和绮侬尔迪能放过我们吗？'请你们千万不要这样胡思乱想。叔伯们，我现在就将我的塔侬布茹勒骏马相赠，任你们当中哪一位来骑；我脱下布鲁木战袍，任你们当中哪一位来穿。请不要为难你们的晚辈，让我们一同返回塔拉斯，向卡妮凯夫人和巴卡依汗好好解释，消除彼此的误会。"赛麦台依说到这里，把战袍脱下来披在塔侬布茹勒骏马身上，牵着马走上前去，恭恭敬敬地横在了他们的面前。

面对赛麦台依的真诚相劝，众勇士还不敢答应一同折返，也无人敢出来骑塔侬布茹勒神驹，更无人敢将布鲁木战袍试穿。过了许久，克尔葛勒恰勒、阿德拜、阔勒拜、奇比提、阔奇霍尔五个人开口，说是容他们再商议。赛麦台依回应道："你们不必着急，我等到明日也行，请你们仔细想想，不止商议去留的问题，还有回到王庭之后你们要做的所有事情，都可一并商议。"

众勇士在河流的交叉口，在白色麻扎的旁边，围坐成一个圆圈，开始商量下一步究竟该怎么办。"赛麦台依虽然能把我们安全带回，巴卡依和卡妮凯，谁能摸清他们的底细？""赛麦台依的话也不可全信，我们应当警惕。""赛麦台依哄骗我们回去，难道不是为了斩尽杀绝，一个一个悄悄地把我们杀了？我们千万不可麻痹大意。与其被他们一个个杀害，还不如让我们死在一起。""我们看来不能回去，我们要共同承受这场灾难。让我们再想办法，去投奔空吾尔巴依，与卡勒玛克人一道生活，彻底摆脱赛麦台依。否则我们随时随地都会遭到他的斩杀，实在难逃厄运。"众勇士商量了一阵，让克尔葛勒恰勒向赛麦台依宣布他们的决定。

当众勇士簇拥着一起过来时，在一旁满怀希望等待的赛麦台依微笑着说："看样子，大伯大叔们的商议结果不坏。"见到赛麦台依的微笑，走在前面的克尔葛勒恰勒不敢直说商议的结果，吞吞吐吐，语无伦次。此时阿德拜不耐烦地站了出来，他反穿着皮袄，三十多岁的年纪，但光秃秃的下巴没长胡须，开口就是恶言恶语："克尔葛勒恰勒，你给我住口吧！不要在此扯东扯西，不要说些毫不相干的话语！赛麦台依，你听我说，不论你献袍献马还是献礼，别想让我们改变主意！妄想叫我们去做巴卡依任意摆布的奴隶！你这个孤儿单枪匹马来占有百姓，你这个家伙羽毛丰满便霸占了领地，你让卡妮凯寡妇占据了宫帐，你让老家伙巴卡依来与我们为敌。汗王阿维凯、阔波什已经被你打入了地狱，我们将如何继续活下去！"当阿德拜说到这里，以克尔葛勒恰勒为首的勇士，纷纷附和着："阿德拜说得对！阿德拜说得好！"

面对嘈杂的鼓噪声，赛麦台依并没有冲动和狂怒，他再次语重心长地劝道："事情并非如此，亲爱的叔伯们，请你们先回到咱们共同的故乡。我要让你们像从前一样掌权，让你们去做各部落的首领。尊贵的巴卡依汗，也是你们从前的汗王。在阿维凯、阔波什时代，他受到许多不公正的对待。请你们回去也是他的一片心意。"当赛麦台依的话音刚落，阔勒拜气冲冲地道出了伤人的话语："你说的全是假话，你没有善待自己的叔伯，你连自己的祖父叔父都当作死敌。你听信那巴卡依的挑唆，一直在为他辩护。你所说的公道和诚意，我们都已经看得清清楚楚！我们并没有抢劫你的牲畜，你可安然地躺在宫帐里。我们要去投奔空吾尔巴依，我们已经选择了那里。"当阔勒拜做出了叛逆的选择，在他身边的同伙们都表示赞同，叫喊声响成一片，顿时惹怒了赛麦台依。他义愤填膺，大声怒吼："空吾尔巴依是柯尔克孜族人的死敌，你们谁也别想去投奔，统统都跟我回塔拉斯！"众勇士没有任何悔意，抽出寒光闪闪的刀剑，露出了仇敌般的嘴脸。

赛麦台依见此情景，哗啦啦抽出了锐利的金刚利剑，挥剑刺向背叛他的勇士。

赛麦台依请来周围山村的人们专门为勇士们建立墓地，将他们丢弃的马匹赶回阿依勒，对众人说勇士们均已阵亡，在他们墓前立下了石碑刻记。四十勇士的葬身之地留下了阿克阔奇阔尔麻扎之名，流传至今。

巧绕的初恋

　　古里巧绕和坎巧绕两个孩子看着赛麦台依与众勇士的厮杀，目瞪口呆，不知所措，最终被赛麦台依救下。赛麦台依用心观察，他们俩结实得像铁铸钢打；两双眼睛像宝石般晶莹，惊恐中透射出聪慧的光华。"都是将来能成才的材料。"赛麦台依把他们抱起来，分别放在鞍后褡裢两端的口袋，一起带回家。

　　赛麦台依惩治叛徒的英雄壮举，使百姓十分敬佩。赛麦台依向巴卡依和卡妮凯滔滔不绝地讲述这次惊心动魄的经历，最后说到安全带回来古里巧绕和坎巧绕两个孩子。卡妮凯听罢笑着说道："孩子，你干得不错。但是这个坎巧绕的事情，我再向你讲个明白。当初我给他喂奶时，我的乳房滴过鲜血。将来也许会有一天他会把你出卖给敌人，让你鲜血飞溅。当初我不忍心杀害婴儿，如今如何处置，你自己决断吧。"听了卡妮凯的话语，赛麦台依非常生气地回应道："我的母亲，我们已经消灭了加克普，也将阿维凯、阔波什打入了地狱。我们惩治了背叛的勇士，夺回了汗位和领土，拯救了苦难的同胞和乡亲。如今，我们要团结阿拉什所有的英雄，争取同心反抗卡勒玛克人，向空吾尔巴依讨还血债，为父王报仇雪恨。古里巧绕和坎巧绕是先辈留下的血脉。坎巧绕也是我的骨肉兄弟，至于将来会发生什么样的事情，那只有上天知道。我们不仅不能伤害他，还要更加关怀他，并培养他成为勇士。"听完赛麦台依的一番言语，卡妮凯消除了心中的疑虑，儿子拥有王者的胸怀，母亲为此深感骄傲。

"他俩都是汗王们的血脉，我们要为他们的归来举办喜宴。"赛麦台依发布命令，让人们开始准备。他下令将恰绮凯的巨型毡房搭建在玛纳斯当年大帐的旧址。这时卡妮凯出面劝告："孩子，别把毡房搭建在这里。你父王当年住在这里，曾招来了横祸。坎阔勒有的是宽阔的地方，有的是适合你住的场所。"赛麦台依固执己见："我父王居住时此地虽然不祥，他的儿子居住后会变得吉祥。我父王的住地多年荒废凄凉，是因为那些人不敢在此支起毡房，他们看见这里就心里惊慌。"他不听规劝，强行在那色尔城门旁支起了宫帐。

赛麦台依为两个孩子举行隆重的盛典。宰杀了八十匹母马，用来盛情款待前来贺喜的贵宾，向两个孩子赠送了精美的锦袍。赛麦台依让这两个孩子按照勇士们历来的传

61

统和习惯，上场比武，一比高低，并当场宣布："什哈依与加克普是一奶同胞的亲兄弟，他的儿子青阔交是我的叔伯，青阔交之女阿克阔云是我的堂妹。在世间的美女当中，没有谁能与她媲美。古里巧绕和坎巧绕，谁能战胜对方，我就把阿克阔云许配给他。"众人交口称赞。在旁聆听的青阔交也不敢当面反对，心中却感到人格受到侮辱，不免生出几分怨恨。

阿勒曼别特之子古里巧绕骑上阿维凯的阿克铁勒克[1]骏马；楚瓦克之子坎巧绕跨上阔波什的苏尔铁勒克[2]骏马。两位小勇士催动胯下的骏马，手中紧握着闪光的长矛，展开面对面的比拼，你来我往，打了多少回合，不见胜负。他们放下长矛，徒手角力，从清晨斗到太阳落下，谁也未能战胜对方。赛麦台依上前拉住他们的马缰："行啦，兄弟们，住手吧!"带领着他们返回宫帐。

为了让小勇士们互相谦让，赛麦台依安排人在中间调和双方。于是长辈们都来相聚，开始分别试探他俩的口气。首先将古里巧绕叫到屋里，巴卡依开口对他讲："你大哥赛麦台依要你娶妻结婚，说要为你娶个美女，你大哥为你操心，你俩真像亲兄弟。如果诺奥依人中难寻合适的，他说要给你娶个俄罗斯姑娘；如若俄罗斯也没有你中意的美女，就再去阿富汗，甚至到契丹人中挑选姑娘。如果不圆

---

[1] 阿克铁勒克：意为白色狍子般的骏马。

[2] 苏尔铁勒克：意为灰色狍子般的骏马。

满完成这事，别人的闲话就无法承受担当。你到底想要什么样的美女，快告诉我们，古里巧绕！"

古里巧绕未开口先红了脸，然后语气坚定地回答道："我不想娶妻结婚，好男儿先要为部落着想，在我还没有立功之前，我怎能急着娶个美女姑娘？"长者们却拦着不放他走，逼他说出喜欢的人姓名，软磨硬缠追问不休。

"如果我大哥一定要让我娶亲，那我就迎娶阿克阔云吧。如果上天赐予这份情缘的话。"古里巧绕终于道出了心声。老人们让他到门外等候最后的回话。

接着坎巧绕被叫进屋谈话，就娶妻结婚的问题，经过一番交谈和询问，他也道出了自己的想法。

老人们把古里巧绕和坎巧绕叫到一起，告知他们追问的结果："赛麦台依让你们挑姑娘，你们俩不约而同都选择了阿克阔云。"坎巧绕当即站起来说道："当年古里巧绕在我之前来到了人间，他理应是我的兄长。我决意退出，让给哥哥古里巧绕，他应该得到阿克阔云姑娘！"人们听闻齐声赞同，屋内响起热烈的掌声。

老人们立刻将所有的情况禀报了赛麦台依。赛麦台依听罢，便安排媒人前去提亲。

青阔交听罢媒人的话，暴跳如雷："如此侮辱我汗王的身份，我决不把姑娘嫁给一个奴隶。赛麦台依啊，赛麦台依，你不要把我看成阿维凯，我也不是阔波什。让你的美梦见鬼去吧，我怎能容忍你如此狂妄与放肆！"

媒人立刻返回，将青阔交的原话带给了赛麦台依。赛麦台依听到这些话很生气，左思右想，派人将古里巧绕和坎巧绕叫到面前："我已经派媒人去说了媒，青阔交却不愿让姑娘出嫁。看你们有什么高明的办法，去抢来阿克阔云姑娘！"此时古里巧绕笑着回答道："大哥，我一直期待你的许可，只要你准许，就让我自己去办吧。只要我活在人世，什么时候我都能征服她。我要在她玩耍的地方，悄悄把她带回家。"赛麦台依觉得他说得对，便这样发话："那你去吧，英雄好汉切莫无功而返，一定要把姑娘带回家。给顽固的青阔交心头再添把烈火吧！"

听完赛麦台依的话，两位少年结伴出发。此时的阿克阔云姑娘，正带着十五个同伴在玩捉迷藏。在阿维凯、阔波什的时代，古里巧绕和阿克阔云曾在一起念书，同在一个学堂，从那时起就互相爱慕，早已心心相印，情深意长。此时，古里巧绕和坎巧绕佯装玩耍蹦蹦跳跳，慢慢接近姑娘身旁。古里巧绕走上前去对阿克阔云轻轻说道："噢，我亲爱的阿克阔云，我的赛麦台依大哥答应把你嫁给我。他派人到你家提了亲，你父亲却没有一句正经话，把媒人臭骂了一顿。这下可惹怒了我大哥，他刚才对我发了话：'阿克阔云是我妹妹，如果你真心喜爱她，你就亲自把她抢回来。'"

在阿克阔云的同伴中有一个名叫卡丽恰的姑娘，她能说会道，面容又漂亮，她与少年勇士坎巧绕一见钟情，爱意绵长。她在一旁听了古里巧绕的话，声音朗朗，滔滔不绝地插话道："娘生下的闺女，早晚必定要出嫁。抢去姑娘结成夫妻，也是柯尔克孜族的习惯。这也不是丢人的丑事，自古以来就很常见。只要两人心心相印，互相结合理所应当。古里巧绕为你前来，你不要让他对你失望。坎巧绕专程为我而来，我也不会把他的心儿刺伤。我们为何不跟他们前往？”

阿克阔云听从了卡丽恰的话，双双跟随上了路。两位少年勇士牵着两个姑娘的手，心中如春风荡漾，成双成对来到赛麦台依的宫帐。

青阔交很快就得到了姑娘们私奔的消息。他无法接受这样的现实，立刻派人前往赛麦台依的帐下传话：“咱们有话好好商量，不要为此事让我们难堪。请把姑娘们放还给我，要依习俗定亲再办婚礼。请允许我们一年的期限，把婚事准备妥当，体面地办喜事。只要老天爷保佑我们平安，让我们大家和睦安康，等到年末牛羊肥壮，再把婚事办理，你看怎样？”

听完青阔交传来的这番话，赛麦台依开口答应：“那就这样吧，就让我的长辈好好准备吧。我们已准备了丰厚的聘礼，等他们来取，我们也要等着看他准备了什么嫁妆。如若他违背了诺言，别怨我没给他留情面！”赛麦台依当即发话，让两个姑娘先回家。

两对情人只能暂时别离，古里巧绕和坎巧绕只好把思念埋在心底。

围城逼婚

冬天过去，夏天来到。人们忙忙碌碌地转场搬迁到凉爽的夏季牧场。青阔交却还住在原地，原来他想好了要去别的地方。

他阉割了公马做役马，阉割了公羊做羯羊，准备了充足的口粮。当人们忙着往夏季牧场搬迁的时候，他偷偷地朝着日落方向的节提苏进发。走了十二个月的路程，才来到节迪盖尔部落。青阔交心中暗暗盘算着："我的女儿阿克阔云，她可是人间仙女，我将她敬献给托勒托依，向他求得援军，对付赛麦台依。"来到节迪盖尔部落首领巴葛什之子托勒托依的家里，青阔交说明了自己的来意。托勒托依听了十分欢喜，立刻命令仆人们赶来整圈的羊群，吆来成群的马匹，和四翅神马、神奇的战袍一起，送给青阔交，以祝贺他的乔迁之喜。看到托勒托依这样慷慨，青阔交开口道:"我不是来骑你的骏马,也不是来穿你的战袍征衣,只因玛纳斯的儿子赛麦台依,他的所作所为使我这个汗王威信扫地,我本想娶夏铁米尔的孙女恰绮凯为妻,谁知这美人却被他抢去。他还嫌这些不够,又派人来做媒说合,要我把女儿阿克阔云嫁给他的卫士为妻。我没有答应这桩婚事,他竟教唆自己的卫士把阿克阔云抢去。是我编造了谎言,才把我的女儿领回家里。对这些事儿,我已满腔怒气,实在难以忍耐,便出门寻找亲友相助。我把家搬到你的牧场,是愿与你结成亲戚,求得保护!"当他说完这些话,托勒托依低下脑袋静静地沉思,反复地考虑,便想出了这样的主意:"有个叫阿昆汗的汗王,他的爱女名叫阿依曲莱克。在赛麦台依未降生之时,玛纳斯与阿昆汗便指腹为婚,定下了这门亲事。当年玛纳斯曾驮去千峰骆驼的茶叶,又曾将无数的金银,作为给儿子指腹为婚的彩礼。只要我们率领精兵强将去攻打阿昆汗的城池,将月亮般漂亮的阿依曲莱克公开地抢到手,就能给赛麦台依造下一桩横祸。明天早上我要召集全体部民,组织一支强悍的军队。"

翌日清晨,托勒托依召集民众,和青阔交一起精心挑选了武艺高强的刀剑手、神枪手、刀斧手、神矛手,给这些兵丁登记造册,估算了时间,决定了行程。

青阔交就这样投奔了节迪盖尔部落的托勒托依,与托勒托依盟誓生死相依,率领一万两千兵丁,浩浩荡荡地向阿昆汗的城池奔去。托勒托依告诫青阔交:"轻敌麻痹是用兵大忌,最可怕的是暗藏的兵力。我们给阿昆汗先派去个使者，给他们送去温和的商量口吻的书信，同时探清他的兵马部署，我们好有所准备有效攻击。若是阿昆汗不答应，我们就强行夺取阿依曲莱克，再将他的城池夷为平地。"青阔交听罢高兴地说道："行，这真是个很好的主意，我们要选一个胆大心细的人去完成这个差事。"

站在一旁的能说会道的卡拉巴依，早已明白了汗王的心意，便自告奋勇，领命前去。他骑着枣红白脖种马，风驰电掣般飞奔，很快来到阿昆汗的城门前。

阿昆汗的城墙用块块岩石砌成，大门根部用坚固的铁石奠基。卡拉巴依在门前高声吼叫："看大门的卡拉萨尔特[1]，快给我打开城门吧！我有一件非常重要的事要向你们的阿昆汗通报！"

卡拉巴依进了城门后边跑边喊："噢咿，阿昆汗！阿昆汗！"正仰卧在宝座上休息养神的阿昆汗，忽然听到外面传来的疯狂呼喊，好奇地跑到宫门外。卡拉巴依见罢大声说道："噢咿，阿昆汗啊，我是青阔交和托勒托依的信使。青阔交和托勒托依率领精锐大军已经靠近你的城门。他们说快把月亮般的阿依曲莱克送给青阔交为妻，如果不愿许配，就让你指定开战的时辰。他们说，要改变河流的方向；他们说，要截走流向城里的清泉；他们说，要把你们全都闷死在城里。不让婴儿在母亲的怀里安眠；不让母马在圈里休息；不让你们垦荒种田；不让你们春种秋收；要把你

---

[1] 卡拉萨尔特：意为守门官。

们困死在小城里面！再将月亮一般的阿依曲莱克当众抢
走，让你难堪。"

阿昆汗听罢信使的话，气得连连摇头，咬牙切齿，给
卫士下令："快去拿下这个奴隶！难道我去过托勒托依的
领地，杀害了他的兄弟？难道我去过青阔交的家乡，抢劫
过他的马群？要我将月亮般美丽的阿依曲莱克赠给他们，
难道我是他们不共戴天的仇敌？瞧这愚蠢的人，他的恶言
伤天害理，快把这头畜生拖出去！"阿昆汗的卫兵冲上去，
准备把狂徒拖到大门外，但敏捷的卡拉巴依两腿夹马肚，
马鞭一挥，冲出城外，迅速逃离。

这时，阿昆汗这样想："我要召集自己的兵马，与青
阔交、托勒托依较量一番。与其把美丽的女儿拱手送给他
们，还不如和他们决个胜负。"阿昆汗这样思量以后，让
雄兵良将带上武器骑上骏马，冲出城门，奔赴战场。

长矛挥舞，刀斧叮当，人喊马嘶，激烈较量，两个汗
王的众多兵丁，犬牙交错，混战沙场。

由于双方伤亡惨重，不久便暂时休战，退居两旁。

战争给安居乐业的百姓降下了沉重的祸殃。农民不能
出城去耕种；樵夫不能去外边打柴；秋季来临时，人们吃
不上肥壮的羔羊肉。阿昆汗的百姓跌入了深渊般的灾荒。
无法忍耐的阿昆汗，又出城打了两场恶仗，也未能把敌人
赶走；青阔交和托勒托依攻不破阿昆汗的城池，无法带走
阿依曲莱克姑娘。双方的兵马对峙着，相互战斗，困顿劳
累。谁也无法打赢这一仗，也无人出面调和双方。

仙女求援

阿昆汗的儿子阿皆拜，巴依的儿子铁尔买其克，高参谋士图曼拜，还有能言善辩的卡勒别克，他们围住阿依曲莱克，七嘴八舌给阿昆汗出谋献策："多少大力士已倒下，城墙多处被毁坏，青阔交和托勒托依是两个天生的恶魔，看样子他们不会善罢甘休，我们还是把阿依曲莱克献给他们吧！"

听罢这番议论，阿昆汗对他们感叹道："白鹰隼的腿上拴着白丝线，你们月亮般的妹妹身后，有段隐情与她紧紧相连。当年，举世闻名的英雄汗王玛纳斯当着众汗王的面与我约定，将阿依曲莱克许配给他未出生的儿子，缔结了指腹为婚的定亲誓约。我近日才知道英雄玛纳斯已不幸去世，他留下的孤儿赛麦台依历经凄凉艰难成长，终于成为一名真正的英雄。我听说了他的所有情况，还听说了他传奇的事情，听说他十分勇敢聪明，敢说敢做敢当，谁若兴风作浪将他惹恼，就注定不会有好下场。虽然说他大度又大量，但对伤天害理的恶人从不轻饶。我们若把阿依曲莱克送给青阔交，万一赛麦台依来了，我们将如何回复？你们说把阿依曲莱克献出去，你们怎么能说这样的话?！"阿昆汗当即严厉训斥这些人，阿皆拜、铁尔买其克、图曼拜、卡勒别克全都红着脸低着头无话可说。

这时，阿依曲莱克微笑着开口："青阔交和托勒托依的要求，由我去亲自答复。与其成为他们的战利品，还不如让我立即去死，或让我腾空而起翱翔于蓝天云谷。"人们从来都不知道她会飞翔，听不懂腾空翱翔是什么意思，在场的人们为之惊讶万分。

阿依曲莱克思索着计谋，派两个小媳妇去请艾力其别克大叔过来。艾力其别克是阿昆汗随从中的大能人，每当人们聚集的时刻，都由口齿伶俐的他来出面主持。派去的两个小媳妇，其中一位是艾力其别克的儿媳，另一位是他的女儿苏约尔罕。苏约尔罕见到父亲说道："尊敬的父亲啊，阿依曲莱克姐姐请您去一趟，有件要事要与您商量，她说她非常着急，好像有事要飞往天上。"听了女儿和儿媳的话，艾力其别克心想："仙人的女儿阿依曲莱克，难道她要离我们而去？"想罢便立刻动身。

阿昆汗的宏伟都城有两座大门，红色大门进去就是阿昆汗住的殿堂，那座白色大门里，是阿依曲莱克姑娘的宫殿。她由八十位宫女相伴，四十个媳妇、四十个姑娘供她使唤。艾力其别克恭敬地走来，阿依曲莱克亲自跑出门外迎上，把老人领进殿内。她热情招待艾力其别克，馈赠崭新的衣裳，然后这样讲道："噢，我尊敬的大伯，我有件事同您商量，求您给我帮一个忙，请您辛苦一趟去托勒托依的营帐，将我的话告诉他们，顺便打探他们的情况。您不要在那儿逗留太久，明天天黑之前一定要赶回这里。大伯啊，您这一行程所说的话语，都是我设下的谎言骗局，对于吸血鬼托勒托依和青阔交，我要用假话把他们蒙诓，对敌人说谎无须把罪过担当，您就说：'阿依曲莱克派我前来，她知道托勒托依和青阔交英勇无敌，她愿意向你们低头！她愿意认青阔交为丈夫、托勒托依为外甥，这才是她一生的福气！'您去说：'为了把婚事准备妥当，请给她九十天的时光。'您还要把他们的想法带回给我细讲。"艾力其别克老人听了她的话，心中顿时一阵紧张："我从未对人说过假话，万一话中出了差错，岂不招人咒骂！岂不在我的晚年丧失我的人格，丢了我的威望！"为了不违逆阿依曲莱克的重托，他没把"我不愿去"说出口。

艾力其别克很不情愿地走出大门，机智的图曼拜已在门口，他走上前来细问端详："艾力其别克大叔，你要去向何方？你的脸色苍白，步履踉跄，神色惊慌，这到底是为了哪桩？"艾力其别克回答道："图曼拜，你听仔细，我告诉你一件不可告人的秘密：你的妹妹阿依曲莱克，给我找的麻烦大啦！她说：'你去找托勒托依和青阔交，要想方设法欺骗他们稳住他们！还要带回他们心里的真话！'

我实在不好意思拒绝，当主子下了命令，下人又有什么办法？"这时，图曼拜说道："我的大伯，你先等一下，你说的话还很不全啊！阿依曲莱克心中的秘密，她还没有全部告诉你啊！即使我们不给赛麦台依送信，阿依曲莱克也会亲自去请求帮忙，只要我们团结一致，想方设法稳住那两个豺狼，英雄赛麦台依还不领兵到这里来吗？那时，这两个恶徒将彻底灭亡！柯尔克孜的英雄赛麦台依将会记住我们的功劳。大伯，您一定要冷静沉着别慌张，让我们去换上衣裳，挑选上等的马匹，去叫那两个恶人延长天数，给阿依曲莱克姑娘争取更多的时间吧！"

艾力其别克和图曼拜作为使者，朝着托勒托依和青阔交的营地策马而去。他们一路不停地想着要讲的话语，言辞中如露出一点破绽，后果将不堪设想。

见到了青阔交和托勒托依，图曼拜先开口说话："尊敬的青阔交、托勒托依两位伯克[1]，我们作为私人使者，从阿昆汗的城堡来到这里，阿昆汗并不知道我们的行踪，是阿依曲莱克派我们来求见你们。"接着，艾力其别克滔滔不绝地说明来意："阿依曲莱克是位仙女，她美丽无比，聪明伶俐，她背着阿昆汗让我们来与你们相见。她说：'父王阿昆汗已经年老智衰，固执地不肯让我嫁给好汉。'她还说：'青阔交是我要嫁的英雄好汉，托勒托依是我疼爱的外甥，我要准备婚礼，要体面地离开家园。'她又说：'如

果青阔交实在着急，请让她准备九十天。假如不着急，请允许给她六个月的时间。'阿依曲莱克说的话就是这些，她再三恳求你们，给她宽限六个月的时间，我们来的目的就是如此。"

青阔交听罢沉思片刻，说出了自己的担心和忧虑："为何阿依曲莱克非要六个月时间？她是否要飞到遥远的地方，去寻找自己真心满意的英雄？"

愚蠢的托勒托依对青阔交的忧虑十分不满："青阔交，让你的话见鬼去吧！阿依曲莱克可不是那样下贱之人，不会到处寻找男人！你怎能这样胡言乱语？她为了准备嫁妆，才特意委派使者来到你的面前，你不要这样疑神疑鬼！赛麦台依迎娶了美女恰绮凯，正欢心满意，他不会为再娶一个阿依曲莱克舍财劳神千里奔波到这里。青阔交你若有诚意，就接受这使者的话，如果你嫌六个月的时间太长，就允许阿依曲莱克九十天的期限。我的建议就是这些，其他的事情全由你决断。"青阔交听了这些话语，再也不和托勒托依争辩了，就当下答应："就给她九十天时间！"这时，图曼拜又恳求道："青阔交姐夫，托勒托依英雄，我们担心婚礼准备不完，如果你们不嫌时间太长，最好宽限她六个月的时间，让漂亮的阿依曲莱克好好准备，不要让她为难。"青阔交答道："艾力其别克、图曼拜啊，常言道：只要到你面前低头，杀父之仇也可赦免！当初你们瞧不起我而向我宣战，现在却来到我面前请求宽限，我十分满意和高兴！那么期限不要超过五个月，这就是我的最终时限！我不需要任何嫁妆财产，更不愿给你们添麻烦，请阿依曲莱克尽管放心！当满五个月的时候，要打开你们全城的大门，热情迎接我的军队列队入城。到那时，我要满足所有的人，我要让阿依曲莱克的城里油河流淌；我要让她的百姓幸福无边。只要能娶阿依曲莱克，我全力以赴，死而无憾。当阿依曲莱克踏入我家的门，我让你艾力其别克戴上大臣的冠冕，让你图曼拜骑上我带翅膀的黑色神驹。这就是我青阔交的诺言，回去转告阿依曲莱克细听。"

艾力其别克领着图曼拜心满意足地踏上归程，急急忙忙来到阿依曲莱克身边，从头到尾一一禀报。聪明的阿依曲莱克听后十分高兴，同时告诫二人："只求上天保佑我们，我将到那遥远的地方去求援，只要赛麦台依来到这里，就无人能对抗，只能俯首称臣。此事千万不能泄密，可要把严自己的嘴巴。"阿依曲莱克说完这番话，送给他们足够的衣物金银后让他们离开了宫帐。

见多识广的阿依曲莱克唤来了四十个姑娘和四十个媳妇，对她们一一吩咐叮咛："如果我的父王叫我，你们就说：'没有看见！'如果问我到哪里去了，你们就说：'我们不知她的踪迹。'除此之外的话语，你们千万不要吱声。"

卡丽曼在姑娘中最为聪明，是阿依曲莱克最喜欢的妹妹。阿依曲莱克给她穿上了自己的锦袍，让她住进了自己的金铸宫殿，然后自己披上了白天鹅羽衣，做了一切飞翔的准备，用尾巴拍打着大地，将翅膀朝着太阳扇动，一只白天鹅就这样展翅腾飞。

　　阿依曲莱克翱翔于白云之上，沐浴着妩媚的月光。她越过崇山，翻过峻岭，迎着东方旭日的霞光飞行。她思绪万千，心里细想："巴葛什的儿子托勒托依，曾经去过契丹的地方，对契丹和卡勒玛克人造成无穷灾难。所以我是否先去拜访空吾尔巴依。"阿依曲莱克在蓝天扇动着翅膀，放眼看到前边美丽的山冈，有座红塔闪烁着熠熠光芒。她断定这就是别依京，便慢慢地在上空盘旋。她看到一座雄伟的宫殿，宫殿门前有一群人在晃动，都身披袈裟，此地不是契丹人的住地，也不是卡勒玛克人的都城。她心想：原来是我迷了路，这里是古城逻裟。她决定改变方向，向东方奋力飞翔。前边是一片大海无边无际，这是无法飞跃的地方。她又掉转了飞行的方向，从高空看见灰色的马群在一片草原上徘徊徜徉。阿依曲莱克不由得俯身向下，睁大眼睛想看个周详。恰巧就在此时，空吾尔巴依来到了马群旁。人高马大的空吾尔巴依，毛发如马鬃，力可撼山冈。在戴黑毡帽的卡勒玛克人中，他是位名声显赫的汗王。阿依曲莱克亲眼看见，他是如此精神抖擞，他虽然已经七十岁高龄，却英姿勃发。面对这位世间枭雄，阿依曲莱克虽然敬畏，心中却充满着仇恨，因为他是柯尔克孜族人不共戴天的仇人，是杀害公爹的罪魁。阿依曲莱克思绪万千，乱云一样，她朝着西方飞行，又转向西北方向，越过阿尔泰山脉，来到阿拉木图的平原。穆孜布尔恰克的儿子阿克库巴克正在那里狩猎，撒狗放鹰，玩得十分欢畅。从天上飞过的阿依曲莱克用心端详。阿克库巴克还不到十五岁的年龄，脸上的稚气还没有褪光，他还是个只会贪玩的孩子，还没有具备英雄的胆量，他的智慧还未发育完全。阿依曲莱克再次掉转方向，沿着阿拉套山向前，将卡拉布拉山谷又重新巡视了一遍。她盘旋在高高的蓝天，每时每刻遐想不断，找不到赛麦台依，她心烦意乱。一团团云朵在天空翻滚，眼前的灰暗使她十分疲惫。灰白的云团开始退散，天边开始露出蔚蓝。阿依曲莱克飞出了厚厚的云团，突然她眼前一片晴朗，金色的艳阳闪烁着光芒，她到了塔拉斯的上方。她已经望见赛麦台依的家乡，他所生活的富饶的塔拉斯，他的父王玛纳斯曾住在这里，她之前早就听说过这里的故事。

阿依曲莱克眼前映出了一座宏伟壮观的陵寝，"这肯定是父王玛纳斯的陵墓。"面对庄严的圣陵，阿依曲莱克低头沉思："这崇高的父王玛纳斯的陵墓，我怎能从它的顶上飞过！若是被英灵惩罚，我还怎能在世间做人！"她避开陵墓上空，绕道飞行，飞过阿勒玛路清泉，飞过雄卡尔塔什的山崖绿丛。

在托尔特阔勒湖的下游，在玛纳斯培植的果园旁，在卡依那尔泉水源地，在梧桐树生长的地方，在野鸭和灰雁啼鸣的河流旁，在广阔塔拉斯的边缘，在阿拉阔勒湖畔，赛麦台依正在狩猎，追逐着野鹿黄羊，捕捉野鸭和野雁。他的身边有两个勇士，像小马驹一般撒着欢。阿依曲莱克在天空朝赛麦台依仔细观看，眼前的英俊青年形如威猛的蛟龙，神似凶猛的雄狮，充满了男子汉的气概，英勇彪悍，定能把劲敌撕成碎片。他正当十八九岁间，风华正茂，气度翩翩，拥有当汗王的智慧，拥有做汗王的眉眼。他红彤彤的脸庞像油炸的麦粒一般光芒闪闪，他体健身壮宛如一座大山，胸怀统率部族的信念；他具有首领的气质，举手投足雷鸣电闪。他身上佩戴着锋刀利剑，会让来犯者胆战心惊，腰间佩挂着铮亮的战斧，会让遭遇的敌人闻风丧胆。他所有的装备金光闪闪，无所畏惧勇往直前。他胯下的塔依布茹勒骏马腾空飞跃，目光尽揽四海江河。阿依曲莱克仔细地观察判断，这样的英雄豪杰，走遍人间也难寻见，也许要几百年人间才会降下这一位出奇的青年。赛麦台依身边的古里巧绕，是位翩翩少年，将来定会成为强悍勇士，他没有一丝容忍和谦让的性格，会将较量的敌人就地全歼。生性鲁莽的坎巧绕，也像一团烈焰，敢对来犯者以致命打击，会是位脾性执拗的好汉。

　　阿依曲莱克在空中反复观察，赛麦台依的一切都令她喜欢，一匹塔依布茹勒烈马与三位小伙子，个个都使她心满意足。

羞　　辱

变成白天鹅飞来的阿依曲莱克降落在对面的山冈上，一时心中着急没了主张，不知道如何与未婚夫赛麦台依见面，也不知道怎样诉说衷肠。阿依曲莱克心中琢磨："我若不见他就返回去，肯定会在青阔交和托勒托依的刀下把命丧。那娇贵的夫人恰绮凯，本来就是我的表姐，我何不与她先见面，对她把心里话儿讲。"她思来想去决定与恰绮凯见面，一直等到太阳落山，才见娇惯的恰绮凯走出门庭，欣赏风光。恰绮凯头戴着高耸的艾列切克帽，像山坡上的白盘羊高仰着头，星星似的眼睛一眨一闪，环视着两边。黄金项链在胸前金光闪闪，那红珊瑚镶嵌的纯银发饰系在发辫，拖在身后哗哗作响，仪态万方。她穿着华丽的衣衫，用金银装饰全身，光芒四射；她婀娜的身姿好像随风摆动的柳枝一般。恰绮凯缓步来到平时漫步的小径。

阿依曲莱克看见了恰绮凯，心情激动，十分高兴："她就是赛麦台依英雄尊贵的夫人？我们同是女人，我要向她诉说心中的苦情！我要听听她的意见，也不枉这次遥远曲折的旅程！"阿依曲莱克这样决定，当即恢复了十五岁姑娘的原形，姗姗来到恰绮凯面前，展示着仙女的风采。

恰绮凯望着突然出现的阿依曲莱克的风姿，一下子惊奇发呆，她的双手不由得下垂，她的心险些跳出胸膛，她不知所措，浑身战栗，几乎透不过气来。阿昆汗的女儿阿依曲莱克却低头抚弄着长长的发辫，露出洁白的脖颈儿，恭敬地对恰绮凯开言："夏铁米尔的明珠恰绮凯，亲爱的姐姐，你近来可健康愉快？你是否有了心爱的后代，你是否生育了可爱的男孩？什哈依的儿子青阔交向节迪盖尔部落的托勒托依敬献女人，索要了十二万精兵强将。他们狼狈为奸互相勾结，已经把我们围堵了一年。他们为了报复英雄赛麦台依，叫嚣要强娶赛麦台依的未婚妻，不断威胁我的父亲，妄图摧毁我们的城堡。我们的命运吉凶难测，我千里而来舍命求救。你的赛麦台依英雄是不是讲尊严的青年？我这落难的阿依曲莱克，他是否愿意去保护搭救？假若别人抢走了他的未婚妻阿依曲莱克，他是否会后悔？他是否会惩罚青阔交和托勒托依？姐姐，莫要把我当作情敌，莫要认为我会给你带来苦寂，莫要认为我会夺走你的丈夫，我愿在白色宫帐里为你效力。搬家时，我给骆驼铺好鞍子，平日里，我会把宫帐里仔细清洗。我愿意伺候你四十年，四十年后我愿为你养老送终。我若有歹意，就不得好死；我若有坏心眼，就让我死无葬身之地！"

听了阿依曲莱克的话语，恰绮凯顿时脸色由红变白，她拉下脸来说道："你这个不要脸的贱婢！姑娘里有像你这种人吗？不待在父母亲身边，自己出来追寻男人是好姑娘吗？一直到你的头发斑白，一直到你的牙齿全部脱落，让你一直待在阿昆汗的家中。应该让你待得生锈发霉，应该让你永受冷落！我的雄狮赛麦台依难道会看中你这种女人吗？让我从中给你当媒人，难道我是女人中的傻瓜？！我的英雄赛麦台依已娶了我恰绮凯，我难道比你阿依曲莱克逊色吗？！哎呀呀，你的话让狗去听吧，要么就让你身上的虱子去听吧！"恰绮凯怒气冲冲地说完，拍了一下衣襟，扭身走回宫帐。

阿依曲莱克听着恰绮凯无端羞辱，差一点昏死过去，恨不得就要钻进地缝里。她痛苦得无法迈步，目瞪口呆地愣在了原地，气得嘴角发抖喘不过气，眼泪不住地流淌。娇惯的女人恰绮凯一进屋就痛苦叹息着连声嚷嚷："哎呀呀，我浑身难受不舒服，有病魔缠到我身上。"英雄赛麦台依听闻，立刻让她躺下休息静养，又让人宰了一只黄色的羔羊，用取出的羔羊肺拍打恰绮凯的额头，做了消灾祛邪的仪式。人们也簇拥着赶来，忙着对恰绮凯左右照顾。

除了恰绮凯一人，无人看见阿依曲莱克。

就在人们忙碌的时刻，古里巧绕和坎巧绕从坎阔勒的阔勒莫草场出发，一路谈笑风生，前来拜访赛麦台依。两位少年进入赛麦台依的宫帐，向他们问候请安。枕肘倒卧的赛麦台依微笑着伸伸懒腰，用赞赏的目光打量着他们，并对他们吩咐道："我的英雄古里巧绕，我的勇士坎巧绕，我父王留下的白鹰隼已经长成能狩猎的雄鹰，有了结实的筋骨、丰满的羽翼。眼下湖滨的野鸭、野鹅成群的栖息，正是狩猎的季节，明天我要沿着塔拉斯狩猎，你们今天就赶快回去，告诉牧马的骑士，要从我父王留下的马群中挑选出两匹良种骏马，让你们驯养乘骑。你们明天就骑着那两匹骏马回来，让我们日出时在卡拉苏河滨相见。"两位勇士接受赛麦台依的吩咐，当下便扬鞭策马奔向马群。

次日初露晨曦，娇惯的女人恰绮凯，一副傲慢的神态，披衣从床上爬起。她还是对阿依曲莱克心怀戒备，怀揣不安之心，向门庭外走去。

阿昆汗的女儿阿依曲莱克依然在原地等待，乌油油的秀发在晨风中飘拂，白生生的面庞仙女般美丽。她向恰绮凯迎面走来，胸中像火一样煎熬，倔强地诉说心中的悲凄："我亲爱的好姐姐恰绮凯，我求你让我和赛麦台依见一面，告诉他事情的真相。看他是否对情敌缩头缩脑，甘心将阿依曲莱克拱手相让？我得到赛麦台依的准信，一刻也不会停留，立刻返回。好姐姐，我求你帮我摆脱危险境地！"

听罢阿依曲莱克的这番话，娇生惯养的女人恰绮凯惊慌失措，失去理智，她死死地抓住阿依曲莱克的手臂，喷出了刻薄的污言秽语："你这个变幻无常的贱人，你浪荡到我的领地满口谎言！难道你是魔鬼差遣的使者吗？哪个女人活着愿把自己怀里的男人拱手送给别人！我要把你拖回家里，做我的下人奴隶！"气急败坏的恰绮凯使劲拽住阿依曲莱克的胳膊。阿依曲莱克毫不掩饰内心的感受，用真心话回击恰绮凯："你这个娇生惯养的恰绮凯，如若我的期望能实现,你将成为真正的失意者！我的朋友告诉我,赛麦台依今日要去塔拉斯草原，在喀拉库勒的湖滨放鹰狩猎。他如果留在家里就属于你，只要他走出家门就属于我。我就在他经过的路上变成白丝绢，变成金鱼，变成白天鹅,用美丽的幻术吸引他的目光，让他落入我的网，在他忘乎所以之时，我要将他的白鹰隼捉到手，从他的眼前飞走，以此引诱他到我的家乡！假若赛麦台依不来找我，他那心爱的猎隼，将让托勒托依来放飞，他应迎娶的阿依曲莱克将成为青阔交的新娘。那时在世人面前，赛麦台依再也不是大名鼎鼎的英雄，而是臭名远扬的懦夫，再也抬不起头来，再没有风光！假如我实现不了我的心愿，我将从人间销声匿迹，像个倒霉鬼悄悄地死去！愿那些纯洁高尚的神灵都来保护和帮助我吧！"阿依曲莱克说完这些话，从恰绮凯手中像铅水一样滑脱，变成一只白天鹅，扇动翅膀飞上蓝天，瞬间消失在恰绮凯的眼前。

娇惯的女人恰绮凯闻听此言如痴如梦，心想："这到底是怎么回事？她真的能把赛麦台依抢走吗？赛麦台依不会丢下我吧，我要想尽办法抓住赛麦台依，绝不让他离开我半步。"恰绮凯心情紧张又发慌，低着头往宫帐走去。

阿依曲莱克在高高的蓝天向前飞翔，她扇动着翅膀，迎着太阳，她一边飞行一边鸣唱，用翅膀扇起清风，用尾巴拍打着阳光，骤然间让乌云急速漫天铺展，山顶上倾下冰雹，山下大雨倾降；她让天空雷声隆隆，八条河川洪水暴涨。暴雨下了做顿饭的工夫，便雨住天晴，孤独的阿依曲莱克已经飞得无影无踪。

当天色刚蒙蒙发亮时，赛麦台依从梦中睁开惺忪的睡眼，他走出房门外看见一片新雪晶莹，顿时喜出望外："自从我叫赛麦台依以来，自从白鹰隼到我手中，我还从未看到这样的新雪，这新雪初晴怎不令人高兴。在这样美好的时候，我怎能不去狩猎放鹰？"他兴奋不已地鞴好塔依布茹勒骏马，马鞍侧面系上了金边皮鼓，身穿战袍，手腕上套上马鞭，手臂上架着白鹰隼，脚都没踩鞍镫，"噌"地一跃而起跨上了马鞍。

赛麦台依刚要扬鞭起程，无法忍耐的恰绮凯追出门，抓住了赛麦台依的缰绳："我亲爱的汗王，你今天不要走，明天再去吧！昨夜我做了一个梦，梦见了十分可怕的事情。平常不鸣叫的白鹰隼半夜里突然发出叫声，它扯断了趾上的丝绳，好像要飞走似的扑腾。汗王，你今天千万不要出门，我求你明天再去，也不要独行，你带上两个勇士，与你的伙伴一起同行。"赛麦台依听了十分扫兴："你不要说不吉利的话，你快给我松手，你的梦是狐狸的粪便，快放开缰绳！傻瓜！如果白鹰隼鸣叫的话，它是听到了同伴的啼鸣。"赛麦台依这样说着，恰绮凯仍紧紧抓住马缰，不让赛麦台依起程。赛麦台依气愤至极，脸色铁青，他举起了手中的皮鞭，用十二条皮条精心拧成的皮鞭抽打在恰绮凯的臀部。恰绮凯好像从石崖上跌下的羔羊,咩咩地叫着,凄惨地痛哭,破口诅咒赛麦台依:"你去吧,永远不要回来,我不要你再进这个门!你去吧,不要再进这个家!让节迪盖尔人夺走你的雄鹰,让你从此一事无成!让托勒托依抢走你的骏马,让青阔交抢走你的未婚妻做女佣!"

恰绮凯恶毒地咒骂,却不能阻止赛麦台依,她只能眼睁睁地望着他离开。恰绮凯的诅咒,让赛麦台依想起来了一句谚语:"绵羊诅咒饿狼,不会击伤饿狼;女人诅咒丈夫,丈夫毫无损伤。"

雄狮赛麦台依催动着塔依布茹勒骏马驰向远方。

白天鹅抓走白鹰隼

　　阿昆汗的女儿阿依曲莱克飞翔在空中仔细观察赛麦台依，不由得在心中这样遐想："他骑着飞驰的骏马，白色战袍闪着银光，我是否会如愿以偿，做这个青年英雄的新娘？他是否会兴致勃勃地将我迎娶进他的新房？他是否会抹去我头顶上的苦恼，除去我心中的悲伤，让我天天欢欢喜喜，过上无忧无虑的日子。"阿依曲莱克浮想联翩，心中好像烈火点燃，在空中不停飞旋。

　　古里巧绕骑着阿克铁勒克骏马，坎巧绕骑着苏尔铁勒克骏马，并辔而行，经过赛麦台依的宫帐。他们俩有个共同心愿，他们要为独行的大哥做好驱兽的帮手，高高兴兴地玩上一天，然后再返回自己的家中。

　　躺在家中的恰绮凯听到门外的马蹄声，一下翻起身，摇摇晃晃地走出门，对两位勇士说道："哎，小伙子们，请停一停！我想和你们商量个事情！"

古里巧绕回头望了一眼，拨转马头，勒住缰绳，坎巧绕却嘻嘻哈哈地说道："好啊，你说吧！好嫂嫂！"两位勇士心想："从来不理睬我们的恰绮凯，今天为何有这般热情？是否大哥对她发了脾气，用皮鞭抽打了她不成？或许娇惯的嫂嫂恰绮凯，又从哪里听到了什么风声？"

恰绮凯挑了一下眉毛，带着几分悲伤说道："小伙子们，在你们的大哥放鹰狩猎的路上，千万不要让他去捡白丝绢，千万不要让他去捉小金鱼，千万不要让他放开白鹰隼去抓白天鹅！否则他会为丢掉白鹰隼而后悔！如果你们办到了这些事，我就给你们搭起新毡房，给你们娶来喜欢的美人做新娘！两位勇士，我说的话你们两位就是见证人。我一定会履行我的诺言。祝你们一路平安顺利！"两位勇士连连点头表示同意，扬鞭策马匆忙去追赶赛麦台依。

在卡拉苏河畔，在长满三棱草的湖滨，在赛麦台依途经的大道上，一条门扇般宽的白丝绢在阳光下闪耀着光泽，在清风中忽闪忽闪飘动。赛麦台依正想着下马拾起白丝绢，看到身后两位勇士已经赶到，就对他们高声叫喊："古里巧绕！坎巧绕！你们生来有福的大哥，在前面看到了一条白丝绢，你们快去把它捡起来！"当两位勇士驱马来到跟前时，赛麦台依又对他们解释，"也许是安集延、纳曼干的商贩在黑夜里路过这里不小心丢下白丝绢，父王玛纳斯给我留下的阿克奥勒波克战袍被阿维凯占有时，穿着毫不珍惜，战袍的面子已经褪色，连战袍的里子也已破烂。你们快去捡起白丝绢，请我的母亲照料剪裁，让恰绮凯缝补好那战袍的里面，让我穿上它风光风光，也借此试试恰绮凯的技艺，看她的手艺是否精湛非凡。"

古里巧绕扭头望见那白丝绢，却对赛麦台依的话听得有些不耐烦，毫不在意地说："我的大哥，还没有放鹰去捕野鸭，还没有狩猎打黄羊，你在想什么？面对成群的野鸭子，你怎么还不放鹰？假如你需要白丝绢，就让我赶上六十匹花走马去安集延买来用不完的白丝绢。"

赛麦台依听了这些话，就从鹰腿上解下金色的丝绳索，从鹰头摘下五彩的遮眼罩，将云雀般的鹰隼猛地举起来，让它展翅飞上了天。赛麦台依叮叮咚咚地敲响了镶金的战鼓，布满湖面的野鸭野雁刹那间扑嗖嗖地飞起。赛麦台依和坎巧绕扬鞭策马跟着白鹰隼去追赶。

机警的古里巧绕悄悄地留在后面，他捡起那门扇般大的白丝绢，把它抛进了一个深深的坑里边，然后搬起一块水磨大的黑色石板，严严实实地堵住了深坑的口子。迅速地做完这一切，古里巧绕又紧跟在赛麦台依后面。

白鹰隼飞快地去捕捉野鸭野雁，赛麦台依他们绕着卡拉苏河上下飞驰，共捡到六只野鸭六只野雁，把猎物拴在马鞍边上。骏马都跑得汗水淋漓，他们便在卡拉苏河边下马歇息。赛麦台依蹲在河边洗手，刚把手伸进水里，一条金鱼出现在眼前，只见那金鱼的脊背上有黑色的斑纹，头顶上有拇指印大小的一块印斑，摇头晃尾，缓缓游过。赛麦台依顿时被金鱼的奇特所吸引："我的两位无畏的勇士，我的雄狮古里巧绕！我看到了，你们看到了吗？有一条金鱼从我面前游过，鱼的脊背上居然有黑色的字迹，头顶上有拇指般大的金色印记！我活到今天，从未见过这样美丽迷人的金鱼。我亲爱的古里巧绕，你快勇敢地下水去，用手轻按住金鱼的身体，抓住鱼的头部把它提起，我要把它带回家去给你们娇惯的嫂嫂恰绮凯，让她养着这美丽的金鱼。早晨我用鞭子抽打了她，把金鱼送给她，让她开心欢喜。"赛麦台依这样说着，古里巧绕不敢怠慢，匆匆忙忙脱下从安集延买来的白靴子，赤着双脚跳进水里，用脚使劲踢着河泥搅浑了河水，还装出一副什么也看不见的样子："大哥，鱼在哪里？"

此时赛麦台依十分生气，大声训斥古里巧绕："瞧你笨头笨脑的样子，净给我添麻烦！"说着向水里的金鱼摸去，抓住鱼朝河岸扔了过去，"给，抓住它，坎巧绕！"坎巧绕弯腰捡起地上的金鱼："哎呀呀，我亲爱的大哥啊！这是一条发青的鱼，吃了这种鱼肉可要丧命！"说着扬手将金鱼又扔回河水里。

此时在芦苇丛生的湖边有一只长脖子的白天鹅，翅膀拍打着水面，嘎嘎叫唤。古里巧绕看到白天鹅说："我亲爱的大哥！从来只有你做放鹰的人，今日把你的白鹰隼给我吧！让我也过把放鹰的瘾！"赛麦台依不愿让自己的勇士失望，就把白鹰隼交到古里巧绕手中。古里巧绕得到白鹰隼，放开马嚼口，头也不回地向前驰骋。赛麦台依已察觉到他逃开的意图，更加恼怒地随后追去，塔依布茹勒骏马只跳跃了六次就追赶上了古里巧绕，机智勇敢的古里巧绕勒住缰，回过头来哈哈大笑，装出无可奈何的样子："我亲爱的大哥，你从来没让我手中掌着鹰这样骑马奔驰！我这匹怪脾气的马很不听话，它突然发狂我有啥办法，我若对大哥你耍滑欺骗，就让我跃入火狱烧成白骨。"听罢古里巧绕誓言般的话语，赛麦台依那极度的愤怒顿时清除，心情舒坦如风卷浮云。二人掉转马头又回到湖边，赛麦台依又兴致勃勃地开言："那出现在我们面前的天鹅，若不放飞鹰隼去把它捕捉，苍天还能将我宽恕？"这时坎巧绕插话道："我亲爱的大哥啊！这像是来自圣地的母天鹅，它好像在巢穴孵蛋生仔，我们可千万别遭到它的诅咒！"赛麦台依听了此话，刚有的兴致又化作怒气，他厉声指责坎巧绕："当年我曾发怒惩处了加克普，我猛虎捕食般吞没了阿维凯和阔波什，看他们谁还能奈何我！你们的汗王我依然还活着，谁能阻碍我想走的道路！"他从古里巧绕手中夺下白鹰隼，解开左鹰趾上的长绳，揪断了右鹰趾上的短绳，把鹰眼罩朝下一拉，将鹰趾向上一托，白鹰隼如箭般飞向天空。

赛麦台依立马在原地眺望他心爱的白鹰隼，看到白鹰隼迅猛地俯冲而去，在湖面凶狠地捕捉白天鹅。赛麦台依顿时万分高兴，高声大喊："快去，把他们分开！莫让白鹰隼扭断了白天鹅的脖颈儿，可别让美丽的白天鹅丧生！"古里巧绕策马飞奔过去，只见白天鹅紧紧扯住了白鹰隼脚上的金链。当古里巧绕伸出双手正要捕捉白天鹅时，白天鹅突然腾空飞起，嘎嘎叫着振翅飞去。白天鹅用双翅扇起了一场风暴，团团乌云漫天翻滚，雷声隆隆震天动地，冰雹劈头砸来，暴雨倾盆溢出河沟，山洪暴发，乱石飞滚。过了一顿饭的时间，天空放晴，日透云层。三人看得眼睛发困，天空却没有了白天鹅的踪影，也没有看到白鹰隼的影踪。这时赛麦台依突然惊呼："两个笨蛋，你们快看，远飞的白天鹅抓抢的不正是我的白鹰隼?!"三人看着已经远远离去的白天鹅，失声呼唤，遥望远空。

赛麦台依对两位勇士大发雷霆："你们今天干了三件事情，件件使我震惊！我看到了白丝绢，你们不让我去捡；我让你们去捉金鱼，你们却不听我的话；看到白天鹅，你们不放鹰去捕捉，还把白鹰隼送给白天鹅！从早晨到傍晚，你们一直在阻拦我，你们都不听我的话，是否恰绮凯拧了你们俩的耳朵？我听说过老人们讲的很多很多事情，可从未听说过这种怪事情，白鹰隼反被白天鹅夺去！失去手中心爱的白鹰隼，就证明我的死期已近，哪怕累死我的塔依布茹勒马，哪怕我赛麦台依就剩一口气，哪怕我流血牺牲，也非要找到我的白鹰隼不可！"两位勇士此时如梦初醒，才知道没有完全听懂恰绮凯的话语，没明白白天鹅是怎么回事，当时也没有追根问底，酿成了现在的大错。他们吓得脸色发青，诚惶诚恐吞吞吐吐地说出了恰绮凯吩咐他们的事情，"假若我们知道事情的真相，怎么敢违抗你的意志！假若我们知道白鹰隼的去向，就让我们碎尸万段！"此时，心胸坦荡的赛麦台依对两位勇士吩咐道："古里巧绕、坎巧绕，我心爱的勇士！你们要保证听从我！假若我找不回白鹰隼，我怎么有脸面去见自己的父老乡亲？勇士们，你们不要在此久留，快去找恰绮凯夫人，她知道白鹰隼要被抓走，让她说出其中的谜底！如果恰绮凯不说出真相，你们就剪掉她的头发，割破她的脸颊，给她穿上破毡衣，让她骑上短尾巴的灰色母马，在明天之前遣送回她夏铁米尔的娘家！另外，你们去杰尔盖平原寻找萨热塔孜大伯，让他留守塔拉斯，为我祈祷。你们快快为我送来白鹰隼的消息，千万不得迟于明天。"

两个勇士遵照赛麦台依的吩咐，扬鞭策马，奔驰如飞，眨眼间，来到了坎阔勒。

娇惯的女人恰绮凯步履蹒跚地走出门来，只见两个勇士却不见英雄赛麦台依，她抚弄着自己的头发，走上前迎接勇士问话："勇士们，你们是否放飞了手中的白鹰隼，我的汗王为何没有回来？你们一路辛苦啦！喝口马奶解解渴吧！"这时，古里巧绕质问道："我们不喝你的马奶，也不听你的废话！我们的大哥差我们到这里查清白鹰隼的下落。你不是提示我们不要捡白丝绢、不要抓金鱼，你不是说不让白鹰隼去捉白天鹅？你快告诉我们白鹰隼的去向，再不要东拉西扯说废话！"从勇士口中得知此消息，恰绮凯幸灾乐祸地说道："你们是在外的男子汉，我不过是女人只会守家。管鹰是男人的事！管家是女人的事！在外飞走的白鹰隼，在家的女人怎么会知情？小伙子，快去告诉汗王吧，这就是我恰绮凯的回答！"说完，她转身傲慢神气地走开，再也不理睬两位勇士。气愤不已的古里巧绕举起马鞭朝她的胯骨狠狠地抽打，恰绮凯的花绸裙子被打得从侧缝上裂开，一头栽倒在地。机敏聪明的女仆卡妮姆江急忙上前劝阻，夺下古里巧绕手中的马鞭，又真切地奉劝恰绮凯快说出实情，但恰绮凯仍不肯回答。

这时，阿依勒的首领萨热塔孜也匆匆忙忙地赶来扶起恰绮凯，并劝她快说实话。就这样恰绮凯还是不肯答应，还满嘴粗话，把萨热塔孜臭骂一顿："萨热塔孜，你别碰我珍珠般的手指，我永远不想见到你这个秃子！白鹰隼在外丢失，在家中的女人怎么会知道？"当听到这些蛮横的话，阿依勒首领萨热塔孜肝火顿生，怒气冲天："小伙子啊，把她给我捆起来！赶一群山羊踏过她的身体，踏破她的脸颊，再剪下她的头发，让她骑上一匹无尾的灰母马，赶向夏铁米尔汗的城堡，让她四处流浪去吧！"

这时，卡妮凯来到恰绮凯的面前，苦口婆心地劝说："你若知道就告诉他们吧，你若看到了就指给他们吧！当初你从布哈拉城来到这里，骑着灰走马春风得意，你穿着貂皮大衣光彩照人。眼下你若被休弃，失去那华丽的貂皮大衣，骑着灰母马回娘家，你还会有什么颜面？你好似能吓住别人，赛麦台依绝不会惧怕你，快告诉他们原委，才会饶了你。"这时恰绮凯无奈地把实情一一诉说，讲出了阿昆汗之女阿依曲莱克来到此地的详细经过，同时又发疯地诅咒赛麦台依："让他一去不再折返，让他幸福的家庭从今毁灭，让他豪华的宫帐变为平地，让他从今不得好死，到了地狱我也不想见到他!"虽然恰绮凯歇斯底里咒骂不休,但总算说出了白鹰隼的下落。古里巧绕当即扬鞭催马,朝着赛麦台依的方向驰骋而去。

焦急等待的赛麦台依,一见到古里巧绕就急切地问道:"古里巧绕,你见到恰绮凯了吗?查明白鹰隼的下落了吗?不要嘲笑我的急切!快说实话,切莫戏言!"这时古里巧绕匆忙地讲出了心中的喜悦:"大哥,我再次向你报喜!我已经查明,那白鹰隼被阿昆汗的女儿阿依曲莱克抓走了。我也仔细了解了阿依曲莱克的情况。她聪明又勇敢,贤惠又美丽。她有春雪般洁白的肌肤,她有苹果般白里透红的面容,她有柳叶般乌黑的眉毛,她有水獭般光滑黑亮的秀发,她有珍珠般光洁的牙齿,她身姿如仙子般美好飘逸,她是少女中出众的美人,她是世间难寻的美女。她的德才众口皆碑,关注者无不为之倾迷。她酷似那光之仙女,她又似那虹之神女。她能够变成白天鹅飞翔,驾起祥云飞上天际,她能够变成金鱼遨游水中,她可以随意飞天落地。据说你们双方父辈早有婚约,大哥你将娶她为妻。我们今日前去便能得到,如果推迟到明天,她会被青阔交强行夺走。"

赛麦台依听罢这些话语,当即默拜了先祖的英灵,感谢苍天把阿昆汗的女儿阿依曲莱克降生大地。还未见面他就欣喜若狂,率领着两位勇士,马蹄嗒嗒,春风得意地来到巴卡依与卡妮凯面前,禀报阿依曲莱克抓走白鹰隼的详情和自己准备前往追寻的决定。

追寻白鹰隼

　　赛麦台依向巴卡依大伯请教要走的路线，巴卡依说：
"我这一生只差还未下过地狱，世上还没有我不曾去过的
地方！如果还是我胡子乌黑的年华，亲自领你前往该多好
呀，你若不急着赶路，我的独苗！一定要思量路途的艰难。
你还是血气方刚的男儿，但愿能禁得起种种磨难。"巴卡
依一番指点，让赛麦台依心中感到踏实安宁。这时，卡妮
凯说道："我的孩子，你要记住过去的事！你父亲玛纳斯
征战时，你的大伯巴卡依总带路在前面，阿勒曼别特和楚
瓦克常在他的身边。他们前往遥远的喀什噶尔，曾在吐木
秀克的山间截获空吾尔巴依和交劳依的驼队，缴获一千峰
骆驼的茶叶。这曾是震惊一时的事件！他们的人马绕开了
凯别孜陶山，走向玉尔凯尼奇河的沿岸。那里的阿昆汗外
出打猎，遇见了一个可爱的女婴被弃路边，他把女孩带到

家中抚养，取名为阿依曲莱克。我当时正怀着你即将分娩，你的父亲指腹为婚为你做主，经阿勒曼别特再三撮合，大伙儿就为你们举行了订婚仪式。阿昆汗就是你未来的岳父，你有阿依曲莱克这未婚的妻子。母亲我只盼着你苗壮成长，所以就未告诉你这门亲事。青阔交和托勒托依一心想抢娶阿依曲莱克为妻，他们带领兵马去强迫，阿昆汗年老体衰难以抗拒，阿依曲莱克飞越万水千山，专来通报消息。她无法向你诉说心中的悲愤，才抓走你的白鹰隼引你追去，只要你行走六十天的路程，就能抵达阿昆汗居住的城堡。他们正等着你去把凶恶的仇敌严惩！我祝愿你一路顺风，旗开得胜！先让我来将你装备一番后再行起程。"

卡妮凯夫人拉着三个英雄来到了储藏武器的库房，拿出了所有的宝藏。她打开了褡裢，取出节日穿的珍贵礼服和战袍，递到赛麦台依的手上。玛纳斯留下的阿克奥勒波克战袍，阿克巴让枪的子弹也射不透。卡妮凯让赛麦台依穿在了外面，亲手把扣子扣上。她又取出卡尼达哈依皮裤让赛麦台依穿上。要说卡尼达哈依皮裤的由来，还有一段故事。卡妮凯派猎手从奥波勒的高山猎取了两岁的公岩羊，剥取出羊皮，用石灰来熟制搓软，再从安集延买来苹果树的树皮，将熟制好的公岩羊皮不分冬夏浸泡在树皮的浆汁里，这每一道程序都是卡妮凯亲自监督，始终不离。她让阿茹凯带领六十位媳妇姑娘整整花费了三个月时间，用牙齿咬软皮革，做好的皮革才把一条裤子缝上。这条卡尼达哈依皮裤的神奇，常人难以想象。如若将皮裤拉扯，它会像皮带一样随意拉长，如若松开，它会缩得像拳头般大小。把它放进火里烧不烂，利箭不能把它射穿，再锋利的宝刀利剑也不能把它砍烂。卡妮凯让赛麦台依穿上卡尼达哈依皮裤，将黄金铸成的宽腰带也扎在了他的腰上。卡妮凯接着又把楚瓦克留下的战袍、铠甲头盔、盾牌和连环甲交给了坎巧绕。把阿勒曼别特留下的精美珍奇的战袍和装满遗物的褡裢交给了古里巧绕。巴卡依在一旁对古里巧绕说道："卡妮凯讲的所有话语，你可要用心听好。你父亲留下的所有珍品都装在了这褡裢里保存完好。"说着从褡裢里取出了一个布包，郑重地交给古里巧绕，说道："这里面有一个符咒，是你父亲将四十二种语言融进了喜鹊的舌头。古里巧绕，你将它吞下去，从此你就会说四十二种语言。"此时，卡妮凯又进一步嘱咐道："赛麦台依，我的娇儿，我用乳汁养育了你，我真诚地祝福你，祝你平安返回一切顺利。你身边带的两个勇士，你要记住他们的尊贵，做事要与他们多商量，不可莽撞错失良机。切莫失去装备和坐骑，使自己的名声扫地。在途中会有不少有趣的经历，会经过飞禽走兽聚居的地方，你们千万不要伤害它们。不要因喜欢那里的风景而把使命遗忘，切莫停留和贪恋那些地方。你们不要在漆黑的夜晚闯入和惊扰沉睡了的城市和村庄。孩子们，你们起程吧，愿你的父王玛纳斯在天之灵保佑你们一路顺畅！"

　　雄狮的儿子赛麦台依领受了母亲卡妮凯的祝福，带上巴卡依的信函，把途经的道路铭记在心里，从卡妮凯夫人的宫苑出发。

赛麦台依带着两位矫健的勇士,他寻找的是那白鹰隼,他所渴望的是阿依曲莱克,为了寻找夺走他宝贝的姑娘,他们踏上了艰辛的道路。他们吆赶着驮着供给和备用装备的十四匹骏马。这十四匹马都是阿拉什中有名的骏马,即使连续骑上六七个月,它们也不会感到疲惫;即使茫茫黑夜,它们也不会惊慌;哪怕活到七十五岁,它们的口脚也不会损伤。

三人沿着博阔依的羊肠小道,走过恶狼也不会走的曲径,穿过碱土飞扬的荒滩,越过豹貂也不去的峻岭,翻越群山步入戈壁,连续六十个白天和黑夜,马不停蹄,不见人烟,差不多走完了巴卡依指定的行程。

正当他们人倦马乏,喉头像火烤,愁着找不到水源的时候,面前出现了一片迷人的仙界景象,清清的泉水在河滩上流淌,声音像琴声一样,河水溢出河床变成片片河滩;野鸭野鹅在滩头、河滨成群游荡,牧草长满山梁山坡,七彩山花烂漫芬芳。满山的白桦树高高直插蓝天。嫩绿的小树长得像梧桐树一样,梧桐树长得像尖塔高大昂扬,再看那柳树高如穿天杨。夜莺在枝头歌唱,婉转的歌声十分动听。布谷鸟的鸣唱声多少有点苍凉,像多愁善感的人倾诉着忧伤。蹦蹦跳跳的麻雀,大得如同雪鸡一样。雄鹰长得如同毡房一样大,那奔跑的母鹿,比白顶额的乳牛还壮。野驴长得像三岁的大马,野兔长得像小山羊,一群三岁的野马跑过来,像筑起的一道厚城墙。这片美丽富饶的草原是最适合居住的地方，在那高台可撑起毡房，在树林可拴起缆马的绳索，赛麦台依一边走一边思量，突然拨转马头，向两位勇士高声喊道："我的勇士，我有话同你们商量！让我们在此休整六天，好好让马匹休息一下，然后再去找阿依曲莱克姑娘！从她那里打探我心爱的白鹰隼的下落！假如遇到托勒托依和青阔交，我们就毫不客气持枪拼杀一场！我们是英雄玛纳斯的后代。如果我们偷偷地闯入沉睡的城堡，就算我们占领了它，难道不损伤我们的威信？难道不玷污祖先的名望？"赛麦台依命令两个勇士卸下行袋，撑起了四个角的帐篷。

两位勇士很快拴起了缆马绳，把所有的马匹牵来，牢牢地拴在缆绳上。他们宰杀了一匹褐色母马，挖好地灶，架好铁锅，把马肉全都煮上。拿出用柏木做的勺子，翻搅着锅里喷香的肉汤。

迎接梦中人

当天上的星辰悄悄隐去，黎明露出白色晨曦，天空刮起一阵轻风。白杨树梢随风摆动，茂盛的花草飒飒有声响，黑眉雀儿在枝头鸣唱，草地上马驹咴儿咴儿地嘶鸣，水面泛起层层涟漪，一切生命都已苏醒。

阿依曲莱克兴奋地起身，动人的眼睛更加明亮，脸蛋好似苹果般的红润。她来到四十个姑娘的帐内，把熟睡的姑娘们唤醒。她把这些姑娘都视作自己的姐妹。等姑娘们梳洗完毕，她对她们说道："噢咿，我的好姐妹们，昨晚我做了一个梦，梦见了一件奇怪的事情。一匹良种骏马被拴在了我的马桩上，不停地啃食着青草，虽然被拴着却也变得膘肥体壮，快给我圆这个梦吧，这是怎么一回事？布达依克鸟落在我的鹰架上，百灵鸟落在我的枝头上，还未鸣啼我就已陶醉，快给我圆这个梦吧，这是怎么一回事？

一只断尾的青色猎犬在大街上徘徊不停，看到它的猎狗都嗷嗷哀嚎，猎犬却不理会仍独自前行，快给我圆这个梦吧，这是怎么一回事？一只黑斑的豹子在城里高傲地独行，所有的狗都不敢向它狂吠，快给我圆这个梦吧，这是怎么一回事？一条蛟龙般的白蛇，高大的身躯直抵天庭，它威猛呼啸而来时卷起一阵阵呼呼狂风；一条黑斑的灰蛇，高大的身躯像座大山，它凶猛呼啸而来时忽然狂风吹尽，地覆天翻，太阳的光芒被它遮挡，晴朗的天空也变得阴沉，奔腾的河水停止了流淌，全城的人都十分惊慌，快快给我圆这个梦吧，这是怎么一回事？天兵天将从天而降，战斗持续了六天，穷凶极恶的敌人全军覆没。节迪盖尔的托勒托依带着七十七匹好走马前来，双膝跪地连连求饶，他把战旗放倒在地上，哀求着饶了他的小命，快快给我圆这个梦吧，这是怎么一回事？"

当她说到这里时，在四十个媳妇和四十个姑娘中出类拔萃的卡丽曼，弓身弯腰双手贴在胸前走过来站在阿依曲莱克身旁。她的身姿像仙鹤，秀发乌黑发亮，脸颊红润像秋天的苹果一样；她高高的鼻梁，深邃的眼睛，雪白的牙齿如玉石一般；她思维敏捷，聪明伶俐。她对阿依曲莱克口齿伶俐地应声道："我的好姐姐！让我来解你的梦，愿上天祝你称心如意！良种马拴在你的马桩，那是你心上人像公羚羊似的塔依布茹勒骏马要来到你的门旁。布达依克鸟落在你的鹰架上，那就是抓在手里的白鹰隼。夜莺落在你的树枝上，就是夜莺似的英雄姐夫赛麦台依要来到你的身旁。一只短尾巴的青色猎犬在城里徘徊，那就是笑声像姑娘一般的无敌勇士古里巧绕将来到。一只黑斑的猎豹，就是脾气暴烈的坎巧绕要来到你的门庭。巨龙般的白蛇在天上来回盘旋，一条黑斑灰蛇让人们望而生畏，来的正是我英雄的姐夫赛麦台依。难道他的威严比不上蛟龙？他何时低人一等？何时不让人敬畏？面对交锋的敌人，他的威猛何时比灰蛇弱？我从老人口中听说过，玛纳斯汗王的儿子，我的汗王姐夫赛麦台依，他强悍、勇敢、坦荡、豁达，他胜过所有的诺奥依人。那些披甲穿铁的恶敌都被他歼灭。凶狠的托勒托依和青阔交难道不向他鞠躬投降？还是让我们立刻前去迎接蛟龙般的英雄姐夫汗王！快到广阔的玉尔凯尼奇河畔做欢迎的准备吧！"

卡丽曼姑娘说完，阿依曲莱克和姑娘媳妇们当即喜笑颜开，一同去接福纳祥。

三十个媳妇和三十个姑娘走出城门，浩浩荡荡，好似朵朵鲜花在绽放。阿依曲莱克走在中间，美丽风采辉映着太阳。她们来到玉尔凯尼奇河岸边，架起了白色帐篷，烧开茶水，放上蜜浆，摆上马颈油、马肚油、奶皮、馕等丰盛的食品，搭起了六根棍的秋千，荡起秋千，唱起约隆歌，等候梦中贵人的到来。

当晨风轻轻吹拂，吹落了夜幕中的繁星时，玛纳斯的儿子赛麦台依也从睡梦中醒来。他转身到右边，舒展腰身，哼了一声，躺在他身边的古里巧绕和坎巧绕也都从香甜的梦中醒来。两位勇士留在毡房为准备早餐而忙碌。赛麦台依来到骏马身旁，解开拴马绳，让马到青草茂盛处吃草，到清泉边去饮水，然后他迈着猎豹般轻盈的脚步，登上了一座绿色山冈，从容地坐在一块黑色岩石上，朝着玉尔凯尼奇河眺望。

玉尔凯尼奇开阔的河面上弥漫着浓密的雾霭，天上落下的红色云雾，使他看不清玉尔凯尼奇河的模样。花乌鸦和喜鹊飞翔着，也不知它们飞向何方。赛麦台依举起随身携带的千里眼，要透过迷雾观察前方。这千里眼是他父王玛纳斯留下的珍贵遗物。当年卡妮凯受辱被赶出宫门，玛纳斯留下的财产被阿维凯、阔波什一抢而空。卡妮凯夫人悄悄把千里眼藏在围裙下保存了下来，赛麦台依长大成人后交给了他。这嵌着金饰花纹的千里眼，镜身有一尺半长，镜口像坎土曼一样又圆又大，它能将七天路程远的景观拉近到眼前七坨毛绳那么长的距离。赛麦台依把千里眼架在眼前观望，他从镜头中看到黑油油的城墙，葳蕤的果园，百花盛开的花园和繁华的闹市。他继续望去，在阿克克亚的山梁旁，在阿勒马勒的平原上，在波涛汹涌的河边，望见一顶白色毡房，一缕青烟升入云天。他看见毡房附近拴着的骏马鞴着镶金的马鞍，好像是女人的坐骑，顿时他脸上挂满了笑容。

古里巧绕望见赛麦台依的笑容那么灿烂，便向坎巧绕开言道:"你看他的眉头历来紧锁不展，今天突然展露出笑颜,没有人见到过他的笑容如此灿烂。他为何如此高兴? 他到底见到了什么奇观? 走吧，让我们去弄明白其中的缘由！"两位勇士一起奔跑，气喘吁吁登上山冈，来到赛麦台依身旁。古里巧绕毫无拘束，把手搭在他的左肩："我亲爱的大哥呀，出发以来你从没有露出过一丝笑容，今天为何喜笑颜开？你望见了什么奇观？大哥，你到底看见了什么？亲爱的大哥，快点告诉我们吧！"古里巧绕连声追问，赛麦台依便开口回答："在这尘世与凡人之间，看不到这一美景将终生遗憾。年轻的勇士啊，我有事与你们商量。在对面遥远的地方，有座茂密的果园和黑油油的城墙，那座美丽的城市好像是古老的城堡，街铺相连，人来人往。我再往这边观望，在波涛滚滚的河边，看到一座白色的毡房，炊烟袅袅迷漫天际。我再细细观察，见到毡房附近的骏马勒着嵌银的后鞘，鞴着镶金鞍鞒，似乎是姑娘的坐骑。你们都是一顶俩的好汉，谁愿去探个周详？一个人留下陪伴我，另一个带上刀枪前去侦察清楚。要快去快回，到底是何人在那河旁？是不是托勒托依和青阔交的人马阻挡我们的去路，要和我们大战一场？如果是交锋的劲敌，切莫退缩要与他们展开较量，可别被敌人吓得脸色发黄。你们是对敌人像恶狼似的勇士，要高喊玛纳斯的威名把敌人杀光！"

这时，坎巧绕抢先说道："我亲爱的大哥汗王，让我留在你的身旁，来看管粮草把马喂养，假若凶恶的敌人来了，我就毫不顾忌地拔出矛枪，我对姑娘说不出中听的话，我没有办法让她们开心欢畅。派尊贵的古里巧绕去最合适，他在姑娘媳妇中能讲花言巧语。"而古里巧绕顺水推舟说道："我亲爱的大哥汗王呀，就让我去侦察情况！我不去侦察，怎么知道是带着礼品还是刀枪？眼前的玉尔凯尼奇大河，让我去战胜它的波浪，假若我死期到了，我甘愿丧命，假若有苦难，我宁可承当！"一看赛麦台依同意的表情，他接着提出了这样的请求："大哥，你既然派我前往，我就立即乘马出发，但是我骑的阿维凯的阿克铁勒克马是一匹不好使唤的劣马，请你将塔依布茹勒骏马借我乘骑。大哥你再开个恩典，把你的布鲁木战袍给我穿上，假若遇上拦路的敌人，我就像鹞鹰般去袭击他。"赛麦台依不好违背这个年轻人的心愿，拒绝的话说不出口，心想："我不给他，会伤害他的情面！"他让古里巧绕穿上自己的战袍，骑上了自己的骏马，嘱咐道："去吧，我的勇士，愿父王玛纳斯的在天之灵保佑你一路平安！我的勇士，早去早回，一路上要小心谨慎，假如有人探问你的情况，你莫把心事向他张扬，莫让人家骗走塔依布茹勒骏马，可别给你的大哥带来祸端，别让你的大哥落得寸步难行，失尽脸面！"

古里巧绕接受了赛麦台依的祝福，把大哥的叮咛牢记在心上，扬鞭策马，立刻出发。

疾风般飞驰的塔依布茹勒骏马带着古里巧绕来到阿克依耐克山腰，接着翻过高耸入云的山梁，朝着阿克亚平原驰骋而去。塔依布茹勒马踏上平坦的大道，消失在滚滚尘土之间。这神驹像朝阳一般充满活力，英姿像盘羊一样飒爽。说它是甩出去的石头又不像，说它飞翔又不像鸟儿在天上，它却像抛出的石头一样嗖嗖响，它又像飞翔的鸟儿一样吱吱唱，它可与鸟儿比翼飞翔，它腾起四蹄像追风一样，追风马的英名四处传扬。

英雄的勇士古里巧绕身体紧紧地贴在马鞍上，塔依布茹勒神马腾空飞驰电掣，身后扬起一溜青烟，这匹神骏满身灵气，额头上仿佛有神灯领路，耳朵边仿佛有神灵呐喊，它头上银圆般大的白顶额，辉映着太阳闪烁着光芒，这匹由旋风缔造的生灵，从来就不知疲惫和困倦。

马背上的勇士古里巧绕还不满十二岁的年华，浑身上下全副武装，父辈留下的月牙斧在肩头铮铮发亮，宝剑在身旁嗡嗡作响，手中的色尔长矛放射着寒光。谁若能占有这所有的装备，生而荣耀，死而无憾。谁见了这风华正茂的少年，无不面红惊叹。

古里巧绕勇士终于来到了波涛汹涌的玉尔凯尼奇河旁，遇到了深浅莫测的急流激浪。

冲破激浪

　　三十个媳妇和三十个姑娘把阿依曲莱克围在中间，阿依曲莱克像皎洁的月亮，她们面对面站成两行，唱着"阿克依乃克"[1]，一个比一个声音脆亮。她们面对面地蹬踏着秋千，兴致正浓像无忧的仙女一样。阿依曲莱克身着鲜艳的五彩霓裳，头戴貂皮灰帽，容貌美丽，身姿端庄，她来到河岸边，目不转睛地向河对岸张望。她望见从远方来了一个年轻小伙儿，心想："这是谁家的儿郎？他怎么渡过这大河？他会有什么消息？"

　　古里巧绕眼望着汹涌的浊浪，仔细观察河水的深浅。上游多年的积雪融化，咆哮着流入这条河流，河岸边条条溪水也汇入了汹涌的洪流。过去无声无息的干枯河滩，如

_____

　　[1]　阿克依乃克：柯尔克孜族民歌对唱。

今波涛声像万只喇叭齐奏一般。雾气蒙蒙，泡沫翻滚，激流千回，威力无边。一段段河岸倾倒进浪尖，一棵棵大树被连根冲倒，一丛丛枝干漂浮在水面，一块块毡房大的石块被狂涛掀翻吞没，狐狸也不敢靠近河的岸边，天鹅也不敢飞越，老鹰也在天空发抖。古里巧绕跑遍大河的上游下游，没有人回答哪里有渡口。勇士所遇到的这种困境只有无月的黑夜知道，咆哮湍急的大河风貌，除了勇士之外还有谁能领受。"我曾在大哥面前自诩刚强勇敢，就像是挥舞月牙战斧的能手，我说自己比坎巧绕更能干，自告奋勇地来到这河口，此时我怎么能渡过这急流？我空着双手回去岂不害臊！大哥若是问我：'你去了吗？'我该如何回答！他是我德高望重的大哥，他赐予我的祝福，怎么才能在我身上灵验？"古里巧绕心中七上八下，两眼盯着玉尔凯尼奇河的激流，这时他那雄鹰般的慧眼金光一闪望见对岸的媳妇和姑娘。

三十个媳妇，三十个姑娘，阿依曲莱克挺立当中，她们以俊俏的风姿像大雁排成一行，整齐地站在河边崖头上。想必她们早已看到古里巧绕。

古里巧绕此刻不敢半道折返，他怕被姑娘媳妇们耻笑一场。他一刻也没在岸上停留，不顾自己的安危没有朝后徘徊张望，一往无前飞马跃入激流。

滚滚激流，滔滔巨浪。古里巧绕如同那抛入水中的一块石头，轰隆一声被淹没在入水的地方。古里巧绕拉扯着那嚼口铁链，在被汹涌的激流淹没的马背上，挣扎着挺直了自己的脊梁。这匹天下少有的神骏塔依布茹勒在浊浪中不停地跳跃着斜对着河面逆流而上。它没有沉入那洪流之中，它像一只木舟在迎波鼓浪，它又像一头鲸鱼在遨游冲浪，忽隐忽现涌向前方。"布哈拉的汗王知道塔依布茹勒是千里驹，曾想用重金购买，即使他愿意拿出不计其数的黄金，大哥赛麦台依也舍不得为钱而出让！只好让布哈拉的汗王叹息摇头空自神伤！当我大哥骑上塔依布茹勒骏马，有多少人露出嫉妒的目光？"古里巧绕回忆着往事，塔依布茹勒骏马"呼"的一下跃上河岸。

坚韧矫健的塔依布茹勒骏马又不停地奔驰向前。它飞起四蹄，尾巴伸展，路边踏出一串深深的蹄印。

三十个姑娘和三十个媳妇谁也没有出门，全部故意躲进毡房，派出去放哨的黄脸姑娘和打探消息的黑脸姑娘看到英俊的古里巧绕，个个慌慌张张跑进来，喘着粗气报信："姐姐，他是你心爱的人吗？他是不是你飞到那遥远处特意请来的新郎？是不是为了寻找白鹰隼，专程从塔拉斯来到咱们的门前？他骑着高头大马，简直是生灵中的精华，马的尾巴高高地挽起，马上的箭袋像木桶一样粗大。他头戴雉毛帽，声音像姑娘，红光满面精神抖擞，一副少年娃娃的黑红脸庞。他已经来到门外，姐姐，你若不相信，自己出门看个究竟！"媳妇姑娘们一听都嚷叫惊呼，咩咩乱叫就像一群羔羊。

此时，阿依曲莱克训斥姑娘媳妇们："你们随便嘀咕取笑，嘻嘻哈哈，这是你们对我的不恭，多嘴多舌，没有脑瓜。你们乖乖给我闭上嘴巴。赛麦台依不是那样的人，他可不是轻率的傻瓜，他不会冒冒失失亲自到来。"

　　阿依曲莱克说完这些话，轻盈地走出毡房。她白鹿似的身姿，丝绸衫裙在轻轻摆动，她月亮似的脸庞白里透红，她露出洁白的牙齿微露笑容。她的身边跟着阿克拉依姑娘，她活泼又爱动，走路像醉酒的人一样晃荡，锦缎的长衫也随风飘起，她的眼睛像母盘羊一样漂亮，说出的话儿像黄铜口琴清脆动听。

　　英俊潇洒的古里巧绕来到二位姑娘面前，阿克拉依向古里巧绕开口问话："你这个陌生的少年，愿你一路顺风！我的明灯，敢问你从哪里来，又要去何方？快快报出你的家乡，谁是你的首领？你骑着灰色的塔依布茹勒骏马，高高挽起马的尾巴，好像来自遥远的地方。瞧你柳树般的身材，清风一吹就会摆动，你粉红色脸庞年纪轻轻，你准备奔向哪座王城？你在汗王的公主面前不得嬉皮笑脸没点正经！她一旦生气，你非倒霉不可！快快给我说出你的实情！如果不说出实情的话，你将会在此枉送了性命！"说话间，姑娘媳妇们也来到他们身边围观。

　　听完阿克拉依的一番询问，古里巧绕勇士开口，声若洪钟："说实话，我是汗王的使者，我是那个心怀忧愁者的侦探。你既然自不量力满口胡言，那就你认为我是什么就是什么吧。你说我是色狼一点不假，面对漂亮姑娘我怎么能轻易放过！毡房里传出那么多姑娘的声音，为什么不领我到里面？"说话间，古里巧绕这个生性活泼的年轻人靠到美丽的姑娘别格姆江边上，两眼发光，目不转睛，忘情地一伸手搭上了姑娘的香肩。

阿依曲莱克见此情景，羞得差一点钻进地里。面对这从未见过的冒失鬼，她气得面颊发麻，为少年的轻薄行为感到难堪，对古里巧绕厉声喊话："见到姑娘如此轻举妄动，你酷似狂野的猎隼。你见了姑娘就蠢蠢欲动，众人前竟敢对姑娘动手动脚。你为何这般无礼莽撞？你为何这样无知轻薄？你这种恶习，定会招来杀身之祸。我的父王名叫阿昆汗，他的卫队就在眼前，汗王的公主我就在此，你如此的冒失，如此大胆，你可要小心你的脑袋！你傲慢荒唐信口开河，你胆大妄为放肆狂蛮，这里没有你能戏谑的人，这里不许你这么随便！"

这时，古里巧绕这样说道："在长满水草的湖边，阿拉阔勒湖旁边，在长满三棱草的河滩，在鸭子栖息的河边，汗王的白鹰隼飞跑后，我从后边追赶，我猜想白鹰隼被你捉走啦，嫂嫂啊！我知道你的本领高强，你是阿昆汗的姑娘，你是智慧超群的好嫂嫂，快请告诉我，白鹰隼现在在哪里？"阿依曲莱克听罢当即回应："你这个孩子毫无礼貌，你的白鹰隼我怎么知晓？为何你口口声声称我嫂嫂？你的话可真叫人烦恼。你如果是过路人这里有路，你若是赶集的人这里有货，你想进城这里有城堡！你想要财富吗？这里金银很多！你想要抢劫吗？这里有倒霉的我！你到底是何人？我必须要弄清楚。快把你的祖先告诉我，不知道自己的祖先，就是没有根基的奴隶；快把你的家世告诉我，不知道自己家世的人，就是无主的仆人。说出你祖父的真实姓名！说出你的亲生父亲，不要冒用别人的姓名！你爹若是德高望重的好汉，何必在此隐瞒他的姓名。问你的名字，是对你的尊敬，问你的来历，是对你留情。"阿依曲莱克提出一串问题，刺激起古里巧绕心中的隐痛。

古里巧绕此时一本正经地回答道："好嫂嫂，你莫要说没有见过我，你可不要视而不见戏弄我。不久前在广阔的塔拉斯平原，在阿拉阔勒湖畔，你先变成一条巨大的白色丝绢，又变成一条金鱼在水中游动，还变成一只白天鹅在声声叫唤。我先后亲眼看见了你三次，我们放飞了白鹰隼，被你故意掳走。我追撵白鹰隼就跟在你的身后，我跨上骏马就是在这条路上奔走。你一再对我追根问底，难道认为我是没有祖先的人吗？难道为我的祖先担心？你还追问我的人民，难道你认为我是没有人民的人？你难道真的关心我的人民？你若问我的家乡，坎阔勒的塔拉斯是我的故乡，你若问我的人民，那就是玛纳斯率领的阿拉什人民。我们的老祖宗是波彦汗、喀拉汗，喀拉汗留下的后裔是受人尊敬的奥若孜都汗，他的大儿子是加克普汗，加克普汗的儿子是那名震天下的英雄玛纳斯，汗王玛纳斯的儿子就是赛麦台依。我是雄狮赛麦台依的同乳弟弟。你瞧不起人，不要我给你的脸面。我不是他弟弟怎敢到你面前？留在别依京的汗王宝座的主人，索然迪克汗之子阿勒曼别特就是我的亲生父亲。请你把他牢牢记在心中。为了追撵白鹰隼，为了娶走你这个美人，我大哥带着我们一路风尘不辞辛劳，但愿我们的到来对敌人是噩耗厄运，而对嫂嫂你呀，定是喜讯祥风。阿依曲莱克嫂嫂呀，你让我历尽千辛万苦，九死一生。"

这时，阿依曲莱克故意板着脸孔严肃地说道："啊呀呀，你说些什么话呀！你这吐血的恶小子！你怎么不害臊地叫我嫂嫂！赛麦台依怎么能与我谈婚论嫁，他怎么能与我平等！我订婚的未婚夫是青阔交，他哪一点比赛麦台依差！为了娶我想展开较量，那节迪盖尔的汗王，我的托勒托依外甥武艺高强，他远远胜过你。他不会把我轻易地送给别人！你会吃尽托勒托依的苦头，会在他手中葬送小命！你的身后没有雄厚的兵马，你没有理由迎娶我出嫁。你从这里快快回去吧。把我所说的所有话，完完整整一字不落地告诉你的赛麦台依！"

古里巧绕听了后立刻回敬道："阿昆汗的女儿阿依曲莱克，让狗来听你的这些话吧！除了狗谁还信你的这些鬼话？将指腹为婚的阿依曲莱克拱手让给托勒托依与青阔交抢娶，我的大哥难道是那种忍气吞声的人吗？他可是百发百中的神射手，是说到做到的男子汉，是从不放过对手的大力士，是百战百胜的大英雄。他一旦狂吼咆哮，他一旦狂呼怒喊，托勒托依怎能与他同日而语！什哈依的儿子青阔交还敢在他面前轻举妄动吗？！我亲爱的嫂嫂呀，你这话千万别让我的大哥听到，可别让他来把你的乡亲打扰。阿昆汗的宝座可别因你而失去，可别让他把你驮在这匹塔依布茹勒神驹背上抢走，别让我那娇惯的嫂子恰绮凯把你投进厨房当奴婢！"

赛麦台依依然在山冈上，手里拿着千里眼眺望着河的对岸。他瞧见古里巧绕渡过汹涌的大河，已经步入姑娘们中间，便兴奋地召唤坎巧绕："快给骏马鞴上鞍鞯，生来有福运的古里巧绕好像已经找到美人阿依曲莱克，姑娘和媳妇们聚集在一起，好像把我们迎接期盼！白鹰隼从我手中飞走，给我丢了脸，让人再把阿依曲莱克娶走，这对我是个极大的耻辱。我们抢先迎娶新娘，用此招让青阔交和托勒托依丢尽脸面。勇士啊，快骑上骏马，让我们赶快上前！如果老天爷允许，我就尽快与阿依曲莱克成婚。"

赛麦台依骑上古里巧绕留下的阿克铁勒克骏马，和坎巧绕赶着十四匹骏马起程。雄狮赛麦台依在马背上不断挥鞭，骏马急速飞驰赛过黄羊。赛麦台依激动的心早已飞到阿依曲莱克身旁。

赛麦台依和坎巧绕很快来到汹涌的玉尔凯尼奇河边，他们把急流观察，连狐狸都不敢接近河边，人们想要过河，就是要去和死神见面，看到能吞人的大浪，谁都胆战心惊！

勇士坎巧绕见此情景，惊恐万状迈不动脚步，只觉得两眼昏黑，天旋地转，他连声把赛麦台依呼唤："我亲爱的大哥呀，今天我们就住在这边吧。我们先去寻找渡口，等摸清了渡口的情况，明日再过河行吗？寻找阿依曲莱克，这样才更保险。要不然，我亲爱的大哥呀，让我们脱光身上衣衫，骑上光背的马匹渡向对岸。你瞧这河水流急浪高，我们俩还不被浪吞水淹？"赛麦台依听后当即反驳："衣裳湿了还会再干，困难吓不倒真正的硬汉，遇到困难就退缩不前，这表明你是个胆小如鼠的家伙儿。今天是个难忘的日子，我们就要放弃顾虑勇往直前。如若寿数已尽死期降临，你就是在宽阔的大地也会毙命归天。我们如果惧怕而不敢渡过河去，难道阿依曲莱克不耻笑我们是鼠肝雀胆？与其让阿依曲莱克耻笑我们，还不如让我跃进河心浪尖。喂，坎巧绕你这个胆小鬼，难道你没有男人情怀？为了名望和荣誉死了也心甘！"玛纳斯的儿子赛麦台依说一不二，说到做到。他下定决心要冲破险阻，把所有的骏马逼到河岸，无所畏惧地赶进汹涌的波涛。

骏马跃进大河便被淹没，英雄赛麦台依稳住骏马又浮出河面，恰似小舟在浪上漂泊。当胯下的阿克铁勒克马被激流冲击得开始斜身时，赛麦台依向玛纳斯祈祷："父王玛纳斯的灵魂啊，保佑我在阿依曲莱克面前别把名誉丢掉！"赛麦台依是个天不怕地不怕的男子汉，处处显示出青鬃狼的威严，时时有保护神随身相伴。

天在转，浪在翻，猛虎赛麦台依搏击波涛间。此刻水神伊里亚斯一把捞起他的缰绳，从洪水中将人和马拉上了岸。

不解之缘

　　恰好在此时，姑娘和媳妇们簇拥着，一起来到了河岸边。她们望着远处赛麦台依的身影，欢天喜地羡慕不已，对着阿依曲莱克七嘴八舌叽叽喳喳，话儿没完："好姐姐，你快说说，他是不是赛麦台依呀？你抓来的白鹰隼，是不是来自他身边？他确实是位英雄豪杰，的确是位无敌的好汉。青阔交在他面前是个孬种。我们聪明的姐姐阿依曲莱克，你不愿意嫁给青阔交，看来，你的选择英明有主见！"

　　英勇的赛麦台依此刻到来，英姿飒爽，气宇轩昂，再瞧他此时的神色，酷似发起进攻的野公驼一般。若他向右边进攻，好像能把右边入侵之敌毁灭，若他朝左边进攻，仿佛能把左边来犯之敌摧毁，倘若来犯之敌被他捉住，定会被他将脊梁扭断。

　　精明的阿依曲莱克早已看透赛麦台依面带恼怒的神

色，扭身走进毡房，将随身的姑娘媳妇们训斥一番："玛纳斯的儿子赛麦台依，一旦愤怒从不回头，他的威望让山川震动，他正在气头上，你们千万别招惹他。我要亲自去应对他。"姑娘媳妇们被吓得再不敢吱声。

阿依曲莱克随后走出了毡房，她神采奕奕，精神抖擞，白润透红的脸蛋像苹果，苗条柔软的腰身像被轻风吹拂飘逸的细柳。她天生丽质姿态端庄容貌俊俏，她的美丽凡间难遇，世间再也找不到第二位，她步履姗姗走向赛麦台依。

雄狮赛麦台依不等阿依曲莱克走过来，怒气冲冲地直接走到古里巧绕跟前，怒不可遏，咆哮如雷："你这个不知羞耻的家伙死了吗？是否忘记了你的使命？你这个丧尽尊严的家伙死了吗？你何时才去打探路况？你怎么不及时禀报这里的情况？你忘了嘱托，辜负了我的期望！你这个轻狂的傻小子，在路上遇到了姑娘就只顾和她们忘情贪玩，你这个不知深浅的家伙，早晚要为大哥招来祸端。你已经触犯了大忌，你已经失去理智陷入疯狂。你没有打听到汗王的情况，你没有搭起接待我的毡房。渴了，你没有为我准备茶水；饿了，你没有为我宰好羔羊；困了，你没有为我准备休息的地方。你是个缺少才智的笨崽，直到现在你还到处游逛！我的傻小子，快骑上马吧，让我们立刻离开这个鬼地方！阿昆汗倔强的姑娘逃不出我们的手掌！"

当赛麦台依这样说时，一旁的阿依曲莱克开口道："陌生的客人请留步，我要向你表白自己的心意！赛麦台依呀，在这里，没有地方供你指手画脚耍威风，更没有诺奥依人前呼后拥，这里没有阿谀奉承的浩罕人，这里没有每月按时给你纳税交贡的部族，这里并非你父王的领地！这里没有你的奴隶！我们说话从不客气，面对这里的姑娘和媳妇，你可没有指责的权利！你赶着这十四匹骏马，身边只带着两个伙计，肩上挎着一支火枪就想和强敌交锋，你可知道你的对手是青阔交和托勒托依。"此时生来机智的古里巧绕疾步上前，一把抓住了赛麦台依坐骑的缰绳："我亲爱的大哥赛麦台依，与你指腹为婚的阿依曲莱克，这不就在你的面前站立！你丢失的是心爱的白鹰隼，你期望找到的是阿依曲莱克仙女，你要较量的是青阔交和托勒托依，你失去的白鹰隼已经在我手中，你渴望见到的阿依曲莱克亲自来把你欢迎，你还让我去找何人？白鹰隼，你放飞吧！阿依曲莱克公主，你娶走吧！她的风韵和美丽，她的高贵和才智，假若不如恰绮凯，假若不合你的心意，你就道明不想娶她，你就答应她嫁给别人，你去告诉阿昆汗吧！"

赛麦台依听罢这些话语，心中的气愤如风吹残云，他怎么能丢下阿依曲莱克，怎么能舍得心上人？他极力克制激动的心情，对阿依曲莱克畅述真心："美丽的阿依曲莱克，是你鼓舞我离开了阿拉什，珍贵的阿依曲莱克，是你吸引我离开塔拉斯，不远千里，日夜奔驰来到这里。既然你在这里等候着我，为什么又冷面相对冷若冰霜，为何不恭敬地将我欢迎？！"此时阿依曲莱克回敬，语出惊人："过路的人，应走自己的路，陌生的人相遇，应讲究礼貌。你有什么资格唠唠叨叨，你说出的话难听恼人。你说阿依曲莱克是你的订婚情人，有什么能证明这话的真假？我有叫托勒托依的外甥，我已有叫青阔交的男人！左顾右盼的赛麦台依啊，你我之间有什么缘分？！"听到阿依曲莱克的这番话里提起托勒托依与青阔交，赛麦台依实在无法容忍，他怒火中烧，面露青筋，狂言道："阿昆汗的女儿阿依曲莱克，把白鹰隼还给我！我要起身返程，我娶你这个女人干什么？你怎么能安慰我的寂寞之心！你是在天路上搭锅的女仆，你是只配接待路人的婢女；你是在山坡搭锅的女仆，你是只配接待马帮的奴隶。直到你的牙齿被磨成麦粒，直到你满脸皱纹白了双鬓，你仍将苦苦去四处寻找男人！让你坐在阿昆汗的闺房中生锈发霉！直到你的头发灰白脱落，你仍然是无人问津的女人！快把白鹰隼还给我，我要离去！我竟要娶你阿依曲莱克，真是找错了人！"

阿依曲莱克悲愤又怨恨，此刻的心情如暴雨倾盆："赛麦台依，你不要饶舌！要走，你马上走！现在就回你的坎阔勒去！你嫌我老，就说我老啦，你也不要玷污我阿依曲莱克的人品，我不是任你污蔑的人！你父王玛纳斯在世时，与我的父王立下誓言指腹为婚。你父王虽然离开了人世，但我始终尊重和敬仰，更加尊重两位老人为子女订婚的盟约。当你父王玛纳斯去世后，你随母亲卡妮凯漂泊异乡，投奔到外公家里，受尽了人间苦难和委屈。倒霉的阿依曲莱克我，泪眼望穿，我的心犹如火燎油煎，我在这煎熬中憔悴变老，难道这也是我的罪名？忠诚信守父王订下的婚约，在将你苦苦等待中变老，难道是我的过错吗？不来娶自己的女人，难道你不该接受良心的谴责吗？！当你和恰绮凯结婚时，你可知道我怎样忍受着孤独和煎熬！青阔交和托勒托依两个巨人包围城池要强娶我，为此我才冒着危险化为天鹅，四处飞翔把你寻找，奔波千里向你求助，这难道是我不顾颜面抛头露面，难道是我不顾羞耻自找男人吗？看来我的苦心全是徒劳！如果不是你的父王玛纳斯，谁还知道你赛麦台依？瞧你如此蛮横无理地对待自己的卫士，你哪里还有先王博大的胸怀！瞧你还未见面和较量就被托勒托依和青阔交吓走，哪里还有先王的英雄气概！我还见过你前面所娶的老婆，种牛的脖子、隆凸的前额、硕大的脑壳，长着两条腿的笨头笨脑的蠢货，这也是你的情趣！我为何要嫁给这样的你，我嫁给你又有何益？你如此无情无义，背信弃义，我现在就去和青阔交成亲。赛麦台依，别再费口舌，快拿上你的白鹰隼，马上离开！”倾诉完心中的苦衷，阿依曲莱克万分悲伤，眼泪像雨水般哗哗流淌。赛麦台依不知所措，顿时失去了往日的刚强，无可奈何地勒转马缰。

生来聪明的古里巧绕左右示好劝慰双方。他对赛麦台依说：“算了吧，大哥别再说气话，你何必对嫂嫂的话如此较真，面对你身后的父老乡亲，面对你众多的诺奥依人民，你若回去该如何交代？”古里巧绕又劝阿依曲莱克：“我尊敬的嫂嫂，请留步。你是我最信赖的大美人，我是前来拜访你的自家人，你冷言冷语地对待自己的亲人，何必如此冲动伤害心上人？你同赛麦台依唇枪舌剑争吵不休，说明你们有缘分，千万别气愤一甩手就两离分。面对你那敬仰的汗王玛纳斯，面对机智慈祥的母亲卡妮凯，面对众多的诺奥依人民，面对站在你身旁的姑娘们，你怎能辜负他们的一片苦心！你争吵后就退缩，怎能是一个聪明的人！"

阿依曲莱克心中伤痛，伤心的话儿接连不断："该天杀的赛麦台依啊！他满口都是嘲讽和埋怨。与其遭受这样的冷落，我还不如独身去横遭劫难。与其忍受这样的折磨，还不如返回我那白色的宫殿悄悄隐居，从今不在世间露面！"从她那猎隼般的黑眼中，委屈的泪水流淌不断。

古里巧绕又接上话茬，语意深沉，面带笑容："嫂嫂，算了，别再诉冤。赛麦台依不过是一时失言，他曾经无法克制自己的愤怒，都不顾骨肉之情，连自己的叔叔阿维凯和阔波什一同斩杀。阿依曲莱克嫂嫂，我知道你智慧非凡，这些事你都明白，在这里我敬请你多多原谅。"

赛麦台依和阿依曲莱克都沉默不语，他们心里听进去了古里巧绕的忠言，都倾倒在忠告面前。古里巧绕的苦苦相劝，终于让两人和好如春风一般。

抛弃过去的恩恩怨怨，心中的烦恼烟消云散，赛麦台依带着两个小伙子，驱赶着十四匹骏马跟随着阿依曲莱克，悄悄进入阿昆汗的都城，入住阿依曲莱克的宫苑。阿依曲莱克让人宰了马驹，摆满各种各样的美味佳肴，用芳香的马奶酒盛情款待来自远方的英雄们。当结束了丰盛的晚宴，阿依曲莱克和赛麦台依来到舒适的房间，开始了推心置腹的交谈，表达着彼此美好的祝愿。倔强的赛麦台依和阿依曲莱克互相春心涌动，此时的柔情比蜜还甜，爱慕之情充满心间。望着美丽迷人的阿依曲莱克，赛麦台依便浮想联翩，情火燃烧在他的胸膛："我心中的美人儿啊！今天终于一睹你的容颜，我一直都不知道为什么，母亲对我隐瞒这件事，我恨不得马上把你明媒正娶，和你共度良宵。"他对着阿依曲莱克深表歉意，请求她的原谅。听着赛麦台依的肺腑之言，知书达理的阿依曲莱克心中似乎烈火在炙烤，胸中荡起阵阵春潮。"这个英雄豪杰的后代为我尝尽了苦头，受尽了折磨和苦恼。世间的男人与女人之间，谁不渴求烈焰般的情爱。但我若轻率地投入他的怀抱，岂不成为罪人让世人耻笑？我是否悄悄差人前去邀请证婚人办理仪式？"阿依曲莱克陷入沉思。

　　心领神会的古里巧绕早就看出赛麦台依和阿依曲莱克此刻的心思，也知道此时不能兴师动众、大张旗鼓地操办婚礼，以免惊动敌人。他便来到赛麦台依和阿依曲莱克面前自告奋勇充当证婚人，他们商量后，让古里巧绕扮演证婚人，坎巧绕做新郎的傧相，让阿依曲莱克身边的姑娘媳妇们做伴娘，举行了纯洁而简朴的婚礼。

　　赛麦台依和阿依曲莱克在甜蜜中度过了良宵，直到大地洒满阳光才开始起床，同姑娘小伙子们共进早餐。在餐间，阿依曲莱克注意到古里巧绕和卡丽曼、坎巧绕和别格姆江眉来眼去暗送秋波，其实她昨天就有察觉。于是她对姑娘们微笑着开口："既然父母缔造了姑娘，怎么能不出嫁给儿郎，既然人间有了男子汉，怎么能不迎娶他的新娘。

男大当婚，女大当嫁，这是祖先传下来的典章，让青春白白地流逝，对于男女都是悲伤。古里巧绕和坎巧绕，是阿勒曼别特和楚瓦克两位英雄汗王的儿郎，他们文武双全，忠心辅佐赛麦台依汗王，像汗王的双眼一样，今日我做主让他们也实现心中的愿望！"阿依曲莱克转身对两个姑娘说道："卡丽曼，别格姆江，你们就嫁给这两个儿郎。汗王的女儿卡丽曼与古里巧绕成婚做伴，别克的女儿别格姆江与坎巧绕结缘配双！"

两位姑娘毫无怨言，欣喜若狂，那些未被点名的姑娘还真有些愁眉不展。此时赛麦台依开口道："我可敬可爱的勇士们，你们想一想，你们在征途中迎娶心爱的姑娘，你们还有什么不够如意？还有什么比这更令人欢喜？今天在你们嫂子的主持下先给你们举办证婚仪式，当彻底消灭那来犯敌人之日再给你们举行隆重的婚礼。小伙子们，你们听好！你们要日夜站岗放哨，时刻谨防那来犯之敌，要守护好王庭和大路小道。但在任何情况下都不要为难这里的乡亲。"赛麦台依这样吩咐叮咛，姑娘们齐鼓掌，小伙子们更满意。

催　　婚

　　退居波孜乌尔楚克山的青阔交与托勒托依熬不到约定的五个月时间，迫不及待地召集手下，挑选口齿伶俐、能言善辩的加玛那克和沙拉玛特，作为使者与阿昆汗谈判。他们书写了一封信函，大印盖在了信的下端。青阔交对两位使者吩咐道："如果阿昆汗信守诺言，就请他立即答应我们的条件。如果阿昆汗继续欺骗我们，我就要骑上黑花骏马，闯进他金色大门的城池，像猎隼抓小鸡般地袭击，杀得他鸡犬不宁，把他的城堡打个稀巴烂。限他三天之内给予答复，不然我就要直直闯进他的家里，把他的掌上明珠阿依曲莱克扭着胳膊夺过来，驮上我们的马鞍，让他知道我的威严。我们不但要抢走他的女儿，还要劫掠他的牲畜和财产。如果阿昆汗考虑得周全，就应该对我们表示友好亲善。我们也会把双手抱在胸前，敬献丰厚的聘礼，直到他心满意足。"

两位使者没有在路上歇缓,径直来到阿昆汗的城门前。卫士们把他们带到宫门前,两位使者俯首弯腰走进宫殿,向阿昆汗致敬问安。使者沙拉玛特上前开言:"我的大汗啊,您贵体健康?阿昆汗啊,我大海般的大汗!您是骏马驮不动的大汗!您是闻名遐迩的尊贵的大汗!您尽善尽美,没有任何缺陷!您的女儿阿依曲莱克,容貌端庄,智慧超凡。我们的汗王青阔交,要来向您鞠躬拜见,要与您的女儿缔结姻缘!汗王啊,我们对您十分尊敬,这是我们汗王给您的信函。您怎样考虑这桩姻缘,请您给我们明确的答案。您知道托勒托依汗王脾气暴躁,您应该尽快做出英明决断!"

威严的阿昆汗没有睁开闭着的双眼,没有缩回伸展的双腿,只是"吭"地咳嗽了一声,露出一口洁白的牙齿,对沙拉玛特这样回答道:"在我的随从中有两位智慧的儿男,一个叫阿皆拜,一个叫图曼拜。你们去与他们商谈,从那里会得到答复。如果他们说'嫁给'的话,就没有人敢说'不'字;如果他们说'不嫁',就没有人敢说"出嫁'的话。"阿昆汗说完,派出了一个侍者,请来了两位智慧能人,与前来的使者见了面。

阿皆拜和图曼拜接过信来念了一遍,把信上的话全记在心间。阿皆拜对使者们说道:"我们在波孜乌尔楚克山前等候你们。请托勒托依和青阔交前来,我们好好地交谈。如果我们愿意把阿依曲莱克嫁给你们,就会提出我们的条件；如果我们不愿意把阿依曲莱克嫁给你们，我们就决定交战的地点。"

使者们听了这样的答复，催马扬鞭返回营地。他们把阿昆汗和阿皆拜的话，一字不漏地向青阔交和托勒托依禀报了一遍。

第二天早晨，阿皆拜和图曼拜带着铁尔买其克和卡勒别克两个随从，前往波孜乌尔楚克山前的边沿。青阔交和托勒托依，还有两名随员早就等候在那里，阿皆拜和图曼拜受到对方的尊重，被牵住马缰扶下马鞍，双方面对面坐下开始谈判。青阔交首先这样开言："为了美丽绝伦的阿依曲莱克，我们准备了厚重的聘礼和畜群，请你们明确做出回答，如果你们不讲信用，用谎言欺骗我们，那就不要怪我们无情，厄运将会降临到你们头上。"阿皆拜听了，当即回答道："从前，玛纳斯在世的时候，阿勒曼别特和楚瓦克陪在他身边。他们缴获了空吾尔巴依和交劳依的驼队，那是一千峰单峰驼的商队，驮着珠宝和金银还有砖茶。他们牵着缴获的驼队，还在阿勒曼别特的黄花马头上系上木碗般大的棉花，来到我们的阿昆汗面前提亲。两家给赛麦台依和阿依曲莱克举办了声势浩大的指腹为婚的喜礼。他们把丰富的礼品，像流水似的施舍散发给人们。如今，我听说玛纳斯的儿子赛麦台依已长成一位顶天立地的巨人。我们是否先去听一听他的回答，这样我们才能消除忧虑和担心！"

阿皆拜话音未落，青阔交装腔作势地说道："当玛纳斯死去人们安葬他的时候，阿维凯、阔波什和加克普挥动着马鞭瓜分玛纳斯的遗产，还要摧毁金色的摇篮，杀死玛纳斯的幼子赛麦台依。是巴卡依出主意让卡妮凯带着儿子逃往娘家，'分裂离异的人会被狼吃掉'，大概他们早成了狼屎，骨头也已经成了鹰屎。你惧怕早已死去的玛纳斯的灵魂，又害怕那尸骨已腐烂的后裔，为何对活着的我和盖世无双的英雄托勒托依却不畏惧？"这时阿皆拜依然和颜悦色地说道："青阔交，如果是这样的话，我去把阿依曲莱克带到你面前吧。"图曼拜接着站起身来，满脸严肃地大声说道："如果阿依曲莱克说'我愿出嫁'，就没有人敢说'你不要出嫁'！如果阿依曲莱克说'我不愿出嫁'，就没有人胆敢强迫她！你们想强迫我们的姑娘出嫁，难道我们杀了你们的人，要用我们的姑娘偿还血债？难道是骑死了你们的单峰驼，要用我们的姑娘来抵偿？与其遭受你们的这般凌辱，不如让我们立刻死去！"说罢，阿皆拜和图曼拜愤然上马，飞驰而去。

青阔交不等两位使者走远，飞身跨上长着四翅的黑花骏马，从后面紧紧追赶。他挡住使者，声色俱厉地叫嚣："阿皆拜，你别仗着阿昆汗的权势，逞强逞能！不管你们愿意还是不愿意把阿依曲莱克嫁给我，必须做出明确回答！不要施展阴谋故意拖延，要把话说清楚，盖上大印留下字据！"阿皆拜听后急忙回答："老虎怎能走回头路，好汉怎能赖掉自己说出的话？只是我把大印忘在家里了，如果明天一早，我不把阿依曲莱克领到波孜乌尔楚克山前，就让

头顶上的蓝天惩罚我！就让长满草木的大地惩罚我！"青
阔交听到阿皆拜的誓言，怒气冲冲地说了一声："你若食言，
我就杀了你！"便气势汹汹地勒马回转。

阿皆拜和图曼拜在要不要把阿依曲莱克嫁给青阔交的
问题上发生了意见分歧，他俩成了猫和狗一样的冤家，谁
和谁都不说一句话，狠狠地抽打着坐骑，扬长而去。

图曼拜先到了阿昆汗的王宫，匆匆忙忙翻身下鞍，进
宫向阿昆汗请安："我大海般的汗王阿昆汗！我骏马驮不
动的巨人阿昆汗！您委派我作为使臣，前去与青阔交和托
勒托依会见。可是我的大哥阿皆拜，梦想把青阔交的黑花
马乘骑，梦想做您的城池的主人，他要把您的女儿阿依曲
莱克抓到波孜乌尔楚克山前，拱手送给青阔交和托勒托
依。"听了图曼拜的话，阿昆汗脸色变得铁青，白胡子抖动，
浑身上下大汗淋漓。

就在这个时候，阿皆拜也来到汗王面前，阿昆汗厉声
责问："喂！阿皆拜，图曼拜的话是真的还是假的？倘若
他说的是真话，阿皆拜，你心里到底有何鬼胎？"

阿皆拜善于诡辩，他的口齿相当伶俐。此时，他毫无
顾忌，对阿昆汗大叫大喊："父王啊，不要对我无缘无故
地大发脾气！父王啊，不要信口开河胡言乱语！凶恶的敌
人已经来到波孜乌尔楚克山前，他们的兵马盖满大地。父
王啊，你如果舍不得阿依曲莱克，你的百姓就要遭殃！父
王啊，你若珍惜阿依曲莱克，就该把她交给青阔交和托勒
托依，我们的日子才会平安。父王啊，你想一想，你的宫

殿已经摇摇欲坠！你若偏爱阿依曲莱克，你就要面临无尽的灾难！父王啊，要不然你找个门槛，让我们带她逃到外边找个安全的地方。父王啊，要不然你找个洞穴，让我们带她躲藏在洞穴里。"

听到阿皆拜的责难，阿昆汗的头脑乱成一团。图曼拜见此情景，匆忙退出，赶到阿依曲莱克宫前，阿皆拜也紧跟其后急忙追撵。图曼拜顾不得下马，站在宫门外边，声嘶力竭地大喊："哎，阿依曲莱克，我的马驹！请你赶快出来，我有要紧的事前来向你禀报！"

听到图曼拜的声音，阿依曲莱克步履轻盈地迈出了宫门。她的脸庞就像太阳般丰满圆润，面容就像月亮般光华灿烂，乌黑的眼睛就像闪光的宝石一般，身段标致像优美的白鹿，她面带微笑，露出雪白的牙齿。图曼拜也不回避阿皆拜，当面向阿依曲莱克开口直言，把阿皆拜向青阔交起誓，要带阿依曲莱克到波孜乌尔楚克山前，交给青阔交和托勒托依的事情，从头到尾说了一遍。智慧超人的阿依曲莱克像鹦鹉般舒展腰肢，面带笑容地说道："阿皆拜大哥，请你告诉我，你是否要把妹妹阿依曲莱克送给青阔交和托勒托依，为了这个才专程来到我这里？阿皆拜大哥，我告诉你，如果你不好好地考虑后果，自以为是地做事情，总有一天我会惩罚你！"这时，阿皆拜解释道："阿依曲莱克你仔细听，有支兵马来到城下，来的是千军万马，他们会把我们蹂躏，会占领我们的家园，我看到这帮匪徒的架势，只好用谎言拖住他们，我说了明天早晨带你到波孜乌尔楚克山前向他起誓，才得以脱身回转。阿依曲莱克啊，你为什么不去看一看？如果你觉得称心如意，就嫁给他，又有何妨？即使你没有看中，你可以飞上蓝天，你不去寻找心中思念的赛麦台依，又是为了哪般？"阿依曲莱克听后不慌不忙地说道："两位大哥，请下马吧，快进来喝碗热茶，办事情就看合适不合适，如果你们的意见合适，我自然会听从。"

阿依曲莱克在前边领路，打开了宫苑的门扇，宫苑里令人惊叹的情景，映入阿皆拜和图曼拜的眼帘，他们目瞪口呆，一言不发。只见在宽敞阔绰的庭院里拴着十四匹高头大马，每匹都是一色的骏骥。在十四匹马的中间，有一匹出类拔萃的骏骐，身上披着锦绣的马披衣，胸部像猎犬一样宽阔，背部像木板似的平直。双耳耸立，脖子似雕弓般弯曲。这匹像座墙似的塔依布茹勒神驹，只有有福气的英雄才能乘骑。这十四匹骏马都很完美，见过的人都会赞叹称奇。阿皆拜和图曼拜好奇地走进院里，只听阿依曲莱克在宫内对人说话的声音："我尊贵的汗王，我的靠山，我的勇士们，你们都是雄狮的后裔。请你们睁一睁眼睛，我有话要禀告。我听说阿皆拜要掌管父王的金城，他想把我带到波孜乌尔楚克山前送给青阔交和托勒托依，换来青阔交的黑花马乘骑。"阿皆拜和图曼拜不知道究竟是什么人住在宫里，当宫门打开的时候，阿皆拜定睛细看，只见英雄们舒适地住在那里。他看到英雄的英姿和雄狮的身影，大吃一惊，在心中暗自思忖："两位英俊少年，如此俊美威严。在上面的金铸床上有一个蛟龙似的身影，他是雄狮一样的巨人，难道他们是魔王来到了人间？"阿皆拜哪里想到，坐在眼前的是赛麦台依汗王，他看到英雄们的威严神态，不由得心惊胆战，好像自己的性命就要完蛋。

　　不等阿皆拜和图曼拜跨进宫门，赛麦台依起身走出门庭，两位勇士紧紧跟随，佩挂兵器威武庄严。赛麦台依的威仪，直吓得阿皆拜和图曼拜目瞪口呆，好像舌头被捆绑了起来，说不出一句致敬问候的话，他俩提心吊胆地悄悄退出，爬上马背就往回跑。

勇士显威

此时，赛麦台依对身边的勇士说道："噢，我的小伙子们，我听到的你们也听见了吗？我察觉到的你们也感觉到了吗？在波孜乌尔楚克山前，阿皆拜和青阔交已经把事情商定，你们谁到那里去一趟，侦察敌情，留一个人在我身旁。"听了赛麦台依的话，雄狮般的古里巧绕眼睛闪着光芒，笑容满面地自告奋勇："大哥，就让我去吧，我怎么能留下不去呢？如果遇到青阔交和托勒托依，我就向他们讨个说法，我的坐骑还要调养两天，让它再出出汗休息一下，阿维凯的阿克铁勒克马现在正是精力充沛的时候，让我乘骑这匹马吧！无论遇到多么强大的敌人，我都要与他们较量一场。我要把他们乘骑的神驹，当作战利品献给你！"听到古里巧绕的这番话，赛麦台依露出了满意的笑容："你骑我的塔依布茹勒骏马吧，我的勇士！你穿上我父亲留下的布鲁木战袍吧，我的雄狮！"听到大哥夸奖和允许他去的话，古里巧绕非常欢喜，不顾其他的事，就朝着塔依布茹勒马跑去。

赛麦台依让坎巧绕准备牲畜，为古里巧绕祈祷祝福。他们宰杀黄头山羊和白顶额的牛，还宰杀了白色母马，祭奠玛纳斯。赛麦台依把腰带挂在脖子上，为古里巧绕虔诚地祝福。就在这庄严的时刻，雄狮般的玛纳斯汗王和他的同伴至亲好友出现在身旁，大山般的玛纳斯骑着阿克库拉骏马，额头上有颗红痣的少年牵着他的马走在前面，模样相同的两只灰兔紧贴在鞍镫两边，两只黑斑猛虎，尾巴朝天，高声呼啸地走在两边。一条鞭把粗的花斑白蛇在他的腰上缠了三圈，蛇头在他的耳边探出，蛇眼里射出火光，蛇口喷出毒雾火焰。有个俊美的姑娘，头戴花冠，额头上闪烁着光环，长长的秀发披落在肩，她站在玛纳斯的身后，双手搭在英雄的肩上。六十只高大的公盘羊，分别在英雄的两旁。玛纳斯的同伴们都一一相随，好像一幅引人注目的雄伟画卷。赛麦台依见景思忖："父王玛纳斯的护佑神，也是我们的靠山和力量。"于是，他信心百倍地送古里巧绕跨马出征。

古里巧绕就要出发，赛麦台依再次嘱咐道："刚才说到的波孜乌尔楚克山，那是他们谈判的地方。塔勒都苏河岸旁，那里有一座破旧的水磨，都是敌人经常来往的地方，要十分警惕这些地方，不要在那里下马歇息，不要在那里睡觉，如果在那里下马贪婪睡觉，灾难就会降在你头上，勇士啊，你要牢牢记在心上，千万不可粗心大意。"

领受了赛麦台依的祈祷和嘱咐，古里巧绕勇气十足，威风凛凛，策马挽缰奔向前方。他来到波孜乌尔楚克山前塔勒都苏河畔，心想："这就是他们谈判的地点，我就在这里伏击敌人吧。"他走遍山洼，仔细观察马蹄印，没有发现来人的迹象。"我要一直等到天亮，到了天亮还不见人来，就找个人送回消息。"他思忖着拨转马头，把嚼口绳拴在鞍鞒上，他最近没有充足的睡眠，一路风尘仆仆，也没有得到很好的歇缓，他抓着鞍头，感到困倦，就不知不觉地昏睡过去。

这一天，英雄托勒托依左思右想，和青阔交这样商量："青阔交啊！阿皆拜和图曼拜直到今天也没有回信，我的心中有疑虑，阿皆拜可能欺骗了我们，他一开头就讲，阿依曲莱克和玛纳斯的儿子赛麦台依早已指腹为婚，阿依曲莱克是否会变成白天鹅飞上蓝天，给赛麦台依送去消息，把他带到这边，是否搬来雄兵强将，决心与我们决一死战？这件事使我十分不安。我要亲自去波孜乌尔楚克山前，查看详细的情况。"青阔交立刻点头奉承道："托勒托依啊，我的好朋友，你是力大无比的英雄，你的威名四处传颂，自从我俩结为盟友，你在关键时刻经受住考验，为我实现了许下的诺言。以为你在我身旁助威，我恫吓阿皆拜，能吓得他魂飞魄散，但他话中有假，仍在欺骗我们，我们且不要半途而废，今天应该去查看情况，打听可靠消息，这样我们才好放心！"于是托勒托依为了打听阿依曲莱克的消息，主动跨马上路登程。

托勒托依是个黑胡子大力士，没有谁敢与他争锋交战。克孜勒巴什还有印第斯坦和伊朗的英雄好汉，有的被他杀死，有的屈膝投降。他们为了保住自己的性命，向托勒托依进献牲畜和金银。克热木和乌茹姆人，红鼻子蓝眼睛，差点都被他砍杀殆尽。他打到哪里都很顺利。这个狂妄的托勒托依，如今要挑衅玛纳斯的儿子赛麦台依，他没想到为了实现青阔交的心愿，会给自己带来灾难。

托勒托依在马背上四处观望，脖子伸得像鹅一样又细又长，眼睛里闪烁着燃烧的火光，胯下的苏尔阔勇骏马扬开四蹄奔向前。当月亮升起的时候，托勒托依接近了古里巧绕所处的地方。

古里巧绕怀抱着矛枪在马背上睡觉，发出响亮的鼾声，如同醉汉不知道任何情况。有灵性的塔依布茹勒神驹看到了托勒托依的身影，便打了一个响鼻，酣睡的古里巧绕睁开了惺忪的眼睛，没有发现可疑的迹象，又呼呼地进入梦乡。塔依布茹勒骏马用蹄刨地竭力嘶鸣，又一次把沉睡的古里巧绕唤醒。古里巧绕揉了揉眼睛，朝前边定睛望去，好像有座大山朝这里移动，说是山吧又像是人，不知是山是人，朦朦胧胧越来越近。古里巧绕顿时清醒，他想起老人们关于托勒托依的传说和赛麦台依的嘱咐，猜想来者很可能是托勒托依。他立即握紧了矛枪，抖动了塔依布茹勒马的缰绳，面对大山般的托勒托依发起进攻。古里巧绕高呼着玛纳斯雄狮的英名，喊声像晴空霹雳般轰鸣。曾经与多少对手在战场上较量的托勒托依，面对古里巧绕的突袭，如同看到了巨龙，吓得他丢魂落魄没有了主张。他顾不得自己的声望，急忙掉转马头，惊慌失措地抱头逃窜。古里巧绕奋勇追击，心想："他魁梧的身躯像座大山，无论矛头戳到什么地方，我总会把他戳伤。"于是古里巧绕匆忙中戳出了矛枪，矛尖戳中了托勒托依的右腰，只是锐利的矛尖没有全戳进去，没能让托勒托依落马。

托勒托依胯下的苏尔阔勇骏马，浑身流汗慌忙逃窜。紧追在后的塔依布茹勒骏马，张开大嘴，扬蹄飞驰，马蹄踩出的深坑就像地灶一样，身后扬起的一股股尘埃，像浓雾似的笼罩大地。古里巧绕只顾追杀敌人，却忘记了手中的马缰，缰绳缠住了马的前腿，塔依布茹勒骏马只好停下。古里巧绕跳下马取开缰绳，重新骑在马上，继续追赶托勒托依。他心中抱有这样的愿望："我要把大山般的对手戳翻马下，滚落在地上，我要把他的头颅栽进泥土，我要把我做的事情，在我美丽的嫂子阿依曲莱克面前诉说，在美丽的媳妇和姑娘中间传扬，我要向汗王赛麦台依报功领赏！"当他想起姑娘们的时候，顾不得左右张望；当他想起了赛麦台依的时候，就把一切遗忘。他驱赶着塔依布茹勒马飞驰，快要追上托勒托依的时候，托勒托依拼命朝着节迪盖尔人的兵营钻了进去。让托勒托依在自己矛枪下逃跑，古里巧绕感到失意伤心。

托勒托依钻进兵营就大声号叫，听到的人们惊恐万状，看到他浑身被血染红，吓得人们胆战心惊。青阔交慌慌张

张地来到托勒托依身旁，他拉住苏尔阔勇马的缰绳，劈头
盖脸向托勒托依追问："托勒托依，是谁鞭笞了你的骏马？
你为何这样大声叫嚷？为何这样大声号啕？是什么把你吓
得不顾一切地逃跑？俗话说：'即使你的手被砍断，也只
会落在袖筒里面；即使你的头被打破，头也会留在帽子里
面。'你就是死，也不应该这样叫嚷！这里的节迪盖尔人
看到你的狼狈模样，吓得众人都往回逃亡，可叫我怎么拦
挡他们！"青阔交的话生硬无情，托勒托依伤口流血不止，
他只顾活命，没有和青阔交计较。青阔交扶着托勒托依下
马，召集起懂医术的人一起商议，找来治愈枪伤的多种药
草，还有獾的胆汁，把药草揉成粉末，再熬成黑药膏，涂
抹在伤口上，精心包扎好，让托勒托依安静地休息。

　　到了晌午的时候，托勒托依疼痛逐渐消散，他睁开双
眼，翻起了身，沉重的心情也有所好转。此时，巴依铁凯
来到托勒托依跟前，他是白胡子老人，见多识广德高望
重，聪明智慧远近闻名，他曾经是一个部落的首领，曾经
头戴铁盔，身披铠甲，乘骑追风骏马，足迹遍布天涯。他
向托勒托依询问情况道："托勒托依，你还好吗？你是为
荣誉而生的人，如今却如此惊慌地脱逃，差一点丢掉了魂
魄，你到底遇到了什么险情？你到底看见了什么？你怎么
把勇气和尊严丢得一干二净，人们会怎样评说你？"听了
这话后，托勒托依这样回答道："以前，我做了多少次侦
察，从未碰到如此凶恶的险情，在阿昆汗的城堡里，哪有
敢来追撵我的兵丁，哪有向我的肋骨戳矛的敌人？这次，

我去那里侦察，遇到了一个红脸膛的年轻男儿，他骑着塔依布茹勒骏马，高高地挽起马的尾巴，他高呼着'玛纳斯'的口号，吼声如晴空霹雳。我仔细地审视了他：一对模样相同的灰兔紧紧地贴在他的马镫两边；一只黑斑豹子吼叫着紧紧跟随在他身边；一个赤脚裸体的孩子牵着他的马走在前面；一位身披红衣的少女站在他身后的马背上；还有六十只公盘羊，每边三十只跟在他的两旁，发出嗒嗒嗒的声响；一只短尾巴的青色猎犬，奔跑在他的前方。我看到这些奇异景象，什么也顾不上，一心只想赶快逃亡。大伯啊，说起来我很扫兴，我这个大山般的英雄，却被膝盖骨般大的男孩戳伤。我这次遇到的敌人十分疯狂，如若没有我的战马，我就不能活着逃回营房。我看到的就是这些情景，这次外出让我羞愧难当！"

巴依铁凯听罢托勒托依的话，十分忧郁地说道："如果你说的都是真实的，证明那个骑着塔依布茹勒骏马手握矛枪向你凶猛冲杀的红脸膛娃娃有好运气不可逆转！看来聪明智慧的阿依曲莱克飞上蓝天给玛纳斯的儿子送去了消息。估计赛麦台依已经来到了这里。只是他的巡逻勇士就将你戳伤成这样，就让你如此害怕！这就是越来越厉害的玛纳斯的后裔！这就是一代胜似一代的玛纳斯的后裔！我想是阿勒曼别特的儿子古里巧绕戳伤了你。究竟是不是他干的，我们还要仔细算个端详。可别让节迪盖尔的后代，被人家欺凌杀光。"

老臣规劝

　　巴依铁凯卜算的结果和他苦口婆心的劝说，青阔交听不进去，巴依铁凯没有办法，只好把以往的事情给他们叙说分明。

　　那是玛纳斯汗王在位的时期，哈萨克的包克木龙为其养父汗王阔阔托依举行祭典，祭典上聚集了四面八方的宾客，他们把煮好的肉食都抢吃得精光，他们的首领空吾尔巴依拿了不少黄金白银还不满足，还索要阔阔托依的坐骑玛尼凯尔骏马，它是远近闻名的千里驹。如果不给，就要召集其他部族来劫掠屠杀整个阿拉什人，包克木龙无法主持祭典，收拾不了混乱的局面。汗王们聚集在一起，商量对策，派阿依达尔拿着德高望重的阔绍依的亲笔信，从撒马尔罕城请来雄狮玛纳斯英雄主持祭典，英雄玛纳斯就像巨龙一样威严，四十勇士身着红披风，护拥在玛纳斯身边，个个像雄狮一样威猛。玛纳斯主持祭典，对于胆敢捣乱的浑蛋，不留情面，严加惩罚。玛纳斯为了公平起见，没有让玛尼凯尔神驹参加比赛，让自己的坐骑阿克库拉参加赛马，自己却借骑阿勒曼别特的棕色枣骝马上场，与空吾尔巴依比武，差一点戳死空吾尔巴依，取得比武胜利，让柯尔克孜人欢呼雀跃。玛纳斯在射击元宝的比赛中夺得第一名，他的坐骑阿克库拉在赛马比赛中赢得第一名，玛纳斯把几万金币的奖赏一点不剩地分送给大家。在摔跤比赛中，老英雄阔绍依迎战康阿依大力士奥荣阔，却没有合身的摔跤皮裤，玛纳斯立即让阿吉巴依拿出了夫人亲手缝制的卡尼达哈依皮裤，不料阔绍依穿上还是太短，玛纳斯叫他脱掉，和阿吉巴依两人拽了一拽，皮裤长短肥瘦正合阔绍依的腰身。阔绍依十分惊讶，向玛纳斯问道："孩子，祝福你，这是谁的手艺？"玛纳斯哈哈大笑，说道："大伯，这是你侄媳妇做的。"神圣老人阔绍依伸出双手，亲自为卡妮凯做了求子的祈祷。在场的柯尔克孜人和其他部族，一起为卡妮凯做祈祷，正因为这次祈祷，后来才诞生了赛麦台依。在那次摔跤比赛中，老英雄阔绍依摔倒了奥荣阔。他大步走出场地之际，脚踢在奥荣阔的头上，一些人趁机起哄："摔倒大力士自古就有的事，却从来没有踢过人家头的，跨越人家的头顶是什么规矩？"他们叫嚷着涌进赛场，雄狮玛纳斯从身边的佩剑鞘里抽出了锐利的宝剑，起哄的人顿时安静了下来。

　　巴依铁凯讲完玛纳斯的故事，又开始规劝青阔交和托勒托依:"英雄玛纳斯是最完美的人,是个坚强无比的英雄,我从未见过他这样的好汉！今天来的赛麦台依,是众人祈祷而诞生的,就像他父亲一样是英勇无比的巨人,阿昆汗的女儿阿依曲莱克,是玛纳斯早就选定了的儿媳,你妄想强娶赛麦台依的未婚妻,他到来后是不会放过我们的,他既然来娶阿依曲莱克,我们就回去,不要挑起流血的战争。赛麦台依身边的古里巧绕和坎巧绕勇士也不比你们差。玛纳斯的儿子赛麦台依有匹本领非凡的神驹,名字叫作塔依布茹勒,它是专为赛麦台依而生。它的耳朵里烛光闪烁,它是旋风中诞生的神驹,在它踏过的地方,能踩出像地灶大的深坑,它来回走过的地方,会被踩踏成深沟。孩子们,如果认为我说得对,就请你们不要前往,不要做那些不合情理的事,不要给自己的百姓带来瘟疫和祸殃。托勒托依和青阔交勇士,请你们听从我的劝诫吧。"巴依铁凯的话音刚落,托勒托依就从座位上站起:"哎哟,青阔交,我的大舅！巴依铁凯说得对,我们应该立刻回去！阿依曲莱克已经指腹为婚嫁给赛麦台依,你想抢过来没有那么容易。我的朋友,你听我的话,我劝你不要自讨苦吃,我们赶快回去吧。"青阔交听罢跳了起来:"这不是英雄做的事。不要说他的儿子赛麦台依,就是玛纳斯自己,我也敢与他较量比高低。托勒托依,如果你要回去,就把我们曾经咬着箭矢立下的誓言收回去,你把阿克阔云姑娘连同我的牲畜统统拿去。你不要我青阔交活了,请你戳破我的肚皮把我扔进河里。巴依铁凯,请你割下我的头,不要让我留下囫圈的尸体。"

托勒托依不敢收回誓言，也不敢带上兵马回去。他舍不得丢下阿克阔云美人，也不能戳破青阔交的肚皮。他赌气地吼道："都给我上马，出发！"节迪盖尔的大队人马立刻上马起程。

青阔交和托勒托依，巴依铁凯和沙拉玛特，还有英雄加玛那克一起，来到波孜乌尔楚克山前，查看马蹄踩的印记。他们看见了塔依布茹勒马的蹄印，知道赛麦台依已经到来。巴依铁凯暗自思忖："我劝他作罢，他就是不同意，这个不得好死的托勒托依，为啥不剖开青阔交的肚皮！"众人都沉默不语，巴依铁凯开口说道："你们看见了吗？这就是塔依布茹勒马的蹄印！骏马大步踏过的地方，留下了地灶般的深坑。它来回踩踏的地方，踏出了深沟大壑。如果与赛麦台依交锋，我们的鲜血就会白白流在这里。英雄托勒托依，你要把我们活埋在这里！"

巴依铁凯说了这些话，喘了一口气当即死去。托勒托依万分悲痛，众人也都哀痛悲泣，心里都没了主意。

波孜乌尔楚克大战

　　那天没有戳倒托勒托侬，古里巧绕对自己十分埋怨：
"我的骏马是塔侬布茹勒神骏，我的武器锐利无比，我的
宝剑削铁如泥，敌人却从我面前逃离。我没有为大哥尽力，
也没有搜集到敌情，我怎样向大哥禀报？"古里巧绕这样
寻思着继续朝前追去。他顺手抓住了一个节迪盖尔人，得
知了许多敌情。他立即掉转马头，往回奔走，在灿烂的太
阳徐徐东升的时候，回到了金色大门的城堡。古里巧绕向
赛麦台侬禀报："我亲爱的大哥，我到波孜乌尔楚克去侦
察敌情，黑夜里走来一个巨大的人影，使我吃惊。慌乱中
我吼叫着戳出长矛，可惜那大山般的人却从我手中逃脱了
性命。我继续朝前侦察，抓住了一个敌人，从他那儿了解
了敌情。他说青阔交和托勒托侬是他们的首领，沙拉玛特
和加玛那克是他们善战的雄鹰。明天黎明时分，托勒托侬

要率领精兵强将，洪水般袭击阿昆汗的城堡。"

听到古里巧绕报告的敌情，赛麦台依下令鞴好骏马带上武器弹药，立即迎击敌人。英勇的汗王赛麦台依一行三人，朝着波孜乌尔楚克山奔去。

他们来到了阔克别列斯山顶，举起千里眼观察前方的敌情，只见节迪盖尔人众多的兵马高擎着无数彩色战旗，正沿着山坡行进。古里巧绕和坎巧绕准备用枪射击，赛麦台依立即制止两位勇士道："别慌张，我的勇士们！先不要用冷枪伤人，要用矛枪戳翻对手。这是自古传下的规矩。"

对面山上的敌人也发现了他们，便插起托勒托依的蓝色战旗，让兵马像大雁一样列队。双方摆开了较量的阵势。

节迪盖尔的汗王托勒托依命令加玛那克出阵。加玛那克骑着短尾花斑马，跃出队伍，冲入战场。他一边走一边呐喊，喊声似晴空霹雳，他身后跟随着沙拉玛特。雄鹰般的勇士古里巧绕和坎巧绕催动骏马前去迎敌。

加玛那克是个小腿粗壮的年轻勇士，手里紧握着蓝缨矛枪，满怀信心决一雌雄！当他戳出矛枪时，机警的古里巧绕一手舞动战斧挡开戳来的矛枪，一手挥起红缨矛枪，狠狠刺向敌人的胸膛。自恃为英雄的加玛那克像风卷草似的飞落在地上。紧跟其后的沙拉玛特，不敢再战，扬鞭逃离战场。坎巧绕见此情景，扬鞭催马，紧追不放，对准沙拉玛特的屁股戳出矛枪。骑着黑花马的沙拉玛特像只乌鸦摔死在地上。古里巧绕和坎巧绕牵着缴获的骏马，来到赛麦台依跟前。

众多的节迪盖尔人看到失去两位勇士，表露出极大的仇恨。他们把人马分成五个队列，形成了险恶的兵阵。这时，古里巧绕对赛麦台依说道："我亲爱的大哥，你看这些敌人多么凶狠，我们要分别战胜他们。青阔交和托勒托依由你来对付，我们俩去消灭编成兵阵的敌人。汗王啊，只要我们还有一口气，就要砍倒那蓝色战旗。"说完，两位勇士无所畏惧地冲向敌阵。

激烈战斗持续了十五个昼夜。两位勇士挥舞着矛枪戳杀，矛杆断了，就用战斧战锤。一会儿挥舞着宝剑，一会儿射出呼啸的子弹，威风凛凛，所向披靡。他们冲散敌群后向赛麦台依靠拢。只见青阔交骑着长着四只翅膀的黑花骏马，躲在云层后面向赛麦台依射击，托勒托依更加凶狠地从地面发起攻击。古里巧绕见状，怒火在胸中燃起，高呼着玛纳斯的名字向前冲去。青阔交看到古里巧绕，急忙翻过了盘羊也过不去的阿拉套山。

赛麦台依躲过了密集的箭镞和子弹，发出由衷地感叹："古里巧绕，我的勇士，多亏你冒险赶来救援，我才摆脱了危机！"古里巧绕听了十分生气，连声埋怨赛麦台依："人家放十枪，你不放一箭。我的汗王，难道你病了不成？我们是雄狮玛纳斯的后裔，你肩头背的阿克凯勒铁火枪是他给你留下的珍贵武器。只要你发射阿克凯勒铁火枪，就能保护自己打击敌人。刚才你不用它向敌人射击，是不是枪的用法你已经忘记？"听到古里巧绕这些埋怨，赛麦台依翻身跳下了马鞍，从肩上拿下阿克凯勒铁火枪，装上子弹交给了古里巧绕,并向父王玛纳斯的灵魂虔诚地做了祈祷。

弯曲的路旁长满柏树,古老的柏树青翠葱茏。古里巧绕牵着塔依布茹勒神骏,在恰尔阿尔恰山峰巡逻,监视敌人的行动。临阵脱逃的青阔交走遍了阿拉套山麓,准备了充足的弹药。他躲在云层后面向地面目标射出利箭和子弹,很快杀死了赛麦台依他们带来的十四匹骏马,然后飞行着对准古里巧绕射出了六连枪的子弹,紧接着用强弓发射出利箭,却未能把有玛纳斯的神灵保佑的古里巧绕射中。古里巧绕仔细搜索云头上移动的目标,终于锁定青阔交的身影,点燃了阿克凯勒铁火枪的白色火捻,射出了愤怒的子弹。阿克凯勒铁火枪的子弹就像长了眼睛一样击中四翅黑花马的前肩。黑花马翻着跟头跌落在地,青阔交也落到了山涧悬崖边。赛麦台依和古里巧绕急忙朝那边奔去。

青阔交的生命危在旦夕,他失魂落魄地匍匐在赛麦台依面前,哭哭啼啼地乞求赛麦台依宽恕自己:"你是飞翔在蓝天孤傲的雄鹰,我是乌鸦飞不上蓝天;英雄汗王赛麦台依,求你饶恕我的罪行。我绝不在你面前走来走去,也绝不在你背后胡言乱语。如果我对你做了坏事,让干枯的戈壁惩罚我,让汹涌的大河惩罚我!"青阔交把腰带搭在脖颈儿上连哭带喊地表示自己臣服悔过。

赛麦台依心地善良、豁达大度,他不知道什么是阴谋诡计。赛麦台依听罢青阔交的乞求,心想他真的悔过了,再说他毕竟是自己同宗同祖的亲戚,便答应道:"好吧,我饶你一命!只要你痛改前非,就留在我身边!"他不知

讨饶的青阔交满脑子都是诡计，趁赛麦台依放松警惕没有
戒心，青阔交抡起手中的战斧从背后劈向赛麦台依。恰恰
就在这千钧一发之际，古里巧绕眼疾手快，抽出匕首朝着
青阔交的腹部戳去。什哈依的不孝逆子青阔交，得到应有
的惩罚。见此，赛麦台依心中却不满意："我已宽恕了他
的罪过，你却把他活活地戳死！古里巧绕，你不该这样！"
古里巧绕对着赛麦台依笑着说道："大哥啊，我知道你对
青阔交有些怜悯，因为他和你毕竟是一个祖先的子孙。我
不说吧，你总是忘记，是谁要抢走你早已订婚的未婚妻，
是谁挑起波孜乌尔楚克山前这场战争，是谁把你丢进痛苦
的火坑？就是刚才，他一边向你求饶，一边却把战斧举在
你的头上。我的汗王啊，你宽厚仁慈的善心，不该赐予蛇
蝎一样的恶人；你若连这个也分不清，大哥啊，你的日子
就不会太平，白毡帽的柯尔克孜也不会安宁！"古里巧绕
用犀利的语言和真情道明了是非曲直，直弄得赛麦台依面
红耳赤。赛麦台依虽然制止不让他说下去，心中却已心悦
诚服。

英雄凯旋

　　大战在持续。铺满大地的敌人在蠕动，密密麻麻的矛枪尖头在闪光。成群的战马尾巴左右摇晃，蓝色战旗在晴空飘扬。面对汹涌而来的敌人，三位英雄毫不畏惧，勇敢迎战。

　　坎巧绕一心想和托勒托依交手，以显示自己的英雄气概。他骑着缴获的黑花马，像发情的公驼般咆哮着，迅猛如飞地冲向敌群。他一会儿用战斧和利剑，一会儿用矛枪和战锤，砍杀敌人就像风卷残云一样。众多的节迪盖尔人无法阻挡他的勇猛。托勒托依难以忍受这样被杀戮的残局，他愤怒至极，催动着苏尔阔勇骏马，前来迎击。年轻的坎巧绕勇士迎战高山般的托勒托依英雄。勇士和英雄迎面相逢，两个人的眼睛火焰般通红。两杆矛枪戳杀较量，只战了一个回合，矛枪双双断裂落在地上。坎巧绕拿起生铁战锤，对托勒托依说道："我知道你是个善于独战的好汉，那就让我们单独较量。你若是真正的英雄会让我先动手出击。你若是胆小如鼠，我就让你先动手。"听罢坎巧绕讥讽的言语，托勒托依怒气横生，他把盾牌挡在头顶，等待着坎巧绕进攻。坎巧绕竭尽全力地举起战锤，向托勒托依猛击。托勒托依不愧为无敌的英雄，坎巧绕连砸了三锤，他依旧稳稳地骑在马上，显得更加威风。

现在该轮到托勒托依出击。他只向坎巧绕砸了一锤，只见坎巧绕骑的黑花马从尘埃中空鞍跑回。托勒托依不管坎巧绕的死活，为了抓住黑花马，飞也似的紧追而去。

灾难落在坎巧绕头上，他被砸倒在草地上。古里巧绕奋力营救坎巧绕，他策动着塔依布茹勒骏马迎面而上，顺手抓住黑花马的缰绳，迅速来到坎巧绕身旁。此时，坎巧绕手里拄着铁锤已经站起身来，他接过黑花马的缰绳跨上马鞍。

托勒托依因未能抢回黑花马恼羞成怒，怒吼着朝两位勇士冲了过来。古里巧绕义愤填膺气冲霄汉，纵马挺枪奋力迎战。一个赤足裸体的小男童给他牵着马缰；一对一模一样的灰兔紧靠在银镫的两边；六十只公盘羊在他的左右周旋；一条花斑大蛇在他的腰上缠了三圈。玛纳斯的所有保护神，这会儿都一起出现。玛纳斯骑着阿克库拉骏马，姿态庄重十分威严。他好像在为勇士指路，紧跟在古里巧绕的身边。圣人阔绍依也在他跟前。阿勒曼别特、楚瓦克雄狮，还有勇敢的色尔哈克他们都来给勇士做伴。托勒托依看到古里巧绕的气势，惊慌失措，魂不守舍，再没有敲响战鼓的胆量，只得伺机飞马逃生。古里巧绕像饥饿的雄狮追踪而去。

看到托勒托依逃跑的狼狈模样，节迪盖尔人目瞪口呆心中发慌："我们的汗王惊慌逃窜，我们的首领已经死亡！面前这三位英雄，有谁还敢去较量！"他们老老少少聚集在一起叫嚷："我们要返回自己的家乡！"节迪盖尔人争先恐后纷纷逃亡。此时，节迪盖尔人中受人尊重的节孜坎皮尔的七个儿子站出来，和坎巧绕一起控制了局面，人们才停止了脚步。被年轻勇士吓跑的托勒托依，在生死关头要寻找生路："我究竟要逃向哪里？我是否逃到节里皮尼什去，向独眼英雄诉说我的痛苦经历？我是否绕过阿拉套山，到安集延或塔什干去？我是否转到喀什噶尔去，可是那里没有能投靠的好汉！我是否穿过森林，翻过达坂，逃往印第斯坦？我是否沿着通往别依京的大道，投向力大无比的空吾尔巴依？"托勒托依想来想去，找不到合适的去处，最后还是朝阿昆汗的城堡跑去。他驱马跑过了山峦，来到广阔的平地，暗自在心中自言自语："阿昆汗是善良的好人，他会出来为我说情。即使我得不到赛麦台依的宽容，阿昆汗也会洗净我的尸体，把我埋葬，让我安息！"他要按照自己的想法去找阿昆汗。

古里巧绕在托勒托依后边拼命追击。阿依曲莱克从天上飞来，瞧见了他们追逐的情况，她落在姑娘和媳妇们的身旁，对她们喊道："姑娘们，快快来啊！快到大路边上去观看逃跑的托勒托依，快去臊他的脸。"听到阿依曲莱克的话，姑娘媳妇们跑到了大路旁。当托勒托依从她们面前仓皇逃过去的时候，她们讥笑揶揄，叽叽喳喳地连声叫嚷："哎，托勒托依，你别逃啊！被小孩吓跑的托勒托依，你怎么去见你的百姓？你的百姓岂不把你笑话！你不要在马背上颠着跑，快快钻进地里去吧！"

听到姑娘媳妇们的讥笑，托勒托依十分气恼，这些话就像刀子在刮他的脸皮。他为了挽回自己的尊严，准备厮杀较量一场。他抽出宝剑，朝后瞪眼张望。

追撵上来的古里巧绕大吼一声："站住！"托勒托依为了夺回荣誉，向古里巧绕冲杀过去。两个英雄狭路相逢，两把宝剑劈刺相击。宝剑断裂，他们拿起战斧。斧把断裂，他们拿起矛枪。他们换上各种可用的武器，直至所有的武器破损用光。子弹射不穿的战袍，已被撕扯成布条。平地被踢成了洼地，洼地踩出了山冈。他们的武器抛在荒野，骏马陷进土地。他们飞身下马，在地上徒步较量。他们使出浑身力气，要从后腰抢起对方；他们用尽浑身解数，使足劲儿要举起对方。力大无比的托勒托依好像有使不完的力量。古里巧绕却流露出乏力的眼神，脸色憔悴枯黄。阿依曲莱克焦急地大声叫喊，为他鼓劲："年轻的猛虎，你怎么啦！你的英雄气概去了何方？"古里巧绕听到这些话，精神振奋，倍添力量，只听他一声呐喊，声若洪钟，石破天惊。这时，托勒托依才真的感到面临死亡，"不让我去见阿昆汗，难道死神已到我身旁？他还没有替我说情，难

道我已穷途末路，让这个古里巧绕砍下我的头颅？"托勒
托依想到这里，双手无力浑身发抖就像筛糠。他心神不宁
地四下张望，妄图寻机逃亡。

机敏的古里巧绕觉察到了这个情形，他一下钻到托勒
托依的两腿间，把托勒托依抬起，用力摔倒在地上，顺势
骑在托勒托依的胸膛。

就在这个时候，传来赛麦台依的呼声："勇士，放开他，
快放开！""我也去为他说说情吧！"阿依曲莱克也匆匆赶
来。就在赛麦台依和阿依曲莱克赶到之前，古里巧绕已经
抽出了短剑，对准托勒托依的脖子狠狠地戳了进去。大山
般的托勒托依被送到另一个世界。这时，赛麦台依赶了过
来，"我勇敢的英雄托勒托依啊！我的同辈人托勒托依，
你不该来到这里。"他转身又对古里巧绕高声哭喊："你结
下了仇啊，你结下了冤啊，古里巧绕，托勒托依是不该死
的！你不问我一句话，就自作主张杀了他，古里巧绕！他
没有坏心肠啊，你不明白他的心理。他受了青阔交的哄骗，
你却把他置于死地，古里巧绕！我的父亲玛纳斯，与他的
父亲巴葛什汗最亲密。节迪盖尔的众多百姓，并没有抢占
我的土地。这个可怜的托勒托依，让他活着该多好！古里
巧绕，你被魔鬼诱惑，在我赶来前，你已铸成大错！"

赛麦台依后悔莫及，却无法使托勒托依转生复活。他
对年轻的古里巧绕埋怨责备，又有何用！他只好为托勒托
依料理后事，洗净遗体，用白丝绢包扎裹起并亲手掩埋。
赛麦台依心中仍未能平静，他打算明年这个时候为托勒托

依举办盛大的祭祀，要超过阔阔托依的祭典。

赛麦台依把节迪盖尔人分成七部，把节孜坎皮尔的七个儿子分别封为七部的汗王，让他们把人马安全带回家乡。这时候，面对缴获的苏尔阔勇骏马，两位勇士你争我抢互不相让。在勇士们的心目中，马是英雄的翅膀，骏马无比珍贵。赛麦台依看到他们争吵不休，就对他们说道："你们这样争抢苏尔阔勇骏马，会伤了亲如兄弟般的情谊，还不如采取一个公正公平的办法。你们骑着马并排站好，我把苏尔阔勇骏马的缰绳抛向你们中间，谁先抓住了，骏马就归谁。"两位勇士表示同意，并排站好。心地善良的赛麦台依，压根没想到这个办法会落下坎巧绕的埋怨，就把羊肠似的缰绳抛向两个勇士的中间。就在缰绳落下的瞬间，古里巧绕勇士就机智地接住了空中的缰绳。坎巧绕没有得到苏尔阔勇骏马，心中留下对赛麦台依的埋怨："赛麦台依看重古里巧绕，他瞧不起我，把缰绳扔向他那一边！"他联想到卡妮凯把他小时候吃奶吃出血的话经常挂在嘴边，还有当初的美女阿克阔云之争，从心底里感到不是滋味……

阿昆汗城堡的战火已经熄灭，赛麦台依与阿依曲莱克在这里度过了新婚蜜月。夏天过去，冬天就要降临的时候，他们起程返回故乡塔拉斯。雄狮赛麦台依骑着塔依布茹勒骏马，驾着灰白色的猎隼前行，娇妻阿依曲莱克与他并辔相依。两位巧绕也带着妻子，紧随在后如影相随。

赛麦台依回到塔拉斯，乡亲们欢呼雀跃热烈欢迎，众汗王纷纷前来祝贺，交回了代理的权力。赛麦台依封古里巧绕和坎巧绕为汗，协助自己掌管大权。他向人们这样告诫："如今战乱已经过去，十四位汗王一起聚首，紧密地团结联合在一起。我们要牢牢记住，团结和睦是幸福的前提！"这些话在人民心中深深地扎下根基。涣散的民心重新凝聚在一起，断裂的关系重新联结在一起，分开的百姓重新团结在一起，阿拉什的人民重新联合在一起。塔拉斯人的日子富裕安康，这里没有贫穷，生活过得幸福美满。

转眼间，春天来临，冰雪融化，万木争荣。人群熙攘，马群嘶鸣。人们开始向夏牧场搬迁，共庆转场的喜悦。人们在夏草场放牧打猎游玩，无忧无虑，尽情欢乐，到处是欢声笑语。

只顾贪玩取乐，终会招致灾祸。对于住着一动不动的人们，总会有人从后边追撵。卡勒玛克的空吾尔巴依又要向柯尔克孜人挑起祸端。

见利忘义

　　卡勒玛克人空吾尔巴依老的头发已经斑白，他在心里深深埋藏着对玛纳斯的仇恨。他从各方打听消息，听说玛纳斯的儿子赛麦台依登上了汗位。他又听说青阔交和托勒托依被赛麦台依杀死，阿昆汗之女阿依曲莱克被赛麦台依迎娶。他被魔鬼唆使，心中的仇恨无法抑制，他要打探赛麦台依的所有情况，就连生活趣事也要打听得十分仔细。他暗自寻思："我是否先到别什巴勒克去？那里来往的马帮很多，我要寻找一个商人，用重金收买他，派他到赛麦台依身边刺探情报。"

　　这个该死的狂人骑着黑鬃马，驮着子弹和火药，翻过了卡拉套的峻岭，来到了别什巴勒克城。空吾尔巴依住在别什巴勒克不久，就掌管了这里的大权。在那些日子里，有一天他找见了托克托萨尔特。托克托萨尔特是阿尔图什

155

人，是玛纳斯生前好友，家就在喀什噶尔旁边。在七个城邦的居民之间，他出入自由无人阻拦。空吾尔巴依和托克托萨尔特见面，互相问好，开怀攀谈。空吾尔巴依这样开言："噢，托克托萨尔特！你在雄狮玛纳斯死的时候，是否去过他的家园？你是他的好友，应该去为他祈祷吊唁。你与七个城市的人们结交朋友，睦邻友善。你是位英雄，生来勇敢，你去哪里谁也不敢阻拦，你就像天上的一颗明亮星星一般。你去往各地的道路畅通，你经商有方。你若去巴攘人中，他们也将欢迎你；你若渡海去佳番，那里的人也视你为朋友。你若去别依京，道路也畅通。你若去柯尔克孜人中，他们都会对你交口称赞。世界上有谁能像你一样！这次，我来向你请求，请你替我办一桩大事。我还在别依京的时候，就听说玛纳斯的儿子赛麦台依，如今悠闲地住在自己的家乡，生活也过得十分舒畅！我的托克托萨尔特，请你到赛麦台依那里去，为我打探他的消息。冬天，你就住在塔拉斯吧，明春，我在这里等你！假如赛麦台依早有提防，我就不去侵扰他的土地；假如赛麦台依毫无防范，我就要去教训教训这个仇人的儿子！"听到空吾尔巴依说的话，托克托萨尔特摇着头这样回答："玛纳斯是我的好朋友，我怎么能够那样做啊！我如果背叛朋友，当我去到后世的时候，受到惩罚该怎么办呢？"

这时，空吾尔巴依说道："托克托萨尔特，你快别这么说吧！你去的道路无限光明。按照柯尔克孜族人的习俗，你去为玛纳斯的亡灵祈祷，可以趁机了解到赛麦台依的详情。如果你去了那遥远的地方，定会给我带来可靠的音信。如果你能为我办好这件事情，我就给你六十峰单峰驼作为赏赐，驼鞍夹板全用黄铜装饰镶成。与你一同前往的人马，都由我来为你安排。你快去做好准备，金子、银子和宝石，你需要多少，任你随意挑选。如果你不喜欢带上金银，带去我的仓库里的货物也行，各种珍贵丝绸和布料由你选取。"

听说赏赐给他六十峰骆驼，还有珍贵的宝石、绸缎和金银，作为商人的托克托萨尔特，怎能抵御如此丰厚的诱惑。他喜出望外，心花怒放，当即改变主意，决定合作。他一连准备了整整八天。他在心中这样打算："金啊，银啊，到处都是一个价钱。多带一些绸和缎有钱可赚。"于是驼队驮满了各种绸缎。

临行前，托克托萨尔特和空吾尔巴依共进早餐。空吾尔巴依送给托克托萨尔特一头白色骡子说："这是我心爱的一头牲畜，送给你，祝你一帆风顺。你骑着它，它不会乏，它驮着你，你不费力。它比我的阿勒喀拉马强出十倍，唯一的缺点就是有点矮小。你要千方百计搜集到塔拉斯的情报，无论如何尽快捎来消息。"托克托萨尔特和空吾尔巴依签下盟约携手合作。托克托萨尔特牵着一队单峰骆驼，走出了别什巴勒克城。

托克托萨尔特一刻不停，翻山越岭，长途跋涉，来到了重镇喀什噶尔。在喀什噶尔城里，托克托萨尔特拥有二十四座铺子。在他各个店铺中，货物盈实，琳琅满目。

托克托萨尔特在此清点钱物后牵着驼队继续前行。

他一路走一路经商，第二年三月才来到了临近塔拉斯的苏萨木尔。远道而来的托克托萨尔特登上高坡，拿起千里眼，对着赛麦台依的阿依勒眺望。只见众多的诺奥依人和稠密的喀拉卡勒帕克人都聚居在这个地方。托克托萨尔特翻过达坂，在河边搭起了帐篷。他给赛麦台依写了一封信派人送去。

赛麦台依收到信件，立刻派人请来卡妮凯和巴卡依商量。赛麦台依把托克托萨尔特问安的信，向两位老人讲述了一遍。听罢，巴卡依开言道："噢咿，我的孩子赛麦台依，写问安信的托克托萨尔特，是你父王的亲密朋友。为了防备发生战争，你父王曾派人去找他，让他在七个城收购来了不少武器。他居住在喀什噶尔的阿尔图什。在他往来的地方，没有人把他阻挡。如果你让他称心，他会给你寻找到无数金银宝藏。你父王曾不让别人瞧见，让他埋藏了许多金银，这些留下的珍贵财产，只有托克托萨尔特可以帮你寻找。"巴卡依说完，卡妮凯接着陈述："我的独生子赛麦台依，你父亲在世的时候，曾经征服了七个城，缴获了用不完的战利品。你父亲没有去过英吉利，也没有去过巴攘，他曾派商人托克托萨尔特，从那里带回各种各样的奇珍异宝。这些珍贵的宝物，全都埋藏在地下。如果托克托萨尔特给你找出这些财产，你一生都享用不尽。你应该去迎接托克托萨尔特，要对他表示热诚的欢迎！"

卡妮凯夫人和巴卡依老人详细说明了托克托萨尔特的

来历。赛麦台依对托克托萨尔特十分崇敬，他要亲自迎接托克托萨尔特。赛麦台依心想："只要我做的事让他称心，他就会为我们办好事情！"于是召集了众多的诺奥依人和喀拉柯尔克孜人，全部列队迎接托克托萨尔特。从色尔城到苏萨木尔达坂有三天的路程。赛麦台依让人们排成两行，在路途中站满了欢迎的人群。赛麦台依让人拿来了当年卡妮凯为玛纳斯织成的华丽地毯，让托克托萨尔特坐在地毯上。人们轮换着提着地毯，没有让托克托萨尔特的脚挨到地面，一直抬到了王宫门前。来到声音能传到的地方，托克托萨尔特按照柯尔克孜族的吊唁习俗，开始哭丧。他哭喊着："我的雄狮啊，我的亲密朋友！我到哪里去能找到你？！我到哪里去能见到你？！"一会儿声音嘶哑，泪流满面，一会儿号啕大哭，十分悲伤，赢得了人们对他的尊敬。他先被引进卡妮凯的宫殿，向玛纳斯的亡灵祈祷。

赛麦台依在自己的宫帐附近为托克托萨尔特撑起了毡房。托克托萨尔特声情并茂地说道："我的朋友玛纳斯雄狮，遭到空吾尔巴依的暗算，我没有能前来祭奠。卡妮凯夫人逃走流浪，我不知道到哪里吊唁哭丧！赛麦台依，你已长大成人，我才来到你的面前。我是你父亲的亲密朋友。请你说出心中的愿望，我一定帮助你实现。"赛麦台依听后，露出洁白的牙齿笑逐颜开："我的父亲去世后，我在布哈拉流浪了十二年。直到长大后回到塔拉斯家园，尊贵的父亲修建的宫帐、培育的果园就要倾倒荒芜时，我才夺回到手里面。父亲生前为我订下了指腹为婚的姻缘，不自量力的青阔交妄图将我的未婚妻霸占。为了幸福和尊严，我与他们交战，埋葬了青阔交和托勒托依，把美丽的仙女阿依曲莱克夺回身边。我封节孜坎皮尔的儿子们为节迪盖尔的汗王。加木格尔奇和巴卡依年事已高，为了让他们逍遥自在地安度晚年，我封古里巧绕和坎巧绕为汗，协助我掌管这里的大权。你是我父亲的亲密伙伴，我父亲与你亲密无间。听说父亲的武器和金银，是你亲手掌管。我听到这些情况，心中感到特别欣慰！"稚嫩的赛麦台依信赖父亲的朋友，坦诚相待。托克托萨尔特立刻从座上站起身："尊敬的赛麦台依汗王，你说的全是肺腑之言。本来就憔悴的我，更加怀念你的父亲。"他从怀里掏出准备好的手帕，那是他用洋葱水浸泡过的。他轻轻地擦了自己的双眼，豆粒般的眼泪流出眼睑。他好像对玛纳斯十分怀念，泪水一直流到胡子边。他不露痕迹，赢得了赛麦台依的信任。

托克托萨尔特每天都到野外去，找遍每一个埋藏东西之地，把他埋藏的财产和武器，一一交还给赛麦台依。

四十天匆匆过去，柯尔克孜人聚集起来，赶着牲畜向夏牧场迁移。等到大部人畜都已搬迁，赛麦台依却留在城堡附近的平原。他没有穿阿克奥勒波克战袍，没有带枪和弓箭，没有手握锋利的矛，没有佩带劈砍的剑。他把所有的战斗武器，全部储藏在城堡里边。珍贵的坐骑塔依布茹勒马，也叫人放在夏季草场上。身边只留下四十个年轻小伙儿和四十个年轻媳妇做伴。

赛麦台依的驻地布置得十分得体。恰绮凯的毡房搭在色尔城的门口，阿依曲莱克的毡房搭建在塔尔玛勒萨孜草滩。四十个小伙儿的毡房，就在她们两座毡房中间。赛麦台依一直没有离开阿依曲莱克身边，生活得十分悠闲。对托克托萨尔特的阴谋，丝毫没有察觉。

有一天，托克托萨尔特走到赛麦台依跟前说道："连日来，给你添了不少麻烦！现在我要回到自己的故乡去。"赛麦台依选了六十峰单峰驼，慷慨地驮满各种贵重礼品，送给托克托萨尔特。这时，托克托萨尔特说道："英雄玛纳斯的后代赛麦台依，请你听我讲，心胸开阔的玛纳斯在世时，我和他亲密无间。英雄玛纳斯的心事，从来也不对我隐瞒。你是他的独生子，我对你也绝不吝惜自己的一切。不论是你家中所需的东西，还是对付敌人所需的刀枪子弹，请你尽管开口，我一定尽心尽力地去办。"赛麦台依听完哈哈大笑："我亲爱的大伯啊，有一种茶的名字叫作马阔山，世上盛名流传。请你每月送来一百块砖茶，看，我又给你添了麻烦！"托克托萨尔特心中十分明白，和汗王做交易的好处无法估量。与汗王打交道，就不能为价钱的高低吵嚷。他颤抖着胡子回答道："别说给我添什么麻烦，一百块砖茶算得了什么？你若请来五十位客人，一会儿就会把它喝完。我每月把一千块砖茶，派人送到你的面前。我不要你的一分钱，一定要满足你的心愿！"赛麦台依有些不好意思，心里认为托克托萨尔特说的都是真话。赛麦台依牵着托克托萨尔特的手，送行到苏萨木尔达坂。

托克托萨尔特牵着驼队越过了苏萨木尔达坂，一直往

前。走出了柯尔克孜族人的领地，来到了一个叫努尔卡普
的河口。托克托萨尔特选出一个头人，将驼队交给他经手：
"你们涉过玉尔凯尼奇河，径直向秦阿恰走去。再经过阿
富汗去印第斯坦。用这批货物换回珍珠宝石，还有貂皮和
海狸皮，驮满驮子再往回返。"

送走驼队之后，托克托萨尔特只剩空吾尔巴依馈赠的
白色骡子。托克托萨尔特换上了旧衣，紧紧地束起了腰带，
骑着白骡子奔跑起来。白骡子像鸟儿般飞，赛过野外的风
儿。托克托萨尔特毫不寂寞，兴致勃勃，分外逍遥。他经
过阿尔图什、阿克苏、库恰尔、哈拉沙尔，走过达坂城、
乌兰巴托，直奔空吾尔巴依驻军的地方。

英雄被困

　　从远处回来的托克托萨尔特疲惫不堪下不了骡子。人们把他从骡背上扶下，送进一间客厅里。有人给空吾尔巴依送来消息，说托克托萨尔特已经返回。空吾尔巴依立即命令传令官："快把托克托萨尔特请到这里。"

　　传令官来请托克托萨尔特，托克托萨尔特却侧目斜视着传令的人，连声抱怨空吾尔巴依："空吾尔巴依啊，你不得好死！你同柯尔克孜人一起都钻进地底下去吧！为了去办你交代的事情，我的屁股被磨破，鲜血淋淋，我疼得躺也躺不下。自从我经商以来何曾受过这样的委屈。你还叫我立刻去禀报，难道我应该受这种罪吗？"托克托萨尔特连声埋怨，倒在旮旯儿的榻上，连头都不抬。

　　传令官只好怏怏地离去，将看到的情形一一禀报。空吾尔巴依无可奈何地说："好吧，让他好好歇息吧！"

　　第二天，太阳还未出来，空吾尔巴依就前去看望托克

163

托萨尔特。当空吾尔巴依高声问候的时候，托克托萨尔特连头也没有抬一抬，空吾尔巴依握住托克托萨尔特的手，向他祝福，问候平安，还让一个仆人和十二个壮汉把一座金轿抬在门外边，让托克托萨尔特坐上金轿，抬到空吾尔巴依的宫殿。

空吾尔巴依殷勤款待，把托克托萨尔特安慰了一番，当空吾尔巴依询问情况的时候，托克托萨尔特这样开言："英雄空吾尔巴依，我去啦！那个不得好死的赛麦台依，就住那边。他的百姓一个不剩，都往凉爽的夏牧场搬迁。只有赛麦台依和四十户人家还留在色尔城外边。阿依曲莱克的宫帐在城外阿依勒的边沿，赛麦台依常住在那里。我在那里住了一个半月，没有见赛麦台依去恰绮凯那里。赛麦台依把箭羽射不透的战袍，还有矛枪、宝剑和其他武器都存放在色尔城里面，他身边可没有武器和盔甲，也没有鞴好塔依布茹勒骏马，他麻痹大意到如此这般。他在村边搭起秋千和姑娘们一起游玩，什么事情也不思考，从早到晚只知道寻欢作乐。他宰杀了一百匹母马，花天酒地。空吾尔巴依，无论你何时前往，都会毫不费力地找见他。他每天都住在阿依曲莱克的毡房。你可以在那个房中与赛麦台依交谈痛饮。"托克托萨尔特口若悬河，唾沫星子哗哗飞溅。

空吾尔巴依听罢说道："我的朋友！你带我到坎阔勒去吧！打死敌人算我的，得到的战利品算你的；投降的敌人算我的，他们的财产算你的！你很久以来盼望的好处，现在已经来到你眼前。"托克托萨尔特听了这话顿时气得哇哇叫喊:"该死的空吾尔巴依,黑心肝,你这样做事,也不守誓言。你把我看成个两手空空的饿鬼,到处癫狂乞讨的流浪汉!在布满大地的七个城郭里,无论是干旱缺水的地方,还是水源充足的地方,凡是人们能见阳光的地方,都有我数不完的财产。我无论到什么地方去,都会认识像你这样的汗王。我不带领你的队伍前去,我也会得到丰富的财产。空吾尔巴依,我听了你的话,受尽了人间苦难!当珍贵的人受苦,汗王也不会可怜。我受了不少的罪啊,你却在一边当作笑谈。你们互相掠夺明争暗斗,这与我有什么利害关系?只要我不死活在世上,我只需居住这一片地盘。"空吾尔巴依听明白了他的话,无可奈何,只好另作打算。

空吾尔巴依和艾散汗有约在先,他们要利用狼烟传递消息。他们用土筑起高塔,塔内有弯弯曲曲的通道一直通到塔的顶端。在塔顶上点燃了狼粪,让浓烟冲上蓝天,就称之为"狼烟"。想出这种奇妙方法,不用飞马传递消息,既快又方便。空吾尔巴依曾经对艾散汗交代:"一旦看到我的信号,就按我的要求不断向这边调遣人马。我要征讨遥远的坎阔勒塔拉斯,剩下的事由汗王你亲自掌管!"看到滚滚而起的狼烟,艾散汗一刻也不敢耽误,他立即发布命令,让各路英雄在都城汇集,不断向空吾尔巴依处派兵遣将。空吾尔巴依率领三十二位战将和众多的兵卒,朝着赛麦台依的坎阔勒进发。

空吾尔巴依的人马马不停蹄，日夜兼程。他的身边有不少人能呼风唤雨，这些人能让马耳朵上落雪花，却同时让太阳照晒着马尾巴。为了隐蔽行动，空吾尔巴依命令他们施法让滚滚烟尘与云雾交加，笼罩在队伍的头顶上，让一股清爽的西风不停地吹拂在人们身上。空吾尔巴依传下命令严密盘查往来行人，如果往东去的人就放行，如果有人往西而行，一定严格盘问绝不放行，以防给赛麦台依通风报信。

空吾尔巴依的队伍在酷热难当的夏天穿过无垠的沙漠，快到秋天的时候来到了苏萨木尔山前。这天空吾尔巴依让队伍就地休息，给魔法师们发布命令："呼风唤雨的人们，你们快降雨下来吧！别让风把雨刮走，让暴雨泼洒大地！片刻大雨之后就让雨住天晴，让太阳照在人们的头顶。"空吾尔巴依说的话，哪个人敢不遵从。只见涅斯卡拉骑着枣骝公马来到空吾尔巴依跟前大发牢骚："哎，空吾尔巴依你怎么啦，你的智慧到哪里去啦！我们将要翻越的达坂，全是白色黏土的泥浆。现在你让下雨，又要翻山，英雄啊，满山泥浆队伍如何前行！"空吾尔巴依听罢涅斯卡拉的话，咆哮如雷，大叫大嚷："你们都是我的部下，只有唯我的命令是从。我们为报仇杀向坎阔勒，我们要杀死赛麦台依。为了隐蔽我们的行动，一路上我没有让云雾散过。在西边的上空，我让层层乌云笼罩，我们走了很远的路，今天就要到坎阔勒，也到了我们报仇的日子。如果柯尔克孜族人来反抗，你们就要毫不留情地杀死他们！我虽没有亲眼见过，但从商人那里听说，在坎阔勒的山坡上有一种草叫作卡勒德尔坎。当马蹄碰上这种草时，它会发出铜铃般的声响，声音能传到很远的地方。我让雨水打湿草叶，为的是不让它发出声响。我想神不知鬼不觉，去把赛麦台依消灭。"空吾尔巴依说完不顾鞍马劳顿，率领队伍翻越了苏萨木尔达坂。

那是一个明月高悬的夜晚，平坦广阔的坎阔勒就在眼前，空吾尔巴依让兵丁们磨快了宝剑，锉快了矛尖，穿上层层铠甲，拿起了盾牌，悄悄向坎阔勒方向移动。

玛纳斯亲自主持筑建的色尔城，没有谁能把它摧毁推倒。他曾派人到大山里去，找来金刚石矿，筑城的镢头和钎子都是用金刚石液浸泡过的，他让人挖开四十庹[1]深的地基，砌上了坚硬的岩石，烧制了石灰石膏，搅拌上河滩的沙子，砌起新城的墙壁。城墙厚有二十庹半，城墙高有三十五庹半。将狩猎获得的野兽的筋，还有收集跌死的和宰杀的牲畜的筋，一起放在太阳下晒干，磨成细细的粉末，用树胶搅拌，将它抹在墙壁表面，再用三十种油漆粉刷得非常华丽。"即使所有的人都集中到这里，也不会有一丝灰尘飞起。"祖先留下的这座伟大的城池，歌手们都用歌声赞颂，玛纳斯留下的色尔城如今由他的儿子赛麦台依掌管。此时，赛麦台依并没有住在城里，他从不把普天之下的敌人放在眼里。他好像外面有重兵保护一样，无忧无虑

---

[1] 庹：成人两臂左右平伸时两手之间的距离，约合 5 尺。

地住在城外阿依曲莱克的毡帐。这一天，贤惠的阿依曲莱克对赛麦台依说道："我尊敬的汗王，我今天在外面碰见了恰绮凯夫人，她看上去气色不好，她本来就是个被十分娇惯的女子，你也应该去看看她。最好宰杀一匹母马为她攘灾祛疫。自从你娶了我以后，你再没有到她那里去。我的英雄赛麦台依，你应该到她那里去！"赛麦台依从枕头上抬起了头，觉得阿依曲莱克说的话十分在理，便披起衣裳出门，前往恰绮凯的毡帐过夜。

当夜深人静的时候，银色月光透进毡房天窗，照得屋里像白天一样，阿依曲莱克睁大眼睛，没有一丝睡意。在闷热的天气里，她却浑身冒着冷汗，胸口好像被一块巨石压着，心中郁闷喘不出气。她悄悄思量："我这是怎么啦！突然觉得有一股热流冲到脸上，好像男人喷出的热气，又像马喷出的鼻息。我的英雄赛麦台依曾经征战过不少地方，今晚是否有敌人来偷袭，要让我们落进灾难和悲伤？是否来了打着战旗的英雄？是否来了报仇雪恨的战将？是否来了欺压人民的恶魔？是否来了带来灾难的汗王？但愿我的这些想法，是一种虚无的幻想！"阿依曲莱克没有像一般女人似的慌张，她从容地打开被褥旁的木箱，取出了白天鹅羽衣，摊开在金铸的床上，然后她握起匕首，悄悄地走到门旁，用匕首撬起毡壁，从毡缝中往外张望，只见一匹匹蹄大短尾骏马在附近奇异地移动。阿依曲莱克顿时觉得情况不妙，她急忙披上白天鹅羽衣，像一朵白色的浪花，轻轻飞向天窗顶上。她头顶着天窗盖毡定睛观察，一群面目狰狞的人来回游荡，她认出了这是卡勒玛克匪帮。阿依曲莱克能够随心所欲变幻成十二种不同的模样。这会儿不知道她变成了什么，已悄悄地离开了毡房。当她朝恰绮凯的毡房走来时，她那独立的毡房已被敌人包围。

阿依曲莱克十分平静，勇气十足，熟悉路径，她像狐狸一样隐去脚印，没让敌人发现自己的行动，迅速走进了恰绮凯的宫帐。她进门观望，只见恰绮凯和赛麦台依汗王像山坡上的一对盘羊，交颈拥抱睡在金制的床上。天上的明月照得通亮，快要烧干油的灯盏闪着光芒，即使有根银针落地也能看见它闪闪发光。阿依曲莱克走到床前，心想把汗王叫醒，刚把手伸了出去，突然又缩回来，她担心惹怒了汗王，她不由自主地朝后看了一下，估计阿依勒已被卡勒玛克人马包围，不能再犹豫了，她再次靠近床前，轻轻抓住恰绮凯的臂膀。其实恰绮凯并没有睡着，她知道阿依曲莱克进来犹豫不定地站在床前，却一动不动地躺在床上。这一下她哇哇地大骂起来："这么长时间，我才见了一次汗王，难道你连一夜都不能忍耐！你说说，我为了男人，何时去过你睡觉的地方？"阿依曲莱克没有理睬她的话，说道："我的姐姐，你睡在这里一点都不知道外边的事情，如今我们的汗王还健在，我们两人总是把他争抢。如果我们失去了汗王，我们就会被人欺侮蹂躏。今夜外边来了不少敌兵，已经包围了我们的阿依勒，我的姐姐啊，快起来，亲眼看看外边的动静。"听说敌人进了阿依勒，恰绮凯的心咚咚跳个不停，她顾不得穿上衣裳，"呼"的一下从床上爬起来。床头上挂着她的衣裳，阿依曲莱克给她披在身上。恰绮凯把头伸出门外，窥探敌人的动静。

"姐姐啊，敌人还没有攻进城里，请快把汗王叫起，快到城里去躲避。不要把财产顾惜，吝惜财产会招来灾难毁了自己！"阿依曲莱克说完这些话，匆匆朝门外走去。

阿依曲莱克把阿依勒的人们一一叫醒，带领他们安全躲进城里。赛麦台依汗王率领他们关闭城门。

现在坎阔勒的上上下下都是敌人的兵马。空吾尔巴依的军队包围了色尔城，封锁了所有通道。城周围赛麦台依他们留下的四十二座华丽的毡房全部被敌军轻易地占领，当作了监视的岗哨。柯尔克孜人留下的牛羊好像给空吾尔巴依的犒劳一样被卡勒玛克人任意宰杀，空吾尔巴依和涅斯卡拉让兵马分住在四方八处，不断地打响"轰隆隆"的大炮，显示他们的威风。

赛麦台依他们在城里贮藏着丰厚的财产，城里的人不缺吃不缺穿，一切储备得十分充裕，但是问题就出在饮水上，当年玛纳斯在城里建造了七座水池，由布尔玛塔什引来流水从地底下灌注水池，如果灌满了水池，足够所有人饮用一年。恰恰在这个夏天，水池没有灌满，为防止水池干裂，只放进了很少的水，炎热的太阳当头照，水池里的水越来越少，池边上泛起了盐碱霜，即使在茶水里拌上蜂蜜，也还有苦碱的味道。现在要灌水不知道进水的暗道在哪里，暗道只有卡妮凯和巴卡依知道。许多人患了腹泻病，城里的柯尔克孜人陷入了难熬的困境。

夜闯敌营

夏牧场的人们都不知道敌人包围了色尔城。古里巧绕好几天来睡不着觉，心如火燎，小腿上的肉都咚咚跳。白天无法安静，夜里睡不着觉，预感到一种不祥之兆。这天，他一清早起身，朝着牧马人高声喊道："牧马人啊，牧马人，快去牵来我的四匹神驹，我要出门去远行！"

最受信赖的塔依布茹勒马，走路领头的苏尔阔勇马，如同长了翅膀的黑花马，巴卡依的白走马，眨眼间就被牵来拴好。古里巧绕是饲马驯马的专家，他用马奶饲养骏马，骏马个个膘肥体壮，他不让马儿随意喝水吃草，不让马儿整天睡觉，不让马儿放松在地上躺，四匹马矫健得像盘羊一样，跳跃时像兔子一样。

英雄古里巧绕身边带着六个年轻勇士，离开玉其塔什草场，驱马来到古列谢森林牧场。坎巧绕住在这里，是掌管这里的首领，他看到古里巧绕十分欢喜。朝思暮想的两个勇士，互相吻着脸颊抱在一起，坎巧绕宰杀一匹空胎母马招待古里巧绕，席间古里巧绕向坎巧绕说明来意："噢，坎巧绕，我们从八岁就跟在赛麦台依的身旁，曾经与不少英雄和汗王比试刀枪，把那些横行的强敌打翻在地。赛麦台依将六汗的人民分作两半，一半交给我们俩统领。是他把我们抚养长大，让我们做了柯尔克孜族人的汗王。今年整个夏天我们都没有见面，我们一起去拜见他吧，我为此来到你的住地。"坎巧绕欣然同意，并提议邀请巴卡依老人一起同行。

他们沿着山坡走了几天的路程，一天晚上来到巴卡依的牧村，巴卡依老人迎接来自远方的两个勇士。他把巨人加木格尔奇和卡妮凯也请到家中，宰杀不下驹的母马，热情款待两位雄狮。古里巧绕和坎巧绕把此行的目的告诉了巴卡依老人，巴卡依说道："噢咿，我的两个孩子！精心饲养骏马，是为了让主人去阿依勒乘骑；精心缝制珍贵长袍，是为了让主人在节日里穿着。让我们骑上神骏，带上武器去看望雄狮赛麦台依，我们去向他祝福平安，我们去和他好好叙谈，听听他有什么打算，看看他有什么高见。如果他没有什么打算，我们就在那里开心游玩！"巴卡依说的话，勇士们都异口同声赞成。

巴卡依领头，还带上儿子巴依塔依拉克，他们一行四人即刻出发，去看望赛麦台依。

他们自由自在地走着，来到了波特莫依诺克山坡，这里曾经是玛纳斯迎接阿勒曼别特的地方，勇士坎巧绕骑着黑花骏马威风凛凛一马当先登上山顶。当他看到坎阔勒的众多敌人时，不由得大吃一惊，大叫一声"哎呀"，勒着马缰往后退下来。跟在他后面的古里巧绕伸手一把揪住他问道："惊慌失措的家伙，出了什么可怕的事情，你到底看见了什么，快快说个分明！"

"哎，古里巧绕，我的大哥，色尔城好像被敌人包围了，不知发生了什么事情。"坎巧绕惊魂未定，说出了他看到的情景。

他们的故乡是塔拉斯，这里的一切他们都很熟悉。一行四人立即掉转马头，在山坳里找到一个隐蔽的地方，拴了骏马不让任何人发现，然后急忙登上山顶，仔细观察山下的动静。

美丽富饶的坎阔勒塔拉斯阴坡宽阔长满青草，在像手指分开似的山沟里，各种草木生长茂密。这里没有发情的公牛蹭痒取乐的山崖，这里没有为拴牧畜钉木楔用的石块；这里没有拦路的大山，这里也没有大沟深川。数不清的野生树种长得十分整齐，好像人们栽种的一样。还有苹果树、酸梅树、杏树、沙枣树和核桃树都生长在一起，熟透的核桃落满了一地。地底下渗出的清泉流过草滩，聚成哗哗流淌的河水，河滩连着河滩，长满灌木丛，灌木丛长得和人一样高，野鸭飞起，野鸡落下，野畜一群又一群，生活在这个地方的人们没有任何苦闷和忧虑。大自然将恩典赐给了他们，他们有悠闲自在的好福气。

　　巴卡依老人手执水晶石片做的千里眼，对着坎阔勒仔细观望，他的身体斜倚在山坡一边观察一边语重心长地说着："雄狮玛纳斯在世的时候，我们征战过很多地方，面前出现的这伙敌人，好像跟他们不一样。"他说着话突然停了下来，又十分惊奇地说道："哎呀，孩子们，你们瞧，那是不是凶恶的空吾尔巴依？我已经看清楚了，他们穿着齐整的袍衣，扣襟上开着衩口，肩腋下缝着扣子。他们脚上穿的鞋子是用棉麻做成的，头上戴着双耳帽子，帽耳耷拉在两旁。他们是侵略成性的卡勒玛克人。我们快去打探消息，好像还有契丹人。可能是凶恶的空吾尔巴依强盗要把灾难降在我们头上。玛纳斯汗王的时代就与他们长期征战，从那时就结下了仇恨，即使空吾尔巴依砍伤了玛纳斯的后颈，也没有洗掉他们心中的怨仇，可能是他们来到这里，想要报仇雪恨。智慧出自青年，宝石出自矿山，我心爱的年轻人啊，你们有何高见？"

　　巴卡依说到这里的时候，坎巧绕怒气冲冲地叫嚷："我的大伯巴卡依，英雄玛纳斯在世的时候，阿勒曼别特和我的父亲楚瓦克跟随在他身旁。柯尔克孜人打败了卡勒玛克人，他们的都城落在我们手掌。今天他们猖狂地来到这里，我们怎么能不赶走这群魔王！他们忍饥挨饿，从远处来到我们这里，怎能经得起我们的打击！就让我一人单枪匹马，去冲杀这群匪帮。这些卡勒玛克人中间，无人能把我阻挡。"坎巧绕勇士刚刚说完，古里巧绕这样开言："我的英雄，请你等一等，不要这样好胜逞强。倘若来的是空吾尔巴依

的兵马，他们可不是那么能轻易战胜的敌人，契丹人中有
不少勇猛的大力士，卡勒玛克人就像猛兽一样，前辈的英
雄从这里跃马出征，多少人把性命丢在异乡。倘若敌人那
样不堪一击，你的父亲楚瓦克他在哪里？我的父亲阿勒曼
别特，还有色尔哈克、雄狮玛纳斯又在哪里？这还不值得
你我好好思量！你刚才那样信口开河，只能说明你幼稚鲁
莽。我曾经听老人们说过，楚瓦克大叔性情急躁，他曾被
卡特卡朗之女萨依卡丽从马背戳翻，幸亏我的父亲阿勒曼
别特抓住他的骏马，才把他从女英雄的刀下救出。你就是
楚瓦克汗王的儿子，切记只有勇猛并非战将！如果是这样
鲁莽前往，绝不会有好的下场。"

　　巴卡依听罢古里巧绕的话，十分高兴地夸奖道："古
里巧绕说得很对啊！你们中间谁会说契丹人和卡勒玛克人
的语言？谁能到铺满大地的敌群中把军情探查？"这时古
里巧绕站起来，面带笑容回答："我的父亲阿勒曼别特从
神仙中请来智者，收集了四十二种语言，他曾对着'喜鹊
的舌尖'祈祷，为的就是让我能说多种语言。我的嫡母阿
茹凯把它缝在围裙中保管，她让卡妮凯夫人把它喂在我的
口中，从此我就能精通四十二种语言，让我到敌群中去吧，
我能把敌人的秘密探查。"巴卡依答应道："好吧，你去吧，
英雄！祝你一路顺畅平安。"

　　英雄古里巧绕随身携带着一个小褡裢，在家里把它放
在自己身边，晚上把它压在枕头下面，外出时就把它拴在
鞍桥上边。人们私下里悄悄议论："大概是阿勒曼别特留

给他的什么宝贝，小心翼翼地藏在褡裢里面！"其实并非这样神秘，他是把七个城郭的七样衣服装在褡裢里边。听罢巴卡依老人的话，古里巧绕打开了褡裢，取出一件腋下缝着整齐的纽扣的衣衫套在外边。随后他又拿出一双棉鞋穿上，还把假发套在头上，戴上有帽耳的皮帽，把自己打扮成卡勒玛克人一般。

古里巧绕没穿阿克奥勒波克战袍，手中没提月牙斧，他心中没有畏惧，从没有想会遇到灾难。他只把父亲留下的短剑隐藏在衣襟下边。古里巧绕行动敏捷，动作熟练，穿过河滩，来到丛林的边沿。只见在面前的山沟里有几百匹马吃草撒欢，他装扮成拾柴火的人，一边拾一边丢，丢了再捡拾，慢慢靠近马群吃草的地方。

一个卡勒玛克人站在马群旁边，古里巧绕躬身向前用卡勒玛克语问了一声："你好吗？"这个卡勒玛克人没有把手放在胸前回敬问安，却说出了这样的话来："你不要靠近我的身边，有什么就站在远处讲，我们首领有令，不认识的人来了，就用刀剑杀死他。我不认识你，你如果再靠近我，我就会要你的命！"

古里巧绕的智慧和胆量超群出众，他用卡勒玛克语流畅地叙说自己所谓的来历："英雄啊，你听懂我的话了吧？我专程来到你们身边，难道是为了杀你？我原本是远方的契丹人，我和妻子靠种菜为生，度日十分艰难，一日三餐没有饱饭。我经常看到兵丁们骑在马上大口大口地吃着干粮，我羡慕他们活得多么自在，吃饱了肚子心情舒畅。有一天我在地里翻土，带枪的士兵来到我身旁，什么话都不说，先给我穿上了士兵的衣裳，给了我火药和枪，然后对我说：'去征战布鲁特[1]人吧，去白白地获取宝藏！'那时，我十分感激，这是上天给我的赏赐，就在那次激烈的战斗中，我不幸落到了布鲁特人手里，成了他们的奴隶。从那以后，这些布鲁特人只让我干活，不让我休息，让我整天捡柴火挑水烧水，把我搞得筋疲力尽、疲惫不堪。倒霉的我心中的苦楚向谁倾诉？见不到我的家人，我只好混过一天又一天。"古里巧绕说着这些话，好像就要哭出来似的。

牧马人看这个拾柴人非常可怜，十分同情，就靠近古里巧绕的身边，上前安慰。古里巧绕按照卡勒玛克人的习惯，把安集延带来的烟草装进铜烟袋锅里，打着火石点着烟草吸了一口后，把烟锅双手递给牧马人。他们俩紧紧地坐在一起，轮流地抽烟，互相谈天。"我是涅斯卡拉手下的千人头领，专门负责饲养这群骏马，听说喀拉布鲁特的首领名叫赛麦台依，我们带来了众多兵马，专程要与他征战厮杀，如果我不死能够回到故乡，我一定要去看看你的家！"那牧马人如此这般地讲述着他的情况。古里巧绕听完突然出手猛地掐住他的咽喉，牧马人当场断气。古里巧绕把他拉进深沟，脱下他身上的衣服，将他埋入土里。

古里巧绕就这样打听到了消息，穿上牧马人的衣服，神采奕奕地回去见巴卡依。

---

[1] 布鲁特：意为高山牧人，是卡勒玛克人对柯尔克孜族人的称谓。

　　巴卡依和坎巧绕此时正坐在山坡上，大概有一箭远的地方，发现有个人影晃动，坎巧绕有些慌张，匆忙握起锐利的矛枪，准备拼杀。

　　"你怎么认不出我的模样？你这冒失透顶的家伙，要沉住气，别慌张！"听到古里巧绕这样训斥，坎巧绕才停在了原地。

　　英雄古里巧绕把侦察到的情况禀报了巴卡依。下一步怎么办？巴卡依再次征求年轻人的意见，坎巧绕冒冒失失地主张现在就去向卡勒玛克人发起进攻。古里巧绕建议给十四个汗王传递消息，指定一个集中兵马的日子，待到十四个汗王的兵马到齐，高举"玛纳斯"的大旗，带领兵马杀向凶恶的顽敌。在兵马到来之前，他还要混进敌营刺探军情。

　　巴卡依听了连声称赞，当即让古里巧绕给汗王们写好信函，规定十四位汗王十八天内带来所有的兵马。信函上巴卡依盖上了大印，派儿子巴依塔依拉克骑着白走马去传递消息。十四位汗王的领地相隔甚远，西边直到伊斯法罕，东边直到契丹人的地方，中间隔了好几千里。巴依塔依拉克没有问怎么去怎么回，怎样送去消息，他孤身一人却勇气十足，毫不慌张，好像他有众多的伙伴一路同行，好像有一百人在他身边护卫，跃马扬鞭，驰向远方。骏马飞奔像鸟儿飞翔！

　　见多识广的英雄古里巧绕没有闲着等待，他独自去敌人的驻地侦察，他徒步走了不少地方，一直走到天黑，才找到空吾尔巴依的帐篷。空吾尔巴依让大象驮着自己牙帐的大帐篷，运到了坎阔勒草原，就搭在泉水边上。这一眼清清的泉水，在芦苇丛中哗哗流淌，泉水甘甜，过去只供汗王们品尝，阿依曲莱克的毡房就靠近泉水边。

古里巧绕悄悄钻进芦苇丛中，端详空吾尔巴依的老窝。他把父亲阿勒曼别特留给他的千里眼从怀中取出，握在手上，这个千里眼华丽的外壳令人心仪，它的镜头用了七层水晶镜片，能把三十天路程的距离拉近到十箭射程的距离。古里巧绕对准帐篷，睁大眼睛仔细观察："如果找到能进去的地方，我就趁黑夜去惩罚他！"这时，有一个人手提葫芦走出帐篷，经过古里巧绕身旁，原来空吾尔巴依也发现了这眼泉水胜似琼浆，这人是专门为空吾尔巴依提水来的。提水人刚把葫芦伸进泉眼，古里巧绕一跃压在他的身上，把他的头按入水中。古里巧绕脱下提水人的衣裳换到自己身上，把提水人的尸体抛进草丛。

古里巧绕提着葫芦，走向空吾尔巴依的帐篷，宽大的帐篷分隔为六室，只有一盏灯散发着光亮。他低着头经过了六道门槛，来到靠近客厅的地方。他在没有火焰只有火炭的火炉上搭了一壶水，听到空吾尔巴依在客厅对手下的汗王和首领训话，再次给他们介绍坎阔勒塔拉斯、玛纳斯、阿勒曼别特、巴卡依、赛麦台依和古里巧绕、坎巧绕的情况，教训在座的汗王和首领们务必提高警惕，严加防范。不一会儿工夫，壶中的水沸腾起来，古里巧绕提着壶低着头轻手轻脚地走进客厅，迅速转身到门侧的桌边，准备泡茶，面对好几个木箱，不知道放茶叶的是哪口箱子，站在那里犹豫了一下。狡猾的空吾尔巴依嘴巴对着汗王们说话，两眼却把面前的一切看得仔细，他觉得这个烧茶人的块头似乎比之前大了一些，泡茶的动作也不够麻利熟练，于是呵斥道："喂！烧茶的，你过来！"

古里巧绕转过身沉着冷静，威风凛凛地挺直腰身，向空吾尔巴依走去，空吾尔巴依看清楚是古里巧绕，"啊呀"地惊叫一声，破着嗓门，嘶声叫喊："快抓住他！"卫兵们顿时蜂拥而上，一个个蓬头垢面，好似凶神恶煞。卫兵们挡在中间，古里巧绕无法靠近空吾尔巴依。他急中生智，用匕首击翻了闪亮的灯盏，宽大的帐篷里顿时漆黑一片，混乱不堪，古里巧绕趁机冲出了帐门，一刻不停，钻进茂密的芦苇丛中。快到黎明的时候他回到了巴卡依身边。

轮番出击

　　豹子般的古里巧绕给空吾尔巴依制造了一场混乱，残暴冷酷的空吾尔巴依气得全身打战，高翘的胡子瑟瑟发抖。他不问青红皂白，杀死昨晚执勤的六十个卫士，制造了一场骇人的惨案。他气急败坏嗷嗷叫喊着发布命令："昨晚让布鲁特人混了进来，后果有多么危险！我的卡勒玛克人啊，如果再这样继续下去，你们也休想回到自己的家园，为了洗刷你们的罪过，快把赛麦台依抓来。倘若你们办不好这件事情，我就让你们统统完蛋。"汗王们全都吓得心惊胆战，"我们还没有看到布鲁特人，好像就会先让空吾尔巴依把我们杀完，倘若他杀光自己的兵将，难道他一人独自去作战？"谁也不敢吐露心思，一个个低头不语，连连点头，不敢露出违抗的情绪。

　　勇猛而又鲁莽的涅斯卡拉汗王，像饿虎似的一跃而起，眼睛里喷射着仇恨的凶光，气急败坏地大声叫嚷："给布鲁特头上降下灾难的勇士们，快快出场！让我们去捣毁玛纳斯的宫殿，让我们把塔拉斯的名字从大地上清除！让我们把赛麦台依捆绑杀掉！让我们把阿依曲莱克向空吾尔巴依奉献！英雄们，不要停留，快快上马出征！让我们得到空吾尔巴依的奖赏，让我们一起享受征服者的权利和荣耀！"

涅斯卡拉的命令刚刚发布，敌兵就把色尔城重重包围了十层，冲锋在前的大力士，挥舞着毡房般大的铁锤砸得城门咣咣震响。赛麦台依让身边的勇士们登上城墙，向围城的敌人发射雨点般的箭镞，敌人抱头鼠窜四散奔逃，突然传来噼噼啪啪的枪声，那是站在后面的卡勒玛克人慌乱地点燃奥乔乎尔枪，射出的子弹像冰雹一样，躲在城垛后的柯尔克孜人并无损伤，攻城的敌兵却被杀伤。

奥乔乎尔枪声噼噼啪啪，火炮声轰轰隆隆，箭矢嗖嗖满天飞，响声吱吱刺耳鸣，枪炮声日夜不停，铺天盖地一片火光，高山摇晃大地震动。硝烟笼罩了整个城池，差一点让人们憋气死亡。

汗王赛麦台依仔细察看卡勒玛克人制造的祸端，感到眼前的情势确实凶险，他急切地向阿依曲莱克发出指令："噢咿，我的爱妻阿依曲莱克，你快做好准备飞出城去，快给巴卡依和坎巧绕、古里巧绕传递消息，不能让敌人践踏我们的百姓。要把我的塔依布茹勒骏马快快给我送到这里。我们要报仇雪恨，现在是最好的时机。我要为父王和先辈们报仇雪恨，把凶恶的敌人驱赶出去。我要用空吾尔巴依的首级来祭奠父王和先辈们的英灵。"

阿依曲莱克穿上白天鹅羽衣,趁夜色展翅飞上了天空,空吾尔巴依对此早有准备,他让神射手希普夏依达尔的儿子阔交加什藏在云层的上面、星星的下面。当阿依曲莱克飞来时,阔交加什射出了冷箭,阿依曲莱克侧身把飞来的利箭一把抓在手里,她的羽尾险些被射穿,便急忙躲进云层里,飞过阿勒玛布拉克和雄卡尔塔什,看见地面闪动的火光。

此时巴卡依和两位勇士正在围着火堆商量,天空闪烁了一点光芒,阿依曲莱克就来到了他们的身旁。她虽然嫁给赛麦台依已经好几年,但在长辈面前不能正面谈话。于是她坐在两位勇士旁边遮挡住自己的脸庞,低声而有力地将城里的消息、赛麦台依的指令一字不漏地告诉了他们。

听完后,巴卡依咳嗽了一声,声若洪钟地对阿依曲莱克说道:"我珍贵的阿依曲莱克,谢谢你对我的尊重!从今往后不必再回避我们这些老人,我曾派古里巧绕勇士去打探敌营的消息。进犯坎阔勒的敌人正是卡勒玛克人和契丹人,率领他们的是康阿依的空吾尔巴依。根据古里巧绕的侦察,敌人人多势众,武器精良,但没有充足的食物,维持不了多久。我们已经派巴依塔依拉克给十四位汗王送去消息,阿依曲莱克啊,不需要多久,我们的人马就会来到这里,在十四位汗王的兵马到来之前,我们也不能漫不经心地坐在这里,要尽我们的力量,轮番不停地袭扰,这样也可吸引围城的敌人,为赛麦台依汗王减轻压力。等十四位汗王的人马到来，我们就一起冲进敌群，把塔依布茹勒骏马送进城去，交给赛麦台依汗王出征杀敌。我说的这些话请禀报赛麦台依汗王。"听到巴卡依老人的这些话，大家都表示赞许，阿依曲莱克起身告别而去。

坎巧绕征得巴卡依和古里巧绕的同意，骑着矫健的黑花骏马，头戴浑圆的头盔，胸前挂着护心镜，背着盾牌，佩戴着金刚利剑，腰间别着月牙斧，手握锋利的神矛，扬鞭催马直奔战场。勇士坎巧绕高呼着玛纳斯的英名，勇猛冲进敌军阵营，只身与强敌交战。直到太阳落山夜幕降临，坎巧绕还是不见踪影，古里巧绕几次要冲下山去，都被沉着冷静的巴卡依劝阻。到了第二天的傍晚，黑花马闪着光亮像风一样跑进了山坡上的草丛，古里巧绕心急如焚，迎面跑去抓住了黑花马的缰绳，只见坎巧绕手中只剩下一把斧柄，嘴里的血水不停地流淌，趴在马鞍上昏迷不醒。巴卡依也朝这边走来，他们把坎巧绕扶下马躺在地上，巴卡依轻轻地给他脱下战袍，子弹没有把战袍射穿，巴卡依抖了一下战袍，钻进战袍的箭头和子弹哗啦啦地落在地上，一下子就埋住了人的脚面。

智慧的老人巴卡依让古里巧绕接来马尿倒在毡片上紧紧贴在坎巧绕的胸前，又将萨合萨的花粉放在他的鼻尖，让他稳稳地躺下安眠。巴卡依忧心忡忡地说："如果他的内伤严重，他的死亡不会等到星星出全；如果内脏没有受到什么大的伤害，一觉醒来生命就会保全。"

到了半夜的时候，坎巧绕的鼻翼开始翕动，嘴角淌出白沫，冒着热气，额头上也冒出微细的汗粒。他的身体慢慢地动弹，不停地摇着头，终于睁开了双眼。古里巧绕激动不已，急忙扶起他的头，坎巧绕抖擞精神挺起了胸膛，沙哑着嗓子开了言："到了关键时刻，这匹马叫我作难，当年，我曾和节迪盖尔人打仗，那是我第一次冲锋陷阵，今天我又一次冲入敌群，高呼着'玛纳斯'的口号，不顾一切地向敌人砍杀。正当我冲锋向前的时候，有个高大的黑色骏骧出现在我面前，马上的人我虽未见过，但我听说过多少次，料想他正是凶恶的空吾尔巴依。仇人相见分外眼红，我使劲把马猛抽一鞭冲向前去，把巨大的战斧朝着他的头顶劈去，谁料他胯下的黑健马却猛地闪到一边，我的这匹该死的黑花马却往后挪移，我的战斧没有砍中空吾尔巴依，却砍到了地上，砸出了一个深深的大坑。吓破了胆的空吾尔巴依再没有敢到我跟前来寻事。我把对面冲来的敌人像甩野鸽似的抛到一边，让大力士的鲜血流淌。我的锐利宝剑变钝，我的矛枪不再锋利，战斧只剩下斧柄。褡裢里的子弹没有剩下，箭袋里空空荡荡，我冲散了敌人的兵马，退出了战场。这次出征我虽然得以生还，但对这马很不满意，一旦有机会，我要用好马把它替换。"坎巧绕反复述说战斗的经历，吐出了淤积在心中的怨愤。

古里巧绕辗转反侧彻夜不眠，直到天亮翻身起来，拉来灰兔马鞴好鞍鞯，"今天该轮到我去惩办枯萎的卡勒玛克人！"他精神抖擞快速备战，这时坎巧绕走上前来鼓劲："你定会给敌人降下灾难！"古里巧绕说道："请你们等待我的佳音。"说罢，高呼着"玛纳斯"的口号扬鞭催马飞腾向前。

古里巧绕在敌群中横冲直撞，给密集的康阿依人头上点燃了火焰，降下了灾难。他驰马挥矛冲向哪里，哪里便响起惊慌的叫声，三个白天三个夜晚，持续战斗，矛尖磨光，斧头卷刃，剑锋也没有了锋刃，他拉开强弓射出利箭，不让敌人靠近身边。他边跑边战，天黑时甩开敌人回到山中，伤势未完全痊愈的坎巧绕匆忙上前接住灰兔马的缰绳，把古里巧绕扶下马，三个昼夜连续鏖战，疲惫不堪的古里巧绕一头倒在篝火旁睡了过去。

古里巧绕对各种技艺掌握娴熟。他眼观六路耳听八方，能看清几里外的活动，能听清几箭远的动静。他在睡梦中猛然听到"嗒嗒"的马蹄声，立刻睁开惺忪的双眼，他将耳朵贴近大地，听到远处来了两匹快马，他再次认真地倾听，知道这是巴依塔依拉克的灰走马和阔绍依的儿子加勒格再克的白烈马的蹄声。果然不出所料，不一会儿工夫，巴依塔依拉克和加勒格再克匆匆前来，向巴卡依和古里巧绕、坎巧绕请安致意，禀报了十四位汗王都将来到这里的喜讯，加勒格再克说他的兵马已全部赶来听候调遣。

平原对阵

到了半夜的时候，哈萨克英雄别尔迪凯率领着雄兵先期到达，巴卡依和大家商量，先想办法顺利通过山口到达平原接近色尔城，故而决定给空吾尔巴依写一封信，信中提出按照双方交战的规矩，要求空吾尔巴依让道让十四位汗王的兵马下山到坎阔勒平原，与空吾尔巴依的兵马对阵，派出勇将一对一地较量以决雌雄。

空吾尔巴依读完信使送来的信函，心想："这是天赐的良机啊，如若柯尔克孜人住在山中不断袭扰，要去消灭他们也十分麻烦，倒不如让他们下到平原，只要他们走出了深山，我就会将他们一举全歼！"空吾尔巴依野心勃勃，当即写好了回信："我的答复全在信里，快快送到你们的汗王面前！"他没有说一句多余的话，即刻打发信使回还。

信使带回空吾尔巴依的回信，呈到巴卡依面前，巴卡依仔细阅读信件，空吾尔巴依在信中答应放开十四个路口让十四位汗王率领的部众到平原对阵，同时提出一个条件：柯尔克孜人的兵马都要住到阴坡上去，不允许到阳坡上乱转，因为被困的色尔城就在坎阔勒的阳坡上。

翌日清晨，古里巧绕来到山口观察，敌方的队伍果然在十四个地方留下了缺口，巴卡依吩咐汗王们赶快行动不要停留，扬鞭策马威风凛凛地通过隘口。

空吾尔巴依把涅斯卡拉叫到身边，爬到高高的帐篷顶上，观察柯尔克孜人的兵马，寻找着破绽。他要求涅斯卡拉无论看到了什么，知道了什么，都不要隐瞒，不要遗漏，全部禀报。柯尔克孜人有多少强兵良将，要一个不落地细说端详。涅斯卡拉向空吾尔巴依这样回禀："过去在阔阔托依的祭典上，在众人聚集的那个场面，我曾经给他们所有的英雄相过面，他们个个威武雄壮。我曾六次看到雄狮玛纳斯，当年没有人比玛纳斯更威武更雄壮，今天在柯尔克孜人中间，我又看见了同样的情形，你看雄鹰古里巧绕是一个人吗？还是有众多的古里巧绕？英雄的汗王啊，请你仔细观察！"空吾尔巴依听了不由得大吃一惊，涅斯卡拉把一个古里巧绕说成许多个英雄，说在十四个地方都有他的身影，空吾尔巴依对他的话半信半疑，不知是凶是吉，陷入了沉思。

柯尔克孜人的兵马来到了坎阔勒的阴坡，高高地搭起了一座座帐篷。

次日，两军在坎阔勒平原对阵，众英雄来到约定的战场中央。

巴卡依和涅斯卡拉是双方主持战斗的汗王。按照自古
以来汗王们定下的规矩，两位汗王端坐在并排摆放的两个
宝座上。开战的号角摆在一边，停战的唢呐放在另一边，
阿拉什的红色战旗由一名大力士扛起，康阿依的黑色镶金
大纛也由一名大力士扛起。按照祖先立下的图坎达玛依（鲜
血祭旗）的规矩，双方各派一名勇士箭射对方的旗手。康
阿依人上场的射手名字叫叶尔特凯，柯尔克孜人上场的射
手是著名勇士古里巧绕，那康阿依人刚刚开始摇旗，古里
巧绕抓住了时机，把对方的射手和旗手一下子都射翻在地
上，阿拉什人顿时欢声四起。

接着康阿依人中有一位巨人般的勇士上场，他是空吾
尔巴依六十个弟兄中最小的新英雄奥若克格尔。他虽然只
有十八九岁，却没有哪匹骏马能把他驮起。他又找不到庞
大的犀牛，只好用大象当坐骑。他头戴坚固的铁盔，身穿
六层铁衣，肩上挂着七层盾牌，手里握着三百盖孜[1]长的
矛枪，毡房般大的铁锤挂在身旁。他骑着大象走出来，好
像一座移动的山冈。

看到他的这般模样，在场的柯尔克孜人有些惊慌，坎
巧绕勇士在人群中高声喊道："大家不要怕他，哪怕他是
一座大山，在英勇的柯尔克孜人面前，他也像是只小狗一
样不堪一击，他虽然有大山般的身躯，谁也没有听说过他

---

[1] 盖孜：柯尔克孜族民间长度计量单位，合 0.71 米。

的名字，在列位英雄中也没有他的座席。让我们拿起手中的武器，让这个家伙威风扫地。"坎巧绕的话语鼓舞人心，柯尔克孜人跃跃欲试。一百二十四岁高龄的加木格尔奇抖动着白花花的胡须，鞭策乌拉尔博孜马，要去与敌人比试高低。巴卡依汗王连连摇头摆手，没有同意。阔绍依之子加勒格再克骑着加勒曼波子烈马前来请战，巴卡依也没有同意。就在此时巴卡依的儿子巴依塔依拉克鞭打着胯下的灰白色骏马跃出阵来飞驰而至，请求巴卡依让他出击！"父亲啊，请允许我上阵，奥若克格尔是阿牢开的小儿子，他是我的同龄人，让我去与他比试高低！你是柯尔克孜人的汗王，阿牢开是卡勒玛克人的主子，让两个汗王的儿子决一雌雄，父亲啊，难道你不允许我去？"巴卡依无法阻拦儿子的意愿，人们纷纷举起双手望着英姿勃勃的巴依塔依拉克高喊："让我们为孩子祝福吧，祝愿他出征一路顺利！"巴卡依把自己贴身的衣服给儿子穿上去迎战，临行前古里巧绕给予勇士忠告，送勇士巴依塔依拉克上阵。

巴卡依的儿子巴依塔依拉克从小在撒马尔罕草原上茁壮成长，从六岁开始巴卡依就亲自教他骑马射箭、舞刀弄枪，练就了一身好武艺，本领高强。他用战斧砍断了奥若克格尔的矛杆，依靠骏马飞驰的力量，戳出矛枪，大山般的奥若克格尔"咚"的一声跌下大象，巴依塔依拉克将他的首级献给巴卡依汗王。

小弟奥若克格尔的惨死使空吾尔巴依无限悲伤，他忍受不了这个打击，他的心急得像碎了一样。他气愤得脸色

由黄变青像黑色锅底。他的脸颊像弯弓一样，他的眉头像
石崖山冈，他的眼里喷出火星，如同风箱吹出的火焰一样，
他的鼻梁像屹立的石头，他的胡子像结实的箭袋，唇髭像
斧柄一样，他张着血盆大口，想要把世上的一切活物一口
吞光。他的面目狰狞像魔鬼一样，没有人敢抬头向他张望。
只见他的金刚利剑在身边闪光，月牙斧在腰上发亮，铁锤
在腰间叮当碰撞，长长的矛枪握在手上，耀武扬威地催动
黑骏马走上战场。

　　年轻的猛虎古里巧绕瞧见空吾尔巴依上阵的时候，浑
身上下都有了精神："你来到这里，就是我的幸运。假如
赛麦台依在场，我就没有这个机会和你比试输赢！"古里
巧绕信心十足，身带战斧，手握矛枪，骑着苏尔阔勇骏马
走出自己的队伍，所有的柯尔克孜人双手高高举起，呼喊
着玛纳斯的名字，共同为英雄祈祷平安顺利。

　　古里巧绕和空吾尔巴依展开一场恶战，柯尔克孜人和
康阿依人站在一边观望。两个英雄互相拼杀时没有人敢靠
近他们的身旁，他们吼声震天，大地摇晃，刀枪上冒出红
红的火光，战场扬起的黄尘遮住了天上的太阳。空吾尔巴
依是个耄耋老者，古里巧绕是年轻儿郎，一老一少谁也不
肯相让，不顾死活地拼斗在沙场。趁空吾尔巴依掉转马头
的那一瞬间，古里巧绕一连戳了三十五次矛枪，涅斯卡拉、
穆拉迪勒见此情景，他们的心"咚"的一声险些跳出胸膛，
"该绝种的这个古里巧绕啊，竟然如此厉害！汗王空吾尔
巴依若要落马，是否会被他杀死，是否他要毁掉康阿依人，

让康阿依人从大地上消亡？"当康阿依人提心吊胆、乱叫乱嚷的时候，凶狠的空吾尔巴依更加疯狂，飞快地转身朝着古里巧绕冲撞，挥起铁锤一连十下打在古里巧绕头上，在这危急时刻，人们担心古里巧绕勇士招架不住，更加惦念英雄赛麦台依汗王："如果赛麦台依能骑上塔依布茹勒战马冲向战场，定会把这些恶魔一扫而光。"面对空吾尔巴依的疯狂攻击，古里巧绕敏捷躲闪，成功抵挡，他胯下的苏尔阔勇神骏不知疲倦，奔驰如风，但它有个小缺陷就是嚼口太硬难以驾驭，空吾尔巴依看出了苏尔阔勇马的毛病，想趁它掉不过头的时机，用月牙斧砍掉古里巧绕的脑袋，就在空吾尔巴依伪装着要偷袭的时候，年轻的勇士已识破了他的诡计。当空吾尔巴依从一边冲过来时，古里巧绕左脚抽出了马镫，把身子朝右边倾斜，空吾尔巴依的战斧还未劈下，古里巧绕的战斧已朝空吾尔巴依的肩膀砍去，只听斧头"当"的一声，空吾尔巴依的胳膊已经断离。断了臂的空吾尔巴依已不能掉转马头，再也没有力量鼓足勇气，而古里巧绕的苏尔阔勇骏马任着性子径直朝前奔去。古里巧绕猛回头一看，只见众多的康阿依人纷纷把空吾尔巴依围起保护。

年轻的巴依塔依拉克拿下了奥若克格尔的首级，英雄的后代古里巧绕勇士怎么能双手空空地返回？岂不是对英雄的最大耻辱，古里巧绕高呼着"玛纳斯"的口号，向敌阵发起了攻击。柯尔克孜的老英雄加木格尔奇、激情昂扬的坎巧绕勇士、阔绍依的儿子加勒格再克、巴卡依的儿子巴依塔依拉克，克尔姆兹夏之子穆拉迪勒、康阿依的英雄叶兰克尔，双方一齐冲上战场，展开殊死拼杀，两军交错混战，士兵们乱作一团生死难料，碧绿的青草被鲜血染得殷红一片。尘雾遮住了太阳，美丽的坎阔勒大地已经不见。

残酷的战争持续了七天七夜，双方都受到重大的创伤，康阿依英雄叶兰克尔没有逃脱死亡的下场，这样凄惨的战场景象，谁看了都会感到恐慌。双方主战的汗王巴卡依和涅斯卡拉协商，暂时休战五天，把战死将士的遗体埋葬。休战的唢呐吹响，双方将士各自撤回自己的营地。

坎阔勒的河水被鲜血污染，连牲畜也不喝河里的水。乌鸦和渡鸦成群地飞来，落在血滩上，啄食着凝血，为了驱散漫天的臭气，为了赶走乌鸦和渡鸦，双方都燃起了红红的烈火，污浊的臭气被驱散，草场却成了一片灰烬。战争给人们带来的是什么呢？想到第二天战争还要继续，主战的首领们觉得头昏脑涨、心神不定。

送 战 马

巴卡依、加木格尔奇、古里巧绕、坎巧绕、加勒格再克和节孜坎皮尔的七个儿子聚在一起商量战事。油盏里的灯光轻轻摇曳，大家围坐在灯盏旁，谁也不开口说话，他们用尽了各种战术，至今胜负还没有定局。正当众人一言不发苦思冥想的时候，阿依曲莱克悄悄地来到他们的帐前。

"嫂嫂！快请进来，请你给我们拿个主意！请你快给我们讲一讲赛麦台依汗王有什么指令。"

古里巧绕这样问的时候，阿依曲莱克便开口回答道："自从你们插起战旗与敌人决战，从巴依塔依拉克走向战场的那一刻起，赛麦台依汗王身披阿克奥勒波克战袍，不分白天黑夜，一直在城墙上观战。他的双眼冒着怒火，他的威严让人心慌，愤怒和焦虑的氛围笼罩在城头。他满腔怨恨，不停地长叹：'我算什么英雄啊，我轻易将战马放

194

入深山，离开了塔依布茹勒战马，我犹如失去了有力的臂膀，与其做这样无用的汗王，还不如去后世更为欢畅！'这些天他一直待在城头上，眼睛始终未离开战场。今日傍晚，他嘶哑着喉咙对我吩咐：'你快去把巴卡依汗王拜访，给他们送去我的希望，塔依布茹勒马是我的得力臂膀，我要骑上它为我的百姓而战。明天清早太阳升起之前，让古里巧绕和坎巧绕、加勒格再克和巴依塔依拉克把塔依布茹勒马送到我身旁。这是我对他们的唯一希望。'我连夜赶到这里，就是传递汗王的这一指令。"身在城里的赛麦台依的指令，给在座的人们增添了信心和力量。他们一定要把塔依布茹勒战马按约定时间送到赛麦台依汗王那里。

这时，阿依曲莱克又说道："柯尔克孜英勇的雄狮们，我从天空中向下俯瞰，康阿依人受了重创，他们的将士都已晕头转向，但是他们把城池围得铁桶一般，就连苍蝇也难飞进去，在你们前去的路上，敌人布置了七层兵马，在每一层兵马前头又拉起了铁丝网，他们有一队队手端加扎依勒枪的神枪手，还有一排排手挽强弓硬弩的神箭手。当你们战斗到夜晚的时候，有一位本领高强的精灵会出现在天空帮助你们，它与我是同道好友，我会让它变成一颗有尾巴的星星，在夜空高高照耀，它的尾巴摆向哪个方向，你们就朝着那里催马奔跑，我阿依曲莱克虽然是个女人，但我也愿意为柯尔克孜付出一切。"阿依曲莱克说完了这些话，展翅飞向夜空。

柯尔克孜的英雄们直到天亮都没有睡觉，他们一心想着怎样把战马安全送到，忙碌着精心鞴好塔侬布茹勒战马的鞍鞯，充分做好战斗准备。

在人们还未睡醒的拂晓，古里巧绕和坎巧绕装扮成卡勒玛克人在塔侬布茹勒马前开道，加勒格再克和巴侬塔侬拉克紧紧地跟在马的后边，奔向巍峨的色尔城。

起初外围的康阿侬人以为他们是自己人，就没有阻拦都给他们让开了大道。他们在康阿侬人群中穿来穿去，中午时分来到了铁丝网防线。铁丝网后边站着一排排兵丁，个个手握铁锤，足有一千多人。这一群兵丁的首领是心狠手辣而且狡猾的卓罗侬，他一眼看出来人陌生，就声嘶力竭地吼叫："布鲁特人来了，快去擒拿！"他手下的兵丁挥舞着铁锤围了过来，英雄们顽强抵抗冲击。战斗中古里巧绕挥刀除掉了首领卓罗侬，冲开了铁丝网的入口，英雄们乘胜前进，冲到了第二道防线。第二道铁丝网后站着成群的矛枪手，手握矛枪好像要大战一场，坎巧绕勇士咆哮如雷，冲在前头，不停地挥舞着铁锤，像饿狼追赶羊群，将敌人一排一排地打倒，到了下午，他们冲过第二道防线，来到了第三道铁丝网前边。第三道防线后边站着握斧的骑兵，耀武扬威、趾高气扬。阔绍侬的儿子加勒格再克一马当先，奋力冲锋，他像一团火焰，显露出自己刚劲的锋芒。每排敌方首领轮番冲击，都被他戳翻在地上，蜂拥而来的敌人纷纷逃亡，英雄们终于冲破了第三道防线。

四位英雄来到第四道防线的时候，黑夜降临，天地笼罩在黑暗中，古里巧绕仰望天空，只见一颗带尾巴的星星在天上出现，星星的尾巴往哪边摆动，勇士们就奔向哪边，星星引导着勇士们战斗。直到黎明到来的时候，那颗星星才悄然消失。勇士们顽强拼杀到天亮，冲到最后一道防线，却发现一排排火枪手在那里把守。勇士们已无力冲锋陷阵，但绝不甘心半途而废。

在这紧要关头，站在城头上的汗王赛麦台依看到四个英雄已经来临，他把赞多伦火炮推到城门口，紧紧地绑在一棵参天大树上，把好几袋火药装进炮筒，生铁和铅块铸造的炮弹，像三岁牛犊般大小，他用棍子把炮弹捣进了筒心。这是一颗震动天下的弹丸，炮口上倒了一褡裢火药，这是点燃大炮的火捻，他让门卫打开城门，将炮口对准密集的敌群，用棍子拨上火星，火星点着了白色的火捻，火炮发出惊天动地的轰鸣，整个大地都在炮声中晃动。铁丝网也没有挡住炮弹，炮口前的一切都化为灰烬。

防线被打开了一个缺口，足有一箭射程远的距离。塔依布茹勒马摆动尾巴如刮旋风，像一颗流星似的一跃就进了城，古里巧绕催马进城，紧跟其后的坎巧绕，还有加勒格再克和巴依塔依拉克，在康阿依人堵截之前，全都飞奔进了城。

塔依布茹勒神骏的到来，让汗王赛麦台依欣喜若狂，就像玛纳斯骑上了阿克库拉，就像阿勒曼别特、楚瓦克来到身旁，就像战死的赛热克、色尔哈克两位英雄复活一样。

赛麦台依决战心切急不可耐，他身披阿克奥勒波克战袍，手握色尔长矛，背上阿克凯勒铁火枪，铁锤挂在腰间，把战斧挂在一边，他的脚没有踩镫一跃骑到塔依布茹勒马背上。

喀拉柯尔克孜的保护者赛麦台依庄重威严，威风凛凛，如同放出牢笼的猛虎，冲出了色尔城城门。

败将纳贡求和

看到赛麦台依走上战场，卡勒玛克人吓得浑身哆嗦，空吾尔巴依向众将吼叫："噢，涅斯卡拉、穆拉迪勒，我说的这些话，你们要牢记，具体的事情你们自己处理。奥若克格尔、卓罗依和叶兰克尔都已死在柯尔克孜人手里，你们在多次战斗中也做出了极大的努力，面对目前的战场形势，请你们听听我以往的战斗经历：玛纳斯进攻边别依京时，曾从阿拉勒抢去我的马群。我骑着阿勒喀拉骏马去追击。玛纳斯骑着阿克库拉骏马，他的武力不比我低，同时，他的保护神如影随形。他戳伤了我的屁股，幸亏我的阿勒喀拉良骥正是善跑的时候，才侥幸地从他手中逃脱。如今塔依布茹勒骏马已回到赛麦台依身边，他好像又长了翅膀，已经飞出了色尔城。倘若赛麦台依的保护神一起出现，我们就难以招架。如果他的保护神没有出现，我们就誓死与

199

他战斗到底，占领坎阔勒，把他的牲畜全部赶走。我们快到帐篷顶上去，看看是否有保护神佑助赛麦台依。"

空吾尔巴依手下的战将争先恐后爬上帐篷顶观察。这时，他们看到了赛麦台依的英姿：赛麦台依的胯下是塔依布茹勒神驹，额鬃束起，朝向天际。高昂的头像公盘羊一样，胸前的符咒向天晃动，浑身的鬃毛像水獭皮一样闪光，木盆般大的四蹄踩过的地方，就像挖开的深坑。这会儿，不要说主人，就连他的骏马似乎也可将敌阵踏平。赛麦台依骑在马上，有个赤裸身子的孩子给他牵拉着塔依布茹勒的缰绳；两只灰兔一模一样，紧紧地附在两边的马镫上；一只黑斑的豹子狂奔在骏马身旁，一只秃尾的黑色猛犬紧紧跟随在马的后边；马的两边各有三十只公盘羊，尘埃滚滚，遮天蔽日。塔依布茹勒马的蹄声像六十匹骏马在驰骋。一只白花斑的大蛇在赛麦台依的腰上缠绕三圈，利矛一样的双叉舌头从英雄的耳旁伸出；一位头戴插羽高帽的姑娘，脸蛋黑里透红，站在赛麦台依的身后，两手搭在赛麦台依肩上，一双射着金光的眼睛，像两盏明灯照着前方，赛麦台依的所有保护神都跟在他身旁，他的头顶闪烁着耀眼的光芒。赛麦台依鞭策塔依布茹勒骏马奔向战场。瞧见这一景象，所有在场的人都神色慌张。

空吾尔巴依脸色突变，好像世界末日到了一样，他身上负有重伤，臂膀还没有痊愈。他对自己来这里非常后悔："天啊，我为什么要到这里乱闯！"他对在场的人们吩咐："我们赶快撤回到自己的家乡！"

　　英雄玛纳斯的儿子赛麦台依汗王带领神勇的柯尔克孜族人民，所向披靡打败敌人。被赛麦台依吓得魂飞魄散的空吾尔巴依不顾一切朝着苏萨木尔山惊慌逃窜，赛麦台依在后边紧紧追赶。

　　涅斯卡拉没有往别依京逃跑，而是沿着玉尔凯尼奇河逃往阿富汗方向。古里巧绕从后面追赶涅斯卡拉。涅斯卡拉为了保全自己的性命，又转头向卡哈勒克飞奔。他胯下的枣骝马像气流一样飞旋，古里巧绕在后边紧追不舍，当涅斯卡拉渡过叶尔羌河的时候，古里巧绕催促着旋风般的苏尔阔勇马追了上来。涅斯卡拉一边跑一边盘算："如果被古里巧绕追上，我的小命就会完蛋！我要划破装沙土的褡裢，我要用风沙障住古里巧绕的双眼。"他本想掏出匕首，慌忙中却抽出了宝剑，宝剑太长无法掉转，他未能戳破装沙土的褡裢，他急忙把剑插进剑鞘，就在拔出匕首的瞬间，猛虎般的古里巧绕已经追到他的身边，用战斧猛砍，把他的生命送到了它该去的终点。古里巧绕想把涅斯卡拉的枣骝马当作战利品送给坎巧绕，他伸手去牵时枣骝马却一动不动，古里巧绕十分惋惜地说："你既然忠于主人，我只好成全了你！"他挥刀宰杀了枣骝马，烤了马肉饱餐一顿，一点也没剩下。

　　"我要去找寻我的汗王！"古里巧绕放开苏尔阔勇马的嚼口，身后扬起阵阵黄尘。当他来到吐木秀克的时候，发现了塔依布茹勒马和阿勒喀拉马的蹄印，他穿过阿拉勒草地，却不见马的蹄印，他马不停蹄继续追踪，翻过了高崀峥嵘的黑山，来到阔克加尔草原，终于发现了他们的行踪。空吾尔巴依跑在前面，胯下的阿勒喀拉马扬蹄飞奔。赛麦台依一心想追赶空吾尔巴依，机灵的塔依布茹勒骏马却不愿奋蹄。勇士古里巧绕见此情形感到蹊跷可疑。"真是一匹天降的神驹！"古里巧绕突然看出了其中的玄机。他急忙策马追了上去，直接超过了赛麦台依。赛麦台依连声叫他让开路，古里巧绕没有理会，反而从前面把塔依布茹勒马堵住。赛麦台依十分生气，取下肩上的神枪对准古里巧绕。古里巧绕依旧站在前面挡住去路，赛麦台依万般无奈地勒住了马缰。空吾尔巴依趁机朝着卡拉库木仓皇逃去。古里巧绕就像一个幼稚的孩子似的失声痛哭，苦苦地劝慰赛麦台依："我尊敬的汗王啊，那个地方，你千万不能前去！但凡到那里的人们，没有一个能活着返回，我们的玛纳斯父亲，也没有能从那里平安回来。尊敬的大哥啊，如若你愿意，咱们就从这里返回住地，我们把所有遇到的卡勒玛克人一个不剩地统统赶回去。阿拉勒是一片放牧牲畜的理想场地，我们到那里去和他们立下契约，叫他们给我们纳贡服役。"古里巧绕真诚地说了这番话语，拉住马缰不让赛麦台依前去。

赛麦台依同意了古里巧绕的建议，他们掉转马头走了回去。一路上，他们把遇到的康阿依头人一起带到富庶的阿拉勒草地。

双方经过商谈,决定康阿依每年缴纳二十称子[1]黄金。立下了纳贡的字据,盖上了双方的大印。赛麦台依汗王怀揣契约回到了故乡塔拉斯,随后举行祭典,祭祀玛纳斯雄狮的英灵。

祭典过去三天之后,坎巧绕才只身回到塔拉斯。人们都关切地询问:"这些日子你去了哪里?"勇士坎巧绕向赛麦台依汗王禀报了自己这些天的经历。原来在赛麦台依去追赶空吾尔巴依的时候,古里巧绕急急忙忙去追击涅斯卡拉,坎巧绕也起身追撵穆拉迪勒,可是怎么也追不上他的神驹,一直追到哈山平原,才追上这个卡勒玛克劲敌。他们拼杀了很久,互不相让难解难分,最终坎巧绕给穆拉迪勒降下了黑暗悲惨的日子,夺走了他的性命,然后从哈山回到塔拉斯。

---

[1] 称子:传统重量单位,一称子通常为 10 千克,有的地方为 8 千克。

狼狈为奸

当年在去别依京的征途中，有一次十分残酷的激战，哈萨克人的汗王阔克确英雄在激战中牺牲，再也不能回来。他的爱妻阿克艾尔凯绮当时已经怀孕三个月，当她快要分娩的时候，不幸身染重疾，婴儿留在她的肚子里，一直过了十五个年头才生下，孩子叫作乌买托依，乌买托依长到十四岁才降临到人间，这真是一个天下的奇迹！

阔克确在远征中献身后，玉尔毕成为哈萨克人的汗王，玉尔毕过世之后，汗位本应交还给阔克确的儿子乌买托依，谁知阿孜蒙开的儿子凯日木拜却紧紧盯着汗位，阿孜蒙开是阔克确汗帐下的六十名比官[1]之一，当年阿勒曼别特来到哈萨克草原，在阔克确帐下待了十多年，六十名比官嫉

---

[1] 比官：部落首领或最基层的官员。

204

妒英雄的才能，造谣生事，挑拨离间，排挤阿勒曼别特，其中阿孜蒙开领头做过很不光彩的事情。如今阿孜蒙开离开了人世，他的儿子凯日木拜长大成为一个狡诈之徒。他能说会道口才非凡，生性狡猾，诡计多端，完全继承了他父亲的衣钵，有着一个篡权谋位的黑心肝。此时，他独自坐在家里，绞尽脑汁要夺取汗王大权。"我到塔拉斯去悼念玛纳斯吧！在那儿拜见巴卡依和赛麦台依，表达我的心愿，是否能让我做哈萨克人的大汗。唉，只要阿克艾尔凯绮还活在世上，我的这个愿望很难实现，她的堂妹卡妮凯会对赛麦台依指点，让阔克确的儿子——十四岁的乌买托依当汗王。我要把哈萨克人骗到西别尔去放牧，等到他们搬迁到那里，我就去找卡拉库勒商谈。听说涅斯卡拉之子玛德罕是个英雄，非常勇敢，我要用金钱把他们收买在身边。大小英干是个美丽富饶的地方，我要请求康阿依人允许我住在那边，把哈萨克人从阿拉什分出去掌管。我要筹措四万金钱，从阿姆尔河口漂流到佳番人那边，去拜见克孜勒乌尤克巨人，用金钱收买他，连同玛德罕一起带到这边。我要仔细打探消息，寻找适当的时机，征服塔拉斯的赛麦台依。我要像玛纳斯一样，做个声名显赫的阿拉什联盟大汗！"凯日木拜想到这些就热血沸腾，内心无比激动，好像他已经当上了大汗。

此时阔克确的遗孀阿克艾尔凯绮回布哈拉的娘家探亲，不在哈萨克草原。凯日木拜趁机邀请哈萨克人聚在玉其卡尔克拉草原一起商谈。少年乌买托依也应邀出席。最后，他们决定到西别尔去放牧。牧人纷纷搬迁，驱赶着畜群，历尽艰难，翻越了白雪皑皑的大山，两个月后到达了阿姆尔河流域，凯日木拜终于和卡拉库勒见面。卡拉库勒是卡塔勒的儿子，很早以来在这一带为空吾尔巴依看管马群，他身强力壮，头脑敏捷，见多识广，受过训练，十分自信。对空吾尔巴依特别忠诚，当年玛纳斯率军远征别依京，派阿勒曼别特和色尔哈克侦察敌情，他们就在这一带遇到卡拉库勒和他看管的马群，在企图将他捉获并驱赶马群时，卡拉库勒连人带马跳入阿加特河逃生，去给空吾尔巴依报了信。当玛纳斯退出边别依京返回塔拉斯后，空吾尔巴依把这一地区划给卡拉库勒作为领地。凯日木拜与他促膝交谈，互相勾结，狼狈为奸。俗话说："孤寡的富婆让帮佣的男人做主，干涸的池塘让青蛙成为霸主。"迷失了方向的哈萨克人，让卡拉库勒成了他们的伙伴，卡拉库勒答应凯日木拜，而且给他出主意道："凯日木拜啊，在哈萨克人中出过不少妄自尊大的比官，谁的想法也没有你的周全圆满，英雄，我赞成你所说的话，我对你十分钦佩称赞。我腾出库尔普勒代克河边的库依茹克吐草原，作为你的家园，我把自己的马群赶往阔克江阿克那边，如果阿克艾尔凯绮领来柯尔克孜人，我就设法与他们周旋，凯日木拜你要火速去佳番与克孜勒乌尤克见面。在返回途中，再去拜见玛德罕，玛德罕住在羌白山中，他武艺娴熟、英勇非凡，你若能把他们俩笼络在身边，你的梦想一定能够实现。"

卡拉库勒的话语让凯日木拜兴奋得睡不着觉，他立即动手准备。他和有声望的头人们秘密商谈，给有名望的富人们每人摊派一千枚金币。他召集哈萨克部落的全体部众，这样调拨离间道："哈萨克人啊，我苦难的同胞，在祖先卡斯耶特、卡勒卡时代，你们和卡勒玛克人为邻，那时候你们人畜两旺，你们的富有让人羡慕垂涎，你们的畜群把草场布满，使人无法穿过草原。玛纳斯把你们从康阿依搬迁，用欺骗讨好的手段把穆孜布尔恰克、玉尔毕、阔克确等汗王和英雄掌握在自己手里。被欺骗的英雄们跟着他去别依京征战，战死在荒滩。玛纳斯的儿子赛麦台依是个黑心肝，他杀死祖父和叔父，独吞了全部财产，他写信诓骗哈萨克人去坎阔勒塔拉斯支援，别尔迪凯率领五千人马参战。从空吾尔巴依手中缴获的牲畜和财产，赛麦台依没有分给哈萨克人一星半点，他不把我们当作人看。我说少年乌买托依啊，你想不想继承你父亲的遗愿？你若是为全体哈萨克人做主，我愿给你出主意，当你的参谋！"

凯日木拜心怀鬼胎，用假话编成圈套欺骗人们，他想阔克确生前有无数金银，要在阿克艾尔凯绮从布哈拉回来以前想办法让乌买托依上当受骗，一定要弄到大量金钱，事情一旦败露，就把责任推到乌买托依一边，如果事情顺利，就夺取汗王的大权！

东渡借兵

　　哈萨克人中有威望的人早就被掌握在凯日木拜手中，所有的哈萨克人不知不觉地落入了他的圈套。他让乌买托依拿出两万金币，又在哈萨克各部落中募捐了两万金币。

　　凯日木拜从小与康阿依人为邻，大小英干各部族的语言他都十分熟悉，他通晓契丹语、卡勒玛克语，甚至还知道佳番语，半通不通的语言他知道得更多。他从亲信中挑选出懂得康阿依等部语言、精明能干的四名青年，与他做伴，组成了一个庞大的驼队，驮上六峰骆驼的食品、六峰骆驼的金钱，还驮着很多丝绸布料和贵重礼品，沿着阿姆尔河往前走，日夜兼程，终于来到了日出的大海边。

　　海边住着许多人，一个高个大汉管理着他们，凯日木拜悄悄地和他咬耳朵交谈，给了六峰骆驼的赏钱。大汉兴高采烈满心欢喜地答应帮助凯日木拜渡过大海，去拜见克孜勒乌尤克巨人。凯日木拜把其他人留在当地喂骆驼、看管物品，带上四名亲信来找那个大汉，得到赏钱的大汉让他们上了神奇的竹筏，划到了海的对岸，划筏人把竹筏拴在岸边，领着凯日木拜他们又走了两天的路，来到克孜勒乌尤克巨人门前。

佳番人听罢划筏人的话，匆匆去向大人通报情况，守卫官听到消息后，急忙去向克孜勒乌尤克巨人禀报："大人啊，门前来了几个好汉，来自远方，为首的名叫凯日木拜，说专程来拜访您！他们不是空手而来，身背褡裢和沉重的行装，好像带来了不少金银珠宝！"克孜勒乌尤克巨人听罢守卫官的报告，暗自思量："艾散汗和空吾尔巴依是否将灾难降到人们的头上？是否那些受损的部落派来使者拜访我？！"他沉思片刻，命令侍卫把来人领进来。

侍卫把凯日木拜他们叫过去，不由分说地抓走他的四个伙伴送进大牢，然后把凯日木拜从头到脚检查了一遍，两个矛枪手推推搡搡地将他带到克孜勒乌尤克面前。当凯日木拜低着头向克孜勒乌尤克鞠躬的时候，克孜勒乌尤克用凶狠的目光把他从头到脚扫了一遍，又盯视了他很长时间，凯日木拜被克孜勒乌尤克可怕的双眼吓得魂飞魄散。一会儿仆人拿来一张兽皮，放在凯日木拜的面前，他才慢慢地恢复神志，小心翼翼地坐在兽皮上。仆人又端来水果让他品尝，吉凶难料的凯日木拜嘴里吃着水果，心里为难，等到仆人收去了餐布，克孜勒乌尤克巨人才慢吞吞地开言："喂，矮人，你老老实实地告诉我，你从哪里来？有何贵干？如若你说一句假话，你就会走向死亡和黑暗！如若你说出一句谎言，我就把你活活地吞咽！"听到克孜勒乌尤克的询问，凯日木拜从兽皮上站立起来，浑身哆嗦，泪流满面，抑制不住惊慌的心跳，结结巴巴地说着佳番的语言："自从大地上有了人类，分散居住在四面八方，还没有谁能把别依京攻占。只有柯尔克孜的玛纳斯曾把边别依京攻陷。玛纳斯不仅攻占了边别依京，也没让阿富汗、芒格特和浩罕安闲，他让许多人死于非命，从切尔干人手中夺走塔什干！他从卡勒玛克人手中夺回哈萨克，征战别依京给哈萨克带来灾难。玛纳斯有个儿子，名字叫作赛麦台依，他瞧不起世间的任何人，把人们看作草芥，无情地降下灾难！人们都不敢与他交战，只有空吾尔巴依率领三十二名大将和众多兵马前去作战，结果也败得很惨。从契丹人中逃去的阿勒曼别特的儿子古里巧绕，作为赛麦台依的勇士，心狠手辣，他迫使康阿依人纳贡缴税，即使送给他牲畜和财产，还是要人性命不让生还。我忍受不了他们的折磨和蹂躏，把哈萨克人搬迁到阿姆尔河边，才来这里拜见您。巨人啊，我并非空手而来，我给您带来了四万个金币，如果您可怜受苦的人们，请您去征服下贱的柯尔克孜人，让我——凯日木拜掌管他们！如果您嫌这些金钱太少，我们哈萨克的牲畜，您要多少都随您的便，让我们像亲兄弟一般结下友谊。"当凯日木拜说话的时候，克孜勒乌尤克一直斜眼看着他，听到这里，他傲慢地打断凯日木拜的话："柯

尔克孜人给众多的百姓降下灾难，怎么没有人把消息禀传

给我？如果赛麦台依和古里巧绕杀戮百姓、掠抢财产，我立即到塔拉斯去把他们劫掳一空，我要用千斤重的狼牙棒把他们砸成齑粉。凯日木拜，你暂且住上两天，我要去招募雄兵四万，征讨柯尔克孜。你先把金银放在这里，等我把他们惩处之后，再去拿回你给我的牲畜财产。"

克孜勒乌尤克准备了两天，他骑上一头大象如同巍巍的大山，率领着强将雄兵四万人，乘上无数帆船，出发航行直到登上大海的对岸。

上岸后，凯日木拜要去联络玛德罕，克孜勒乌尤克也赞成。于是他们约定会合的地点和时间，告别后分头行动。

克孜勒乌尤克巨人带着队伍沿着阿姆尔河来到库尔普勒代克河边的草原，找到了乌买托依的家门，看到他的人都吓得浑身打战，他们在下面低声议论："这是何等怪人，谁敢和他较量，那就是把灾难放在自己头上！乌买托依和凯日木拜，请来这个野兽有何打算？"

正当人们议论纷纷的时候，乌买托依却忙得团团乱转。为招待克孜勒乌尤克巨人，他们准备了八十只羊和佳酿，每十只羊的肉装了一盆，八个木盆端了上来，克孜勒乌尤克这个贪吃的家伙，肉里的骨头他也不管，张开大嘴就往肚里吞咽。骨头没有卡住他的喉咙，只吃了八口就把羊肉全部吃完。他好像还没有吃饱，又把八十个黑麦馕吞进肚子，眨眼间喝光八盆不冷不热的温茶。

这个家伙吃饱了肚子，伸开长腿，呼呼入眠。他鼾声如雷，吓得圈中的羊群乱窜。

巨怪骑犀牛出动

　　凯日木拜告别克孜勒乌尤克巨人，带领着四个伙伴走向小英干。他们一路没有停步，翻山越岭，正走上一座山腰的时候，突然有个怪人出现在他们面前，只见怪人的额头上有只独眼，它的大小比伊塞克湖还宽，嘴角长，鼻子扁，额角平，胸膛宽，身材矮，脖子短，腰有十围粗细，脸色像青牛一般。铁盔盖住眉梢，身着铁衣八件，盾牌背在背上，护身镜挂在胸前，他骑着一头青色犀牛，人牛同色难以分辨。只见他胯下的青犀牛身上驮着上百只猎物，还显得十分轻松。凯日木拜不认识独眼巨人，不知他就是巨人玛德罕。凯日木拜面对可怕的独眼巨人，既不能逃走，也不敢贸然上前。他只得翻身下马，俯首鞠躬走到怪人面前，说不出话，浑身打战。独眼巨人玛德罕勒住了青犀牛，向凯日木拜这样开言：“你好像来自远方，你的瘦马已经疲倦，

212

你们只有五个人吗？见了我为何止步不前？快快说出你们的来历，是不是上天给我送来的美餐！不要说谎，不要怠慢！"玛德罕呜里哇啦地说着话，语声骇人如同打雷一般。凯日木拜心中思忖："人世间还有这样的大汉！克孜勒乌尤克巨人与他相比，还不及他身躯的一半。"于是他弯腰鞠躬，慢声细语，声调婉转地回答玛德罕："我是哈萨克人，来自库尔普勒代克河边，专程来拜见英雄玛德罕。我的百姓被敌人掳掠，我已受够了敌人强加给我的灾难。我早就听说玛德罕是位英雄好汉，我要把心事向他禀报，然后返回自己的家园！"当凯日木拜说话的时候，骑在青犀牛上的独眼巨人斜瞪了他一眼："我就是玛德罕！有话你尽管说。"接着凶狠地翻了一下独眼，说道："我的父亲名叫涅斯卡拉，听说他被柯尔克孜人杀死在赛里木河滩，我还小的时候，空吾尔巴依率兵去坎阔勒作战，柯尔克孜人给他们降下了灾难，他们全军覆没，武器和骏马也被柯尔克孜人抢占。我早就想到那里去替父亲报仇雪恨。如果你是专程来找我的，我愿同你一道去征战！"

玛德罕掉转青犀牛，在前面领路，青犀牛飞快地奔走，就像一道闪电，凯日木拜的骏马始终落在青犀牛后边。不一会儿，一座帐篷出现在他们面前，走近帐篷时许多人都出来迎接玛德罕，人们把驮在青犀牛鞍子上的狗熊、狼、豹子、鹿、老虎和高鼻羚羊等猎物统统都搬下来，全部都分走了，玛德罕没有给自己留下一点。

玛德罕让人准备茶和饭，招待凯日木拜一行五人，把茶点摆放在他们的面前。这时，凯日木拜突然发现加木格尔奇之子夏依曼别特正在这里端茶送饭，他望着夏依曼别特，好像互不相识也没有攀谈。当他们吃完饭的时候，玛德罕率先这样开言："你叫什么名字，为何不说话？"玛德罕主动问话，凯日木拜岂能闭口不言，他把要说的话思考了一番，然后开始表达心愿："玛德罕，自从听到你的名字，我就钦佩你的威严。我翻山越岭来寻访你啊，幸好我们在野外相见。现在让我们相识吧，我诉说苦处，请你别嫌我啰唆！我有许多事情要从头说起。在阿牢开和肖茹克管理的时代，哈萨克人和卡勒玛克人睦邻为伴。后来，柯尔克孜的玛纳斯无端把卡勒玛克人驱赶，他与索然迪克之子阿勒曼别特结盟，煽动所有的阿拉什人把卡勒玛克人和契丹人统统赶到别依京城外面。还好，幸运的汗王空吾尔巴依把卡勒玛克人和契丹人集中起来，修建了阔克吐卡特城，康阿依各部人马占据了羌白山。我的大人玛德罕啊！我没有看见，却听人传言：玛纳斯和阿勒曼别特死后，他的儿子赛麦台依掌握了阿拉什的大权，他说除自己以外别无英雄好汉，他气焰嚣张、自吹自擂，他亲疏不分、是非不辨，长着一副黑心肝。他杀死了自己的爷爷和叔叔，侵犯安居的节迪盖尔人，杀死了英雄托勒托侬和青阔交，霸占了青阔交要娶的阿依曲莱克。英雄空吾尔巴依怎能容忍赛麦台依如此疯狂，他召集了你的父亲涅斯卡拉和穆拉迪勒，去与赛麦台依作战，谁料想你的父亲涅斯卡拉被杀死在赛里木河滩，阿勒曼别特的儿子古里巧绕给不少英雄降下了灾难。他是一个六亲不认的畜生，对自己的亲人和同胞也没有一点宽容，我众多的哈萨克乡亲也成了他的奴隶。我们的悲伤难以咽下，忍受不了欺凌屈辱，被迫搬迁到了库尔普勒代克河岸边。我为找到著名的英雄，不顾危险，渡过大海去佳番拜见巨人克孜勒乌尤克，看来，我不该去佳番那里，可是英雄啊，请你原谅！我去佳番前没有见过你的威严，到了佳番，克孜勒乌尤克也推荐你，人们也异口同声地说你是英雄好汉，我翻山越岭前来求见。克孜勒乌尤克巨人带领四万兵马已经奔赴库尔普勒代克河边。我想如果不来向你禀报，我就对不住自己的睦邻伙伴，尊敬的英雄巨人玛德罕，这就是我到这里的因由。苦难深重的阿拉什人民啊！都指望着能有你这样的靠山，除此之外，当然也需要像我这样足智多谋、能言善辩的才干。哦，给你烧水的夏依曼别特，他来这里有多长时间？现在我才亲眼看见。因为赛麦台依身边的坎巧绕心眼太坏，更因为赛麦台依没有真言，夏依曼别特忍受不了这种磨难，他才丢下年老的父亲，只身逃到你的身边，我听说他劝过自己的父亲加木格尔奇，他父亲不愿意离开家园，我想夏依曼别特已经把所有的事情和你交谈。玛纳斯的儿子赛麦台依是个嗜血狂人，这个该惩罚的黑心肝的一举一动、所作所为都给人们降下灾难。大人啊，我已经向你诉尽痛苦，不知你可愿做我的靠山。这次我能放心无虑地出来活动，拜访克孜勒乌尤克巨人，又来拜见你——举世无双的尊贵大人玛德罕，这也是卡拉库勒的远见卓识。请允许我还要给你进上一言，为了讨还你父亲的血债，你一定要去杀死赛麦台依，把古里巧绕捆绑监禁，把狂人坎巧绕交给夏依曼别特看管，还要杀死巴卡依，只要你在众人面前宣布，让我凯日木拜做阿拉什人的大汗，到那时，即使你让我去死，我也心甘情愿，毫无怨言。如果你认为乌买托依是汗王的后代，让他掌管大权，那就请你立刻把我杀死。倘若让我掌管阿拉什，我就让阿拉什人每年向你贡献成袋成袋的金钱。如果你对这些还不满意，我就把柯尔克孜的美女奉献给你，你要娶多少就娶多少，我一定满足你的心愿。如果我说的这些话都能实现，到那时我就拿出金银财宝，让克孜勒乌尤克巨人返回自己的家园！"凯日木拜说得慷慨激昂，说得泪流满面，说得抽抽噎噎，伤心地痛哭了很长时间。

玛德罕回想起父亲的死，思绪纷繁，对凯日木拜同情地说道："夏依曼别特来到我这里多年，我还未曾听到他像你这样诉说自己的苦难。柯尔克孜人杀死了我的父亲给世人降下了灾难，我不能整天在英干山中狩猎游玩，趁我年轻力壮的时候，我应该为死去的父亲报仇雪恨。一旦我愤怒披挂上阵，柯尔克孜人中谁敢与我对战？我不需要卡勒玛克的兵马，也不需要契丹和康阿依的英雄好汉。我的父亲虽然为他们献出了生命，但我不需要他们的支援，我在卡斯旁有十万兵马，他们都是精兵强将，能征善战！只要我和克孜勒乌尤克巨人会合，卑贱的柯尔克孜人一定完蛋！从那归来后，我要在潼夏登上宝座掌权，我要把空吾尔巴依叫到面前，叫他把我们契丹部族的损失统统补偿！

如果他惹怒我，我就把他们卡勒玛克人赶到不产粮不长草的石滩！凯日木拜，你先住下，我先给卡斯旁的兵马传送消息，给他们指定一条路线，和我们在半道上会合。"玛德罕越说越激动，咆哮如雷地叫喊："从契丹、卡勒玛克到康阿依，从喀拉卡勒帕克、土库曼到柯尔克孜，从日出到日落的地方，这一片土地都将归我掌管，佳番来的克孜勒乌尤克，他的地方非常狭窄又遥远，如果他向我屈服俯首听命，我就把卡勒玛克人的住地划归他掌管。如果他不拥戴我当首领，我就去抢掠住在岛上的佳番人，我要让全天下都归我掌管。到那时自以为是的艾散汗，也会双手抱胸跪在我面前。"玛德罕叫嚣着，给卡斯旁的兵马写了一道命令，派夏依曼别特传送，命令十万兵马出征，顺着大英干去库尔普勒代克河边。

利欲熏心的凯日木拜兴致勃勃地回到库尔普勒代克河边，玛德罕带来了十万兵马，克孜勒乌尤克带来四万雄兵，哈萨克族人有一万兵马，三个队伍会聚在草原。

其实卡塔勒的儿子卡拉库勒也一门心思想当汗王，他把六万匹骏马赶到库依茹克吐和阔克江阿克草原，心中打着如意算盘："克孜勒乌尤克和玛德罕巨人会给柯尔克孜降下灾难，他们会让赛麦台依哭泣，会让古里巧绕悲惨，会让坎巧绕悔恨不已；他们还会绑走巴卡依，会把卡妮凯驱赶，会让阿依曲莱克悲伤；他们会让加勒格再克孤立无援，会让巴依塔依拉克叫苦连天。如果我到克孜勒乌尤克和玛德罕面前，奉献出六万匹骏马，祈求他们让我做官，他们定会抛弃凯日木拜和乌买托依，让我做哈萨克人的汗王。"卡拉库勒睡在马群中间，梦想自己已当上了汗王。

神驹被盗

　　此时，住在塔拉斯的古里巧绕和坎巧绕邀请巴依塔依拉克一起带领着许多伙伴，到塔什干的波孜别勒达坂，纵马狩猎，尽情游玩。

　　在他们前往波孜别勒狩猎的时候，有两个陌生人来到赛麦台依的门前，他们是柯尔克孜族人的后代，生活在哈萨克的阿依勒，他们向赛麦台依禀报："哈萨克人已经搬迁，但不知道搬到什么地点。"英雄赛麦台依听后急得坐卧不安。"难道哈萨克人要前往康阿依草原？为什么阿克艾尔凯绮姨妈不给我送来消息？是不是两个客人把转到夏牧场去的人说成搬迁？我要到那里去看看，是否他们离开了家园？"赛麦台依想了一夜，翌日清晨，骑马离开了家园，他没与阿依曲莱克商谈，也没有告诉巴卡依和卡妮凯，能给他出主意的两位巧绕又不在跟前，他连住在旁边的加勒

格再克也没有说一声，便独自离开家园。他的确做了一件
蠢事。

赛麦台依路过阿拉木图、阿尔泰，在萨热阿尔卡城也
没住宿休息一晚，他披星戴月风餐露宿，走了很多天，来
到库依茹克吐草原，在阔克江阿克的边沿，看见了许多马
儿吃草撒欢。"原来哈萨克人把马群赶到这无人草原放牧！
晚上我去他们的阿依勒与牧民交谈！"赛麦台依这样想着，
把缰绳拴在石头上边，取下马鞍和鞍垫枕在头下边，躺卧
在绿茵茵的草地上。赛麦台依沉沉入睡，好像这会儿什么
事情也与他无关。没有料到在野外睡觉的时候，厄运来到
他的身边。

赛麦台依躺在低洼处沉入梦乡，睡得香甜。塔依布茹
勒马却扯断了缰绳在山坡上撒欢。此时，卡塔勒的儿子卡
拉库勒来到近处，他只见吃草的塔依布茹勒马，没有瞧见
沉睡的赛麦台依。他立刻匆忙牵着塔依布茹勒马离开，卡
拉库勒慌忙中没有察看地上的脚印，掉转马头跑上一座山
梁，他坐在山坡上绞尽脑汁，左右盘算："赛麦台依的塔
依布茹勒骏马怎么会突然出现在这边？是否凯日木拜派人
把马偷来，偷马人看见我，弃马逃窜？如果是古里巧绕骑
来这匹马，他一定会把缰绳缠在手腕，是不是坎巧绕骑着
骏马看见山坡上的野鹿，把塔依布茹勒马拴在石头上，自
己步行去追赶野鹿，骏马被野兽惊吓，扯断缰绳跑到这里
被我发现？加木格尔奇的儿子夏依曼别特两年前来到我跟
前，诉说过对赛麦台依的埋怨，难道他偷走塔依布茹勒骏

马，故意让赛麦台依难堪？或许他把骏马送给了阔克吐卡特的老朽的空吾尔巴依，骏马挣扎着要跑回塔拉斯去，扯断了羊皮拧的缰绳？哎，我想这么多有何用，与其在这里胡思乱想，还不如去察看蹄踪，看看它到底来自哪边？"

赛麦台依躺在洼地整整睡了八天，就在第八天的早晨，灿烂的阳光被云雾遮掩，赛麦台依从梦中惊醒，塔依布茹勒却不见了。"塔依布茹勒去了哪里？我刚刚躺下睡了不长时间。"他察看了拴马的石头，缰绳从结扣处被扯断，"它可能是吃草去了。"赛麦台依没有察看马的踪迹，便带上武器和鞍具徒步爬上了近处的高冈，他侧身靠在斜坡上，歪斜着身子往下看，塔依布茹勒马和另一匹马立在对面的山梁，其实卡拉库勒就躲藏在离马不远的地方，赛麦台依却没有发现。"大概古里巧绕和坎巧绕已经从后面赶到，只是我还在睡觉，他们才拉走了马，和我闹着玩。"赛麦台依不在乎自己坐在康阿依的地方，也想不到提防，他心想："只要他们听到我的喊声，就会来到我的身边，绝不会把我丢在一旁。"他没有去察看骏马，而是在原地高声大喊："古里巧绕！坎巧绕！你们藏在哪里？你们快出来见我！"

当震耳欲聋的喊声响起时，卡拉库勒直吓得浑身打战，他险些站不起来，勉强镇定自己，丢下黑褐色母马，跨上塔依布茹勒马慌忙逃窜，躲进一个隐蔽的地方。此时他想起了对凯日木拜说过的话语："如果赛麦台依来到这里，我设法与他周旋。"于是卡拉库勒心中盘算着，"我一定要把他欺骗蒙蔽，引向塔拉斯方向，幼稚的赛麦台依肯定会骑上黑褐色母马追赶我，我在他前面忽隐忽现，哄骗着他拖延时间，寻找适当时机对他下手！"

正像卡拉库勒想的那样，赛麦台依骑上黑褐色母马追赶卡拉库勒。他不认识卡拉库勒，把身披凯曼塔依大袍的卡拉库勒当成了坎巧绕，以为这匹母马可能是坎巧绕在来的路上从卡勒玛克人手中抢来的。他心想："这家伙怎能与我开这样的玩笑，等到了塔拉斯以后，我一定要收拾他！"

卡拉库勒在前面时隐时现地向塔拉斯方向跑着，赛麦台依在后面追赶，一连走了三天，他开始不耐烦，当卡拉库勒骑着塔依布茹勒马的身影又一次出现在他眼前时，他把阿克凯勒铁火枪紧紧握在手中："不管是谁，我要打死他！"

就在此时，猜透了赛麦台依心思的卡拉库勒连人带马躲在一个岩石后面，冒充坎巧绕大声叫嚷："噢咿，赛麦台依大哥，我是坎巧绕，你的奴仆！巴卡依和古里巧绕担心你单身出走，特意派我来跟在你的后面，我按照他们的意思，才牵走了神驹，我不敢到你身边去，你到塔拉斯去找我吧，巴卡依对我嘱咐：'赛麦台依不会听你的话，只有偷走塔依布茹勒马才行。'我不能把马还给你，巴卡依还让我告诉你，哈萨克人叛变，不惜重金和财物收买了涅斯卡拉的儿子玛德罕和佳番的克孜勒乌尤克巨人，下定决心要攻占塔拉斯，杀尽柯尔克孜人！我们要赶快返回塔拉斯，与来犯的强敌殊死搏斗！好吧，大哥，我们在塔拉斯再见！"说完，他骑上塔依布茹勒骏马向塔拉斯方向逃去。

聪明反被聪明误

卡拉库勒非常熟悉这一带的地形，他在前面时隐时现地走着，赛麦台依骑着卡拉库勒的黑褐色母马晃晃悠悠远远地跟在后面，他耷拉着脑袋，垂头丧气。赛麦台依没有想到自己走在谁的地盘，也没有留心注意塔依布茹勒的蹄印，没有把敌人怀疑！卡拉库勒心中又有新的诡计，他掉转马头躲进一个山谷，等到赛麦台依走过去后，才走出来悄悄地尾随在赛麦台依的后面。卡拉库勒盘算着："大概到萨热阿尔卡达坂，他骑的那匹母马就会精疲力竭，我趁母马走不动的时候下手，将他的首级献给尊贵的空吾尔巴依，让我做中亚西亚的最大汗王，享受荣华富贵，颐养天年。"

古里巧绕和坎巧绕在波孜别勒狩猎，住了四个月又十八天的光景，驮了二百八十驮兽皮，起程返回塔拉斯。

224

　　见到勇士们带来丰盛的猎物，大家前来索要礼品。老人们得到珍贵的熊皮，精力衰竭的男人得到鹿角，做马具的匠人们拿走了鹿皮和野山羊皮，姑娘们得到了水獭皮，年轻人争抢着狐皮、狼皮、獾皮。八张老虎皮分别给了卡妮凯、巴卡依和加木格尔奇。巴依塔依拉克得到了水貂皮。古里巧绕、坎巧绕留下六张狮子皮准备送给赛麦台依，还留下猞猁皮、野鸭羽绒留给阿依曲莱克当作赠礼。

　　古里巧绕和坎巧绕背着野鸭羽绒和六张狮子皮，亲自送往阿依曲莱克家里。阿依曲莱克正在家中，却不见赛麦台依汗王，勇士古里巧绕问道："嫂嫂啊，我大哥去了哪里？"阿依曲莱克回答道："你们的大哥已经出去三个月了，我以为他寻找你们去了，就一直安心地住在家里。你们两人怎么不知道他去了哪里？"阿依曲莱克还没有说完，古里巧绕十分焦急："嫂嫂，我们走了以后是否有陌生人来过这里？"阿依曲莱克继续说道："啊，什么陌生人，我可没见过，不过，那天晚上他去了恰绮凯那里，姐姐恰绮凯大概知道他的去向！"

　　两个勇士直接往恰绮凯的宫帐走去，路上他们商量，如果她索要礼品就把猞猁皮送给她。他们匆匆来到恰绮凯的宫帐，上前问候平安。恰绮凯应声说道："你们平安回来啦，你们到外面去打猎，给我带来了什么厚礼？"坎巧绕赶紧回答："嫂嫂啊，我们给你选了猞猁皮，准备专程送来！"恰绮凯脸色突变，瞪圆愤怒的双眼，鼻子里哼了一声："你们背着驼羔般大的野鸭羽绒，急不可耐地送到阿依曲莱克的门庭，你们明明把我忘记，却在这里假装殷勤。找不到你们的大哥，这才来到我的家里。我要猞猁皮有啥用处，难道我还缺少猞猁皮不成！你们也不要自欺欺人，娶了两个女人的男子，不会在一个家里连住两个晚上，那天来过两个陌生的柯尔克孜族人，他们谈论哈萨克族人的事情，你们的大哥就坐在这里和客人交谈，我没有太留意他们所说的事。第二天清晨，你们的大哥打点行装带上武器，没吃早饭就要起程。我问他：'你要走吗？'他好像没有听见，对我十分冷淡。如果是阿依曲莱克问他，他一定会高兴地回答。你们的大哥对我冷淡，你们打了猎物，也把我忘在一边，什么好事我都不能沾边！"正当恰绮凯说到这里，阿依曲莱克双手拿着野鸭羽绒走进门："姐姐，他们把七张狮子皮和野鸭羽绒送到汗王宫中，七张狮子皮我留给了汗王。按规矩你在我之上，请你收下这鸭绒吧。"阿依曲莱克这样说的时候，恰绮凯一时说不出话，脸色由白变红，神色慌张地望着阿依曲莱克，还是接过了鸭绒。这时，古里巧绕和坎巧绕悄悄地走出了宫帐。

这天夜里直到天亮，古里巧绕、坎巧绕和巴卡依老人没有睡觉，他们在一起秘密商议对策。第二天清晨，他们没有告诉任何人，三人骑马并肩出发去寻找赛麦台依。

他们顾不得珍惜骏马，火速驰骋，沿着阿拉套山坡朝着萨热阿尔卡飞奔。他们一路未下马鞍，来到凯铁奇的卡拉苏河畔，古里巧绕仔细观察，在掀起的草坪上发现了塔依布茹勒马的蹄印。同时在另一处有泥泞的地方发现了另一匹马的蹄印。他们猜想赛麦台依是否遇到意外的事情，否则他不会在外边逗留四个月。坎巧绕仔细观察辨认出这个泥泞里留下的蹄印是母马的蹄印，此时巴卡依想起了卡拉库勒，当年阿勒曼别特和色尔哈克就在这一带驱赶卡拉库勒看管的马群，卡拉库勒死里逃生，后来在边别依京见过他，听说这一带已成为他的领地，他经常骑着黑褐色母马巡视马群。于是他们分头寻找，坎巧绕驱马走上阳坡，古里巧绕在阴坡驰骋，年老的巴卡依在平地上搜寻。临近黄昏的时候，巴卡依发现赛麦台依在前方牵着一匹走不动的母马行走。突然出现一个人，从侧面朝赛麦台依冲去。

冲过来的人正是卡拉库勒，他在后面已经跟踪了许多天，他见到赛麦台依人困马乏，觉得出击的时机已到，竭尽全力从背后向赛麦台依偷袭。巴卡依见此情景，急中生智，高喊玛纳斯的名字，听到这个口号，卡拉库勒心中慌乱："是否赛麦台依的两个巧绕勇士赶来了？难道死亡已来到我面前？"他缩回伸出的矛枪，仓皇向阳坡逃去。

听到巴卡依的呐喊，坎巧绕立刻躲藏在路边，惊慌失措的卡拉库勒恰巧来到坎巧绕跟前，英雄坎巧绕戳出矛枪，一矛将卡拉库勒戳出一个射程外的地方，挥刀取下他的首级，绑在鞍鞒边。塔依布茹勒马看到坎巧绕，好像初生的马驹见到母马，坎巧绕拉上塔依布茹勒马朝着巴卡依高喊的方向走去。

两巧绕蒙冤发誓

巴卡依十分高兴，来到赛麦台依跟前，赛麦台依没有向他请安，却无理地大声叫喊："大伯啊，你真是了不起的好汉，你为什么指使坎巧绕偷走我的塔依布茹勒马？你让我徒步走了好几天，为何让我受这样的磨难！"赛麦台依的话还没有说完，古里巧绕来到他们跟前，赛麦台依见了古里巧绕又破着嗓门大叫大喊："古里巧绕，我还要和你算账！"赛麦台依变得像催命的魔鬼，就像要把血当水喝，又像要把毒汁当蜜喝似的疯狂。

古里巧绕是个有智慧的人，办起事来十分妥当。他看到赛麦台依的模样，耐心劝慰赛麦台依："亲爱的大哥，是你丢失了骏马，是你被卡拉库勒蒙骗。如果把你上当受骗的事说出去，世人都会讥笑揶揄你，让你脸面无光。会说玛纳斯的儿子赛麦台依让人骗走了坐骑，自己徒步游逛，你误以为没有与我们商量独自出去，我们就拉走了你的坐骑，这只是你自己的猜想。倘若不是巴卡依大伯及时赶来，你会死在无名之辈手里。你明明看清了这些事实，却说出这样没有道理的话。我们从波孜别勒狩猎归来，得知你一人出走很久，大家都焦灼不安。我们一天之内翻越五座大山，穿越危险地段，在凯铁奇河滩发现了塔依布茹勒马的蹄印，我们心中更加不安，山上山下分头跟踪追寻。我听到巴卡依大伯的呼喊，驱马来到这个草滩，又听到坎巧绕勇士的呐喊，估计他已取下敌人的性命。"古里巧绕费了不少口舌，赛麦台依仍然怒气难消，固执己见。古里巧绕百般无奈，在汗王面前起誓："我们英明的汗王呀，如果我的话有半点虚假，让闪光的太阳把我惩罚，让漆黑的夜晚把我惩罚！我们尊敬的汗王呀，如果我对你有半点坏心眼，就让圣人玛纳斯的白色陵墓把我惩罚！就让我吃过的卡妮凯的乳汁把我惩罚！就让父亲射击敌人的阿克凯勒铁火枪的子弹把我惩罚！我情同手足的大哥呀，如果我对你存有二心，就让刺伤过无数敌人、吓得敌人胆战心惊的矛枪尖头把我惩罚！就让父亲留下的月牙斧的利刃把我惩罚！我同食母乳血肉相连的大哥呀，如果我对你背信弃义，让你说过的所有忠告把我惩罚！就让从阿拉阔勒湖中驮来的食盐把我惩罚！"古里巧绕痛心疾首地发誓，赛麦台依还是两眼喷射出怒火，把布勒杜尔逊战鞭紧紧握在手中。就在这个时候，坎巧绕提着卡拉库勒的首级走到赛麦台依面前："汗王啊，请接受这件厚礼！这是卡拉库勒的头颅。"赛麦台依见了坎巧绕，更加愤怒，连声训斥："说什么卡拉库勒的头颅，你还要欺骗我到什么时候?! 如果他真的是卡拉库勒，你为何不给我抓来活的? 你还在明目张胆地欺骗我，你以为我幼稚不明事理!"赛麦台依越发愤怒。坎巧绕勇士暗自寻思："该说的话还是要说，难道他把我吃了不成!"于是他鼓足勇气大胆宣泄自己心中的积怨："无论什么时候，你总是对我们心存怀疑，难道我和古里巧绕曾对你使用过阴谋诡计? 如果没有我们两个勇士，就在青阔交骑着黑花马对你放冷箭的那一天，你就被他射死了! 空吾尔巴依从远方来把你死死围困在城里，还是我们两个突围去救你。十来岁的我们，从小就把生命交给了你，我们做的每一件事情，哪一件不是为了你! 哪一件不是为了你的天下! 如果你不相信我们，如果你看不到我们的功劳，那我们跟在你身边又干什么呢? 我为什么要杀死卡拉库勒? 与其受你的这种折磨，还不如和他结盟起誓一起到康阿依去，大哥啊，我们都吮吸过卡妮凯母亲的乳汁，和你是同乳兄弟，甘愿为你肝脑涂地。如果我们对你做了坏事，就让生长草木的大地惩罚我们，就让头顶的蓝天惩罚我们，就让大河大湖惩罚我们，就让荒凉无人的沙漠惩罚我们! 如果我们对你怀有歹意，就让铺满大地的野草惩罚我们，就让照亮黑夜的月亮惩罚我们，就让大地变绿的雨雪惩罚我们，就让作为父亲的阿拉套山惩罚我们! 如果我们对你说了假话，就让展翅飞在蓝天的白天鹅惩罚我们，就让甘甜的糖和蜜惩罚我们，就让醇香的马奶和酽茶惩罚我们！你今天所说的话是非不分，皂白不辨，叫我们多么伤心！你受了卡拉库勒的蒙蔽，怎么就不想想自己的过失？你为何逼得我们再三向你发誓！我们与其这样委屈地活下去，还不如把自己的小命给你。我们的英雄玛纳斯已去，戴白毡帽的柯尔克孜却依然永生。即使你杀了我和古里巧绕也无损于伟大的柯尔克孜人民。即使我们含冤忍辱地死去，我们的冤情总有一天会澄清。"

坎巧绕说得声泪俱下，巴卡依听了也动了真情，银白的胡须不停地颤动，他生气地质问赛麦台依："赛麦台依啊，你为什么让两位勇士这样伤心？当年远征别依京的途中，阿勒曼别特和色尔哈克驱赶卡拉库勒看管的马群，卡拉库勒跳入河中侥幸逃生。我们进驻边别依京的时候，我还见过他，因此我认识卡拉库勒，难道你连我的话都不信吗？你受了卡拉库勒的蒙骗，你为什么不看看自己的毛病！我英明的汗王呀，你要知道，从娘胎里出来睁开眼睛，人与人一样平等！你自己有错，不应该任意训斥两个年轻后生。赛麦台依啊，你的作为也让我失望痛心。我明明住在你的领地，你出门时，对我这个老朽也未招呼一声，你对我也视而不见，你如此目中无人！"巴卡依说着话跨上坐骑怒气冲冲地策马："我走啦！去塔拉斯！我要去拜谒玛纳斯的陵墓，我要连夜赶往塔拉斯！"

赛麦台依此时才如梦初醒，自感惭愧，他抓住巴卡依坐骑的缰绳，苦苦地哀求："我亲爱的巴卡依大伯啊，您对我生气完全是对的！请您听我细说分明。那一天，我在恰绮凯的宫帐，突然来了两个柯尔克孜族人，说他们住在哈萨克族人的牧村，向我禀报了哈萨克举部搬迁的消息。我十分焦急，为了探查哈萨克族人的情况，我什么也顾不得，立刻上马动身，因此没有及时告诉您。当我来到库依茹克吐的时候，我把塔依布茹勒拴在岩石上，就在野外昏沉地进入梦乡。等一觉醒来塔依布茹勒马却不见了，我爬上山冈看见塔依布茹勒马和另一匹马在对面的山梁，我猜想古里巧绕和坎巧绕得知我只身远行，沿着马蹄的踪迹把我追寻，可能是这两个家伙跟我开玩笑，故意割断了我的马缰绳，我就高喊想让他们把塔依布茹勒马给我牵来！我喊过后，对面出现的一个人很像坎巧绕，只见他丢下另一匹马，骑上我的塔依布茹勒马跑走不见踪影。我徒步赶到跟前，就见到这匹黑褐色母马，马的鞍具和披挂全是卡勒玛克式样，我仍然以为这是坎巧绕从卡勒玛克人手中夺来的马，他正在跟我闹着玩，如果是敌人，早就会在我睡觉时把我杀死。我骑着黑褐色母马跟着那忽隐忽现的人影，我想只要跟着他走，他会把我领回住地。整整走了三天时间，来到萨热阿尔卡达坂，我走得实在不耐烦，想打死这个坏蛋，当我从肩上取下枪的时候，前边的人却向我高声大喊，说他是坎巧绕，是巴卡依和古里巧绕派他来的。因巴卡依听到一个噩讯，听说哈萨克族人往西别尔搬迁，阿孜蒙开之子凯日木拜把哈萨克族人引诱哄骗，他渡海去佳番请来克孜勒乌尤克的四万雄兵，还请来了涅斯卡拉之子玛德罕，他们和哈萨克族人一起准备向塔拉斯宣战。听了这个消息，巴卡依和古里巧绕商谈，派他来这里找我。他们担心我不相信这些话，就让他先牵回塔依布茹勒神驹，逼迫我返回。那人说完话又骑上塔依布茹勒马走了，还说在塔拉斯相见。他说得头头是道，说话的声音从远处听了似乎就是坎巧绕，我就这样轻信了他。连续几天马不停蹄，这匹母马已筋疲力尽，我只好牵着它又走了两天两夜的路程，走到这里已临近黄昏，隐约发觉后边一个骑马的人朝我走来，这时突然响起高喊'玛纳斯'的口号，我听清这是大伯您的声音，知道您亲自前来，这喊声是在提醒我，叫我不要漫不经心。当我醒悟的时候，那个人影也不见了，我对两个勇士生气，就是这个原因。尊敬的大伯啊，您是我的救命恩人，又是我的福星，当年加克普给我下了毒药，是您拯救了我的性命。这次我险遭敌人的毒手，又是您第二次救了我的命。大伯，如果您这样离开我，等于说我背叛了玛纳斯的英灵！"赛麦台依说得十分悲伤，他面对巴卡依老人和两位勇士，内心充满羞愧，悔恨难当，"我也不该责怪两位勇士，逼得他们向我反复发誓，我真不该降生在这个人间。"

机警的巴卡依老人看穿古里巧绕还有说出冷言冷语的心思，便抢先说道："孩子啊，不要作践自己，你们在荒野上争执了半天，难道还有什么话没有说完？我们还有更重要的事情要办，卡拉库勒对赛麦台依所说的话，全是实情不是虚假，我们要尽快赶到凯铁奇河滩。"

巴卡依吩咐完毕，勇士们骑马驰向凯铁奇河滩。

御敌千里

赛麦台依、巴卡依、古里巧绕和坎巧绕快马加鞭，用煮一顿饭的工夫走完了一天的路程。当天夜里就来到凯铁奇的草地下马休息。坎巧绕借着月光从觅食的马群中挑来空胎母马宰杀，古里巧绕挖好地灶架好大铁锅。两位勇士把马肉放入锅中文火炖煮，在大锅中来回翻动，不让一块肉夹生。他们将煮熟的马肉端到正在闲聊的巴卡依和赛麦台依面前，当天色快要蒙蒙发亮时，他们四个人把马肉全部一扫而空。之后，他们将卸鞍吃草的坐骑一匹匹牵回鞴鞍。

当他们正在忙碌时，一位骑着黑花骏马的彪形大汉从远处走来，快到面前时又突然掉头，早就看得清清楚楚的坎巧绕唰地跃上坐骑瞬间逮住了欲逃走的壮汉。

这个骑着黑花骏马的壮汉是来自哈萨克人那里的信

使，古里巧绕站出来向壮汉问话，来人并未回答古里巧绕的盘问，却反问古里巧绕："请先告诉我你的大名，我才肯道明自己的来历。如果不告诉我你究竟是谁，哪怕你把我当即活埋，我也不告诉你们我知道的秘密！"古里巧绕说明了自己的姓名身份，那人将古里巧绕上下打量，把站在一旁的三个人瞅了半天，说道："那他们就是前辈巴卡依，雄狮赛麦台依和勇士坎巧绕，我从前没有见过你们，可听说过，我看和阿克艾尔凯绮说得差不多！"一听到阿克艾尔凯琦的名字，古里巧绕急不可耐地问道："阿克艾尔凯绮是我的姨母，快说她怎么样了？"那人这才说出他的来历："我的名字叫莫勒朵库都尔，八天前从库尔普勒代克河的交汇处出发，是阿克艾尔凯绮派我到塔拉斯给你们送信。"莫勒朵库都尔立刻坐下，脱下马靴从鞋垫下面拿出一封信，直接把信呈给了巴卡依，信是用卡勒玛克文写成，巴卡依让古里巧绕读信，古里巧绕看完信，会心地微微一笑，讲述了信的内容。信中说，凯日木拜趁阿克艾尔凯绮去布哈拉之际，将哈萨克族百姓四处驱赶，阿克艾尔凯绮回来后了解了事情的真相。乌买托依上当受骗，也把两万金币捐给了凯日木拜。凯日木拜拿着哈萨克人的钱财四处联络，他已从佳番借兵四万，请来巨人克孜勒乌尤克助战，他还从康阿依招募十万人马，请来大力士玛德罕帮助。哈萨克人也备了一万人马，他们想一举踏平塔拉斯。估计十天之内，入侵大军就会倾巢出动。讲完信的内容，古里巧绕激动地说道："我们应该立即跃马挺枪，不等他们从家门动身，就给他们一个措手不及，原地消灭入侵者！"坎巧绕接上话茬："古里巧绕言之有理，不能让入侵者踏入故乡，我们要御敌于家门外。我们现在应该派莫勒朵库都尔送信，通知交达尔别西姆、加勒格再克火速赶来随我们出征。让巴依塔依拉克留守塔拉斯，不知道这些想法是否妥当？"

听了两位勇士的一番言语，赛麦台依没有说话，因为他已经上当受骗过一次，不能轻易表态。这个时候，巴卡依发表意见："两位巧绕的所言所语充满了智慧和勇气，他们的计谋我完全赞同，但我们不能忘记节迪盖尔的克依孜巴依英雄和节孜坎皮尔的七个儿子，我认为应该让阿依曲莱克给他们送信，让这些英雄来到战场上显一显威风。我们还要给浩罕的森其别克、凯特曼朵别城的凯尔阔库勒的儿子、布哈拉的依斯马依勒汗王、恰依曲依和尚卡依人送信，通知他们率领大军火速前来。我们要从塔拉斯的柯尔克孜人中再挑选五千精兵强将，只要赛麦台依觉得合适，我们将要调集十万兵马。"巴卡依讲完话抬头环顾，随后捋着胡须坐了下来。

这时，赛麦台依已思考半天，他终于开口说道："你们刚才的话语都很精辟，我想讲出我的盘算，不知你们能不能赞成。我总是单枪匹马与强敌拼杀，从未依赖千军万马，父老乡亲称我们是男子汉，称我们是汗王，如果我们不能为百姓承担灾难，不能为民分忧，那我们还算什么英雄好汉！还有什么脸面自称汗王！如果你们胆怯害怕，你们就留在这里等待，就让我独自一人前去征战！"赛麦台依的话音刚落，古里巧绕心急如焚地起身说道："大哥所讲的话有道理！我估计敌人不等我们通知那些勇士，不等那些英雄好汉会合，就会率领十万大军蜂拥而至！在我们的大队人马集合之前，照样会踏平百姓的毡房！再说节迪盖尔人、布哈拉人、恰依曲依和尚卡依人绝不会到我们这里来，他们将逃避远离我们而去。我在此完全赞成大哥的意见，我们与其等候克孜勒乌尤克和玛德罕出动，还不如跨马出征，主动找强敌较量。阿克艾尔凯绮的信中没有提到空吾尔巴依的名字，只要空吾尔巴依袖手旁观，其他家伙还能成何气候？若空吾尔巴依参与进来，我们再召集各路人马共同御敌。眼下空吾尔巴依没有参与，不必招兵买马集结军队，更不必向外部求助援兵，不要给百姓制造恐慌和负担。卡拉库勒死亡的消息，千万不要让空吾尔巴依知道。让莫勒朵库都尔挑选五个人来监视卡拉库勒马群的动静，我们不要在这里错失良机，一定要争分夺秒立即出击。"

大家都同意赛麦台依和古里巧绕的主张，安排莫勒朵库都尔去监视卡勒玛克人的马群，四位英雄朝着库尔普勒代克河的交汇处进发。

四位盖世英雄义无反顾勇往直前，绕过巍峨险峻的大英干山，疾速行进了八天，在正午艳阳高照的时刻来到一座山口休息，向山下眺望。就在这时有一个男孩领着猎犬，背着猎夹，扛着猎枪，突然出现在山坡上，他一见到这四位英雄，呆呆地立在原地，好似一座石刻的雕像。古里巧绕挥手召唤，那惊慌失措的少年猎手才拔腿跑过来。这时坎巧绕认出了他："快过来呀，杰恩拜！你为什么来到这里？在玉其卡尔克拉的丘陵总是有五六个侍从跟随在你左右，今日你却如此狼狈，在这荒山野岭转悠。兄弟，究竟发生了什么事情？来吧，坐下说话。"听罢坎巧绕的问话，早已疲惫不堪的杰恩拜热泪盈眶，有幸与勇士们相逢，他倍感亲切又十分激动。赛麦台依用眼角瞥视着杰恩拜，问坎巧绕道："坎巧绕啊，这位杰恩拜和你是否很熟，他来自哪个部落？"不等坎巧绕回答，杰恩拜自己做了介绍："我的名字叫杰恩拜，出生在哈萨克部落，是阿依萨勒肯的外孙，也是加木格尔奇外甥的外甥。舅舅赛麦台依，你怎么不认识自己的外甥？我与坎巧绕和古里巧绕从孩童时一同玩耍，一道玩羊拐骨长大。当年他们来巩乃斯狩猎，在我家住了好长时间。我往常在巩乃斯过冬，夏季在特克斯的阴坡避暑，独来独往地自由生活。可是从去年夏天开始，我失去了自由生活。去年冬天我没有前往巩乃斯过冬，而到卡尔克拉草原的丘陵扎帐，放鹰猎捕狐狸，猎鹰停飞，春季悄然来临的时候，哈萨克民众在卡尔克拉集会，凯日木拜指挥着比官们强行搬迁。我也被迫用公驼驮上所有的家当，和他们一起行走两个月来到阿姆尔河畔，在大英干山脚下库尔普勒代克河的交汇处住了下来。他们怀疑我会逃跑，安排了两户邻居监视我。乌买托依和凯日木拜又集结了所有民众，向富豪们摊派了金银珠宝，从我手中也牵走了八峰强壮的公驼，连驼鞍驼垫一道抢去。他们的驼鞍驮垫不够用，把我的毡房盖毡也揭去当驮垫，拿走了我所有的绳索，我的两匹骏马也成为他们的坐骑，我就像冻僵了的蛇，被抛在了这荒山野岭。无奈之下，我为了养家糊口，徒步打猎。今年初春，乌买托依和凯日木拜请来了克孜勒乌尤克巨人，洪峰般涌来了四万大军，为招待和供给这些人马，当地百姓苦不堪言！他们还嫌克孜勒乌尤克人马少，又从康阿依请来了玛德罕，他身后跟随的人马就有十万，乌买托依和凯日木拜从哈萨克人中强行征兵，也将人数凑够一万。他们再过三日即将出发，由此向塔拉斯进军！可怜的莫勒朵库都尔，曾经是我日夜相伴的邻居，阿克艾尔凯绮从布哈拉娘家回来，见这里情况不妙，便派他去给你们传递消息。他黑夜出发没有人知道，如果被凯日木拜他们发现定会派兵追击。吸血鬼似的克孜勒乌尤克巨魔，身材高大像座山，如果与任何一方交手，他会将对方撕成两半。那凶悍的玛德罕，身材不算太高，可世界上从没有人像他那样粗壮，他酷似凶猛的野公猪，青面獠牙十分恐怖。他额头上长着一只独眼，颜色就像污浊的湖面，他骑的是一头青色犀牛，鼻梁上端长着一支尖利的独角，它有发起进攻的习性，比它的主人更加凶猛。面对潮水般涌来的十五万大军，面对心如铁石的两个恶魔，只有四位英雄前来应战，我想你们大概无力抗衡，我建议你们立刻掉头返回塔拉斯，召集大量的精锐兵马，再与恶魔们决一死战。只有那样才有可能全歼顽敌，否则你们将可能有来无回离开人间。如果你们不信，我来讲一下我目睹的事情。

克孜勒乌尤克毡房旁边有一座岩石山包，这个恶魔悠闲寂寞，呼啸着抡起他的大头锤朝着山包猛地一砸，那山包瞬间变成粉末四处飞射，眼前出现了一个深深的大坑。玛德罕面对此景感到嫉妒和不服，他望着对面高耸入云的雪峰下隆起的一块巨大岩石，嘟嘟囔囔地指给了那头犀牛，犀牛顿时刨地怒吼，径直狂奔过去猛力一顶，将那巨石挑在独角上，掀翻在了山峰脚下。玛德罕显示了自己犀牛的力量，十分得意发出狂笑。接着跨上那头犀牛，手持战斧傲气十足，他一声怒吼，整个阿依勒万分惊恐。狂妄的玛德罕侧着身，挥舞手中的战斧向山峰劈去，被战斧劈中的山峰不知飞向何方。从此这里被称为巴勒塔别勒山梁（被战斧劈平的山梁）。我把所见所闻都告诉了你们，究竟该怎么办，全由你们来决定。让我们来向玛纳斯的灵魂祈祷，愿先辈的灵魂时刻保佑我们，我现在回家去领着老婆和两个孩子，背上家里的锅碗瓢盆，趁着黑夜赶回来，别的事我无能为力，但架锅烧茶做饭还能承担。"杰恩拜讲到这里停了下来。

听完杰恩拜这长长的一番话，赛麦台依开口发话："杰恩拜，我可爱的外甥，我相信你说的话都是事实。你现在快点回家，你瞧那前方的山梁，看那平川后面隆起的山丘，明天带着你的孩子赶到那里，和我们见面后你们就离开这个地方，去哪里你可以自由选择，去巩乃斯也行，去塔拉斯也行。如果你想到平静的地方去，你就举家搬迁到纳仁，加勒格再克在那里，他会尊重你，会安排好你的生活，你想好了告诉我，我要给你写好安排的信件，好让你在那里安居乐业。"杰恩拜听后激动万分："我亲爱的汗王舅舅，您不让我留下，尽快离开这里，您是真心实意地爱护我，担心我的老婆孩子在战乱中丢掉性命，我对您感激不尽。您如果写信给我，就让我去特克斯吧，特克斯北面是库勒加，南面是托恩和伊塞克湖，西面是巍峨的穆扎尔特，东面是阔什吉勒尕。那里野生的果实很多，漫山遍野都是树木森林，不用挖渠灌溉，只要播种就会有收获。如果您开恩将库勒加赠给我，我一定会把那里经营好。"赛麦台依接受了他的恳求，详细地写下了凭据，那特克斯下游的草原，"杰恩拜加依罗"的地名流传至今。

杰恩拜离开之后，四位英雄赶到约定的地点。坎巧绕和古里巧绕请求趁夜色袭击敌营，赛麦台依没有答应，他要按照打仗的规矩，插旗对阵，正面较量。第二天，大地慢慢揭开了夜幕，赛麦台依匆匆登上山梁观察四面的地形："这里是否有可拼杀的战场，是否有合适的有利地形，让祖辈相传的战旗在这里高高飘扬。"山沟里已挤满了密密麻麻的敌兵。眼前众多的军队令赛麦台依惊讶，也让他心中暗自庆幸，趁着敌人尚未开往塔拉斯，在这里摆开战场歼灭敌军，正是最理想的选择。他当即呼喊坎巧绕，把巴卡依带来的战旗扛到对面的山冈高高地竖起。

赛麦台依回来时，见巴卡依还躺在那里沉睡，好似就睡在他的塔拉斯，好像任何事情都没有发生。一代英豪老前辈临阵不乱，沉着冷静的英雄气概令赛麦台依十分敬仰。

勾心斗角

心怀鬼胎的凯日木拜心怦怦地跳个不停，直到天亮都无法入睡。当晨光照亮毡房时，无法安睡的他匆匆起了床，当他把外套披在肩上，耷拉着两条长袖站在门前时，行色匆匆的杰恩拜已收拾好东西准备离开，正好从他眼前晃过。

"你这段时间去了哪里？杰恩拜，天还没亮为何如此匆忙？你和那莫勒多库都尔近来忙碌着不守本分，你们究竟在搞什么鬼名堂？从今天起不许你扛着枪、带着猎犬上山打猎。老老实实地待在家里，不要到处乱窜鬼鬼祟祟。你若不肯安分守己，就不会有好下场！我若令人用皮鞭抽打你，那就是你自找的祸殃。你这么早就拎着黑口袋跑出来，到底要去什么地方？"凯日木拜如此无端训斥，不容杰恩拜低声解释，依然怒目逼视。他偶然回头一望，在半天行程外的山坡上那金边的红色战旗忽然闪现在眼前。那面战旗让他望而生畏，他无心再向杰恩拜说话，惊慌地转过头溜进毡房，拿来千里眼对着战旗方向不停地扭来转去，仔细观察认出那是英雄玛纳斯的红色战旗。蛮横无理的凯日木拜顿时魂不附体，在一旁留心观察的杰恩拜走到自己的家门口又转回身，撒腿跑到凯日木拜面前，喘着粗气说道："哎呀呀，凯日木拜，我的精英，你举着千里眼如此专注，我看你心急如焚无法平静，你不告诉我为什么也不要紧，可我要把看到的事情毫无保留地讲给你听。就在昨日正午时分，当我背着沉重的猎物准备返回阿依勒的时候，在荒山野岭上看见了四个人，这四个人威武雄壮令人敬畏。我正想撒腿逃跑，可惜被他们发现，有一个人骑马跑到我身边，一开口就问我是什么人，我急中生智想出对策，跟他哇哇乱叫，比画示意我是哑巴，他们无可奈何只好放我走。我好不容易逃回家已经是深更半夜，心急如焚一夜未眠，天不亮就匆忙起床，急不可耐地来拜见你，就是想及时禀报消息，谁知道我刚刚赶到你身边，你却不问青红皂白，劈头盖脸地破口大骂，我被你的威严惊吓，便转身回家。回去后还是不忍心走进家门，这才又来到你面前，你见到那遥远的旗帜就恐慌不安，昨天我见到他们却没有被吓死，相比之下我是命大福大！"杰恩拜趁机讽刺挖苦凯日木拜，但话语中不留任何破绽。他见凯日木拜仍然心事重重沉默不语，装着自讨没趣的样子说："尊敬的凯日木拜，好吧，你不说话，我就自做主张啦，但求你告诉你的卫士，我再次来你家的时候，让他不要阻拦我，就说是你让我去刺探敌人的情报，晚上回来我再向你汇报敌情。"聪明过人的杰恩拜离开凯日木拜时留下了宽松的保障和退路。

凯日木拜心慌意乱，无法同往常一样舒心开怀，无法舒适地饮茶吃早餐、用心享用炒肉和肥油。他匆忙进了家门抓起干馕啃了两口，便急不可耐地跨出家门，朝乌买托依家奔去。

乌买托依两手枕在后脑勺，正仰脸躺着，好像在梦中未醒。此时凯日木拜闯进来大声吼叫："喂，乌买托依，乌买托依，此时你为何还躺着不起？那残暴的赛麦台依好像已经悄悄赶来，我心跳不止，十分担心。我突然发现在阔克塔拉草场的山冈上飘扬着一面旗帜，我用千里眼仔细观察，认出了那面旗子是玛纳斯留下的战旗。杰恩拜告诉我，他昨天中午遇到了四个陌生汉子，来自遥远的地方。我匆忙来找你，就是为了这个事。"听了凯日木拜的话语，乌买托依马上从褥垫上跳起，和凯日木拜一起朝玛德罕的营帐赶去。

两人都耷拉着脑袋，低头走进了玛德罕的大帐。那傲气十足的玛德罕懒洋洋地还没起床，一见到他俩就开口问道："凯日木拜，乌买托依，人们还未起床，你们就赶到这里，有何要紧的事如此着急？"凯日木拜急忙上前禀报："英雄啊，我心中有事心神不安，才来到您面前。在南面的一座山冈，我无意中发现一面旗帜，我拿千里眼观察认出是玛纳斯的战旗，赛麦台依好像已经赶来。我们的行动他好像都知道了，他似乎率领招募的千军万马，好像锋芒毕露势不可挡，可是战旗已经高高地竖起，却不见人马，这一点我感觉特别奇怪。我把所闻所见已告知您，克孜勒乌尤克大力士那里，我也得去通风报信。"凯日木拜说完话正要起身离开时，玛德罕突然大声吼叫将他制止："克孜勒乌尤克那里，你不必亲自去阿谀奉承，我叫传令兵去送信，让他立即到我这里来！"玛德罕说着瞪了凯日木拜一眼，便令一名手下去传唤克孜勒乌尤克。

那粗大蛮横的巨魔克孜勒乌尤克接到玛德罕议事的邀请，对传令兵发火："我可不到他那里去，我怎能让他来指挥，如果玛德罕有事要商量，让他自己来找我！"他嘴里这样说着，却慢腾腾地站起来向前挪动，跟着传令兵来到半路，一屁股坐在路边再也不起来了。那传令兵急忙跑回去向玛德罕禀报，玛德罕和凯日木拜、乌买托依无奈，只好前往克孜勒乌尤克身边。

当他们这样折腾时，四位英雄已登上高峰，汗王赛麦台依与众不同，他没有把敌军放在眼里，他用千里眼观察着山水地貌、水草情况；阿勒曼别特之子古里巧绕注视前方，细心观察估算着铺天盖地的人马；巴卡依举着千里眼张望，四处寻找可以开战的沙场，心想前方的原野很适合勇士们一马当先，杀入阵地单打独斗，而英雄楚瓦克之子坎巧绕把千里眼对准着阿依勒。这四位勇士席地而坐，一起谋划战场上的分工。当又一次举起千里眼时，那克孜勒乌尤克和玛德罕巨大的身影进入他们的视野，让他们感到惊讶。相比之下，乌买托依和凯日木拜无精打采地坐在两个巨人身边，像得了黄疸病般萎靡。

当玛德罕、凯日木拜和乌买托依赶到克孜勒乌尤克的面前时，克孜勒乌尤克自高自大，愤愤不平地开口说话："我刚起床还没吃饭，你们就派人来传唤，喂，无能的玛德罕，你康阿依人虽然有几万大军，但你的军队是招募来的乌合之众，他们是否已不听你的调遣？是否窝里斗发生内讧？你们一大清早就慌作一团，到底为了什么事情如此着急？"听了这样的问话，玛德罕也气愤地回话："来自佳番的克孜勒乌尤克，你可不要在此妄自尊大，如果我的人马发生内讧，我根本不会来向你求援！在南面的高山上忽然插上了一面旗帜，凯日木拜一早发现，然后急忙去找我，哈萨克族人十分熟悉，这是英雄玛纳斯传下来的战旗，柯尔克孜族人无论走到哪里都高举着它。今日这面大旗插到了我们面前，难道你还能安心吃饭睡觉？我们就是为了这个事派人把你邀请，心想大家来共同商量。"

听完这个话，克孜勒乌尤克巨怪沉思片刻又口出狂言："既然赛麦台依自己送上门来，就不用我们再辛苦去塔拉斯，就让我在这里结果了他！到时候你玛德罕可别争名夺利！凯日木拜你做了不少事情，我想派你去塔拉斯坐上汗王宝座。让乌买托依作为哈萨克族人的汗王重返阿拉木图，玛纳斯留下的全部财宝归我，今日我让军队做好准备，明天就要投入战斗。当然也不会让你玛德罕空着两手，我会从战利品中给一点小意思让你分享！"克孜勒乌尤克高叫着，贪得无厌地站立在一边。

　　面对克孜勒乌尤克的狂言狂语，玛德罕气愤难忍，满嘴獠牙咔嗒作响："赛麦台依自己送上门来，必须由我先上阵迎战，在我之前谁也休想抢先，有我在此，狂妄的克孜勒乌尤克你妄想抢头功，那简直是白日做梦。再看看站在眼前的凯日木拜，你想立他为塔拉斯汗王，就凭着他那个德行，他哪有做汗王的本事？！你再瞧瞧乌买托依那副模样，他怎能做独霸一地的主人。我将毁灭那所有的对手，夺取他们的塔拉斯。将曾挨打的夏依曼别特扶上塔拉斯的宝座！只要我玛德罕不死，来自佳番的克孜勒乌尤克，金银财宝就没有你的份！乌买托依和凯日木拜两个人就连住房都不会有！在那过去的年代，哈萨克人被卡勒玛克人统治，沦为卡勒玛克的奴仆，是玛纳斯出征，从卡勒玛克人手中解救哈萨克，将他们视为庶民百姓，善待到处受凌辱的哈萨克人。可惜面对英雄玛纳斯，这些人却选择了迫害的手段，他们反对汗王，聚众反叛，连自己百姓的死活都不考虑的人，怎么能让我们称心如意？我就要让康阿依人统治他们，不将所有的哈萨克人变成奴隶我决不善罢甘休。克孜勒乌尤克，你听着，不要说哈萨克，就连你如果胆敢再与我为敌，我也将对你不客气！我年龄只有三十岁左右，我要在天南地北整个大地展示我的本领，这就是我这次出兵的真正目的。不管是谁敢与我作对，我都要踏平他们的领地！"玛德罕滔滔不绝，目空一切，公然面对众人出言不逊。

　　乌买托依和凯日木拜嘟嘟囔囔窃窃私语："玛德罕实

在太狂妄自大，野心勃勃不可一世。如果他真的打败了赛麦台依，我们也会成为他的刀下之鬼，我们以为自己失去了自由幸福，才愚蠢地离开了赛麦台依汗王，我们真不该请来这帮魔鬼。"

此时，克孜勒乌尤克火冒三丈，他怒视着玛德罕，用恶毒又冷酷的声音高喊："等到明天一大清早，在日出前我就出发，亲自去寻找赛麦台依，轻而易举地砍倒他，然后我再找你玛德罕，将你们赶回老家！天底下最美的地方是琼英干和克其英干，是繁衍牲畜的好草原，这里的森林十分茂密，是适合建造城市的地方，从羌白山到脚下的土地，又从这里到阿姆尔，我要建造起五座新的城市，将那被困在孤岛上的佳番人都迁移到这里来居住。如果我不能实现诺言，我就不是人，去见鬼！"

克孜勒乌尤克和玛德罕还未同赛麦台依较量，就为战利品争得不可开交。这时玛德罕心想："我手中有十万大军，无人能与我比高低，那逞强的克孜勒乌尤克想去就让他一马当先。古里巧绕和坎巧绕不论谁应战，克孜勒乌尤克肯定死于他们的手下。等到那个时候，我再杀入沙场，将那些与我交战的家伙，一个不剩全部歼灭。与赛麦台依可能还要周旋一两个回合，但无人能逃脱我的第三招，在任何时候任何地方，绝不让我的诺言落空。我会扶持夏依曼别特成为塔拉斯的汗王。塔拉斯平原粮食满仓，它的群山绿草茂密，再往那边是哈密、卡拉夏尔、别西巴勒克城、阿尔泰、伊犁和特克斯，直到纳仁的广袤土地，就连阿姆尔再往前的地方，全部由我来占领，契丹人和卡勒玛克人都搬迁到这里来，我要牢牢控制住哈萨克人，让他们为我放牧马群。看哪个哈萨克人敢抗拒我的命令，还敢去找克孜勒乌尤克！"玛德罕心里这样盘算。

两个巨人在内部钩心斗角互不相让，想要成为汗王的凯日木拜和黑心肠的乌买托依，面对如此复杂混乱的局面，茫无头绪毫无主张。乌买托依对凯日木拜发泄不满："赤色的黄金，雪一样的白银，全都白白送给了他们，如今眼巴巴地落得个束手无措，难道让我们流离失所？有谁能战胜克孜勒乌尤克和玛德罕！如果赛麦台依真的征服了他们，也不会轻饶我们。你这个恶棍凯日木拜，为了贪图个人利益，给我们带来不幸和灾祸！"当乌买托依这样愤愤不平时，狡猾的凯日木拜也在为自己谋划退路。假若赛麦台依战胜一切，凯日木拜也已为自己设好摆脱困境的退路。

凯日木拜利用走家串户的机会把杰恩拜叫到身边，让他给山上的赛麦台依送去密信，这个无耻的家伙在信中写道："尊贵的百姓之父巴卡依、统帅汗国的汗王赛麦台依、无敌英雄古里巧饶、盖世无双的英雄坎巧饶，我凯日木拜是你们的奴隶，请允许我讲述我的心事。当汗王玉尔毕去世后，空吾尔巴依围困色尔城，赛麦台依汗王要求管辖的各部族出兵支援，给乌买托依写信，通知了哈萨克族人。乌买托依当时年少幼稚，于是我们阿勒木巴依的儿子别尔迪凯率领哈萨克兵马参战，打了胜仗，破除了敌人对色尔城的围困，我们也收到你们的感谢信。我们一直出于对阔克确汗王亡灵的尊重，服从乌买托依的权杖。但是他年轻气盛很轻率，过于自我张扬、不自量力。他下令哈萨克族人搬出现有的草场，强迫人们迁往西别尔。他说我精通语言便命令我把四万金币送往佳番。我从佳番回来后，又让我带上信函去找玛德罕。遵照他的指令，我便召集来所有百姓，准备与你们对抗。这些都不是我凯日木拜的本意或我个人所为。阿克艾尔凯绮夫人当时也不在场，完全不知情。眼下面对你们的到来，克孜勒乌尤克和玛德罕为争夺所谓的战利品争斗得如同乌鸡眼。"凯日木拜还命人即刻宰杀一匹马驹并煮熟马肉，让杰恩拜连信一起带上，送给四位英雄。

杰恩拜在黄昏浓雾的掩护下悄悄离开阿依勒，匆忙来到四位英雄的住地，他打开褡裢口，取出马肉放在餐布上，把书信悄悄地交到赛麦台依手上，便匆匆忙忙地赶回家。

凯日木拜急不可耐，快步奔到杰恩拜的毡房，一见到杰恩拜就喘着粗气发问："杰恩拜英雄，你回来了吗？信件交给他们了吗？肉也送到了吗？他们的住地是不是不太远？一顿饭工夫，你就赶回来了？英雄们有什么话说，快一点告诉我吧！"凯日木拜心急如焚，而杰恩拜却慢条斯理地回了话："你将亲笔信交到我手里，宰杀马驹煮熟肉，驮上走马派我快送去不让任何人发现，我趁着那黄昏浓雾离开了家。那四位英雄刚好聚在一处，我立刻铺开餐布把熟肉摆在餐布上，我被英雄们吃肉的架势惊呆了！我把你写的亲笔信悄悄塞给了赛麦台依。他们的神色还不错，谁也没有说答谢的话。我看他们的弓箭似乎不尽如人意，我所经历的就是这些。"

凯日木拜把杰恩拜当作联络员，三番五次地派他到赛麦台依那里，粗心大意的乌买托依未察觉凯日木拜的秘密。

佳番恶魔有来无回

当大地苏醒天色微亮的时候，克孜勒乌尤克急不可耐地率领四万人马涌出大营，玛德罕带领着十万兵马开往战场，乌买托依和凯日木拜也带领着哈萨克一万人马跟在后面，十五万人马好似天翻地覆席卷大地。经不住他们卷起的阵阵寒风，天空也下起鹅毛大雪。克孜勒乌尤克在竖着玛纳斯战旗对面的高地上也竖起了自己的战旗，大喊大叫行兵布阵。

尊贵的巴卡依的银须和白色斗篷随风飘动，跨马在先，率领三位英雄旋风般地来到敌军阵前。英雄们即将开战。

在佳番的兵马中有位名叫江阔依博斯的英雄，他赶在别人之前要求第一个上阵，他穿着无人见过和听过的各种奇怪服饰，骑着一峰公驼，带着战锤、长矛、长刀，戴着大头盔，背扣着大盾牌，耀武扬威冲到阵前，那身躯酷似一座低矮的山丘。他左奔右突高声呼喊："快来吧，赛麦台依！你还是自己亲自来送死，不要派手下无能之辈上阵，别浪费我的时间，别怠慢了我的刀枪！"面对这家伙的疯狂叫嚣，汗王赛麦台依有些沉不住气，放开马缰就要上前，被坎巧绕拉住。坎巧绕坚定地请求道："若克孜勒乌尤克不上场，你绝不能与他的奴隶对阵！这个家伙只是佳番阵中的一只疯狗，就让我来结果他吧。"汗王巴卡依也同意坎巧绕上阵应战。

坎巧绕与江阔依博斯互相不问姓名，当即展开搏击拼起矛枪，噼里啪啦地你劈我砍，撞击的枪矛迸出火花。他俩互不相让越战越勇，好像要将对手生吞活咽。在此之前江阔依博斯这个家伙采用各种战术和诡计，无情地斩杀过许多英雄。这次他用尽全身的解数，却无法战胜坎巧绕。英雄坎巧绕略施神力，瞅准时机抡起战斧朝着江阔依博斯晃动的头顶劈去。在这冰冷的荒郊野外，无情的死亡降临到江阔依博斯头上。

当疯狂的江阔依博斯丧生后，坎巧绕勇敢地向克孜勒乌尤克挑战。克孜勒乌尤克按捺不住，骑上大象疯狂颠簸着奔向阵前。他身穿八层战袍，从头到脚里里外外都是铁，手中握着银色的长矛，就像卡普卡山般出现在战场中间，似乎是无法忍受他的腾腾杀气，天空中顿时乌云翻滚天昏地暗，只要他眨一下眼睫毛，两眼就喷射出血光，从大嘴里冒着滚滚浓烟。

从不知退缩的坎巧绕，面对穷凶极恶的猛兽，高呼着玛纳斯的威名，手持神矛奔驰而上。克孜勒乌尤克来不及躲闪，坎巧绕飞速朝他的侧肋猛刺而过。大山般的克孜勒乌尤克巨怪，就像被蚊叮虫咬一样没有反应，趁坎巧绕勒缰掉头转身，他挥舞长矛，对准坎巧绕的侧肋猛刺。经验丰富的坎巧绕在马背上歪了一下身又很快稳住，迅速对准克孜勒乌尤克满口獠牙的大嘴猛刺过去，巨魔的一颗獠牙被击飞，愤怒的烈火在巨魔胸口燃起，他紧握手中的长矛，向坎巧绕直冲而来迅猛刺出，坎巧绕无法躲避，胸前坚固的护心镜被击得七零八落，四处飞溅。坎巧绕耳鸣眼花冒了一身冷汗，随即振作精神发起反攻，击中了克孜勒乌尤克的侧胸，刺透了五层金属战袍，剩下的三层未能戳穿。正在兴头上的坎巧绕唰地抽出矛枪，再次猛戳，终于将矛尖沾染上了敌人的鲜血，克孜勒乌尤克巨魔不顾鲜血流淌，朝着坎巧绕的臀部猛扎一矛，把坎巧绕击落在几丈外的草地上，不等坎巧绕爬起来，他操起战斧，想一斧砍下。就在这个万分危急时刻，赛麦台依如同离弦之箭飞速而至，从侧面攻击，击中了恶魔的侧肋，恶魔的战斧未能砍在坎巧绕头上，未等赛麦台依收回矛枪，古里巧绕急速赶来，救出了坎巧绕。赛麦台依面对克孜勒乌尤克这个庞然大物，再次猛击一枪。连续受到两次攻击，克孜勒乌尤克恼羞成怒，当赛麦台依驰过身边时，他用本想砍杀坎巧绕的战斧横面朝赛麦台依的背后猛劈过去。挨了战斧一击，赛麦台依双眼冒着金星，手中的色尔长矛飞落于半里之外。赛麦台依忍着剧烈疼痛，举起了父亲玛纳斯所传的月牙战斧，从擦肩而过的顽敌身后紧追而上，高呼着玛纳斯的威名朝着敌人头顶奋力猛砍。战斧砍中克孜勒乌尤克头盔的刹那间，传来"咔嚓"的巨响，传到有三日行程远的地方。那声音好似天塌地陷，敌军吓得缩成一团。克孜勒乌尤克那个用五层铁铸就并加了纯黄铜的头盔，还有六层厚的盾牌被战斧砸了个粉碎，克孜勒乌尤克并不在乎头上的铁盔，一心想征服这个强悍的对手，他快速把战斧别在腰间，呼地抽出几千斤重的大头锤握在手中，不等赛麦台依转过身，用力猛击其后背，赛麦台依身后的大盾牌顿时被砸了个窝，边沿往外翘起，倒扣在了赛麦台依宽实的背上。那溅起的火花变成腾空的烈焰，落到地面变成一片火海，烟尘四处弥漫。巴卡依、古里巧绕和坎巧绕心急如焚，念念有词，祈祷玛纳斯的在天之灵保佑，忽然狂风呼啸而至，把烟尘吹散，大地恢复了本来面貌，只见赛麦台依豪情依然，手提月牙斧，冲去猛攻克孜勒乌尤克，但他已元气大伤，失去用战斧砍倒巨魔的力量。古里巧绕见状催马疾驰过去，把色尔长矛从巨石中拔出，在巴卡依帮助下迅速递到赛麦台依手中。英雄赛麦台依鼓足勇气向强敌发起冲锋，借战马的冲力对着恶魔暴露的头部猛刺而去，只听到"咔嚓"一声巨响，枪尖顶进了恶魔的颈骨，那大山般的克孜勒乌尤克恶魔终于轰隆一声从大象背上倒下，四位好汉通力合作，把一个世纪才出现一个的巨怪送入了阴曹地府。

赛麦台依挺枪立马，还要向玛德罕挑战，古里巧绕请求把玛德罕让给他，巴卡依说了一句："英雄啊，就让给他吧！"说完牵着赛麦台依的马缰缓步离开了战场。

鏖战库尔普勒代克

克孜勒乌尤克恶魔死后，玛德罕丝毫没有遗憾和内疚："克孜勒乌尤克已经丧生，只有我能征服柯尔克孜人，不能让他们互相联手进攻，我要将他们分割各个击破。"玛德罕心里这样盘算着催动凶猛的青犀牛上阵。

此刻，阿勒曼别特之子古里巧绕抖动着马缰，威风凛凛迎面而上。

玛德罕在两军阵前极力保持大将风范。他就像是前来磋商和谈判的，若无其事地张口向对方问话："你这前来挡道者是谁？快报上你的姓名！你竟敢前来挡我的道，你只有去阴曹地府，你将永远无法重返人间！"

当玛德罕口出狂言时，古里巧绕针锋相对："你既然不知道我的姓和名，为何鬼鬼祟祟上阵来？告诉你我的大名叫古里巧绕，我是阿勒曼别特的儿子。你与我遭遇实在是太不幸了，你能否活着离开这个沙场，今天就很难说！你既然有眼不识对手是谁，我就来让你好好认识认识：那骑着月亮般清澈的雪青马、银须飘动的老前辈就是同雄狮玛纳斯结为生死之交的巴卡依汗。胯下骑着红沙色骏马、体格强壮、神态自若、太阳般红光满面、气度非凡不同寻常的就是举世无双的赛麦台依汗王，他像巨龙腾云驾雾在苍穹飞腾，他让入侵者心惊胆战，他让黎民百姓安居乐业，像你这样的狂妄之徒，我大哥也不屑一顾。那骑上黑花骏马勇往直前的力大无穷的坎巧绕英雄，他面对众敌毫不惊慌，面对强敌从不手软。而你就像被老鼠啃破的褡裢，额头上长着一只独眼，找不到马匹，骑着笨犀牛，还狂妄地自称男子汉！快报上你的姓名和来由，不要在此疯疯癫癫地逞强！"

　　听了古里巧绕的发问，玛德罕放声哈哈大笑，嘴巴张得像地震的裂口，口出狂言豺狗般汪汪乱叫："喂，古里巧绕，你还想知道我的来头，我可以告诉你，今天我让你死个明白！我的大名叫玛德罕，我是康阿依人的首领，我的都城在羌白山。我的父亲是大名鼎鼎的康阿依的汗王涅斯卡拉，曾跟随空吾尔巴依领兵去塔拉斯时被你们杀害。我一直想讨还父亲的血债，每时每刻都在筹备，正好加木格尔奇的儿子夏依曼别特到我面前投诚，向我诉说苦衷，后来又来了哈萨克的凯日木拜，他说柯尔克孜为他带来了灾难，他已经无法再忍受。我认为你们柯尔克孜人不懂得对骨肉同胞的爱护，哪还有什么人情可言！你说到我胯下

的青色犀牛，用千匹骏马我也不换。我骑着它来，就是要
向你们讨还血债。古里巧绕你将进入漆黑的地狱！不要担
忧你在那边孤独，我让赛麦台依和坎巧绕和你做伴！阿昆
汗的宝贝女儿阿依曲莱克是人间无人不晓的美女，我非将
她作为战利品迎娶不可！我非让夏依曼别特来把你的老婆
强娶到手！我要将玛纳斯的陵墓铲除夷为平地！我要让夏
依曼别特在塔拉斯当汗王！我要来一个举部大迁徙，我将
在阔奇阔尔建都城，我要摧毁你们的一切，包括刻在岩石
上的文字和图案！我也要更改那里的地名，让它们彻底变
样！"玛德罕滔滔不绝信口开河，口齿伶俐的古里巧绕自
然也要给予回击："玛德罕，你不要放肆！妄想成为柯尔
克孜人的主宰，你简直是白日做梦，你好像在自找死路！
你死期未到就匆匆赶来，那我只好送你快快上路。玛德罕，
你妄想驱赶柯尔克孜民众，妄想侵占他们的领地，柯尔克
孜人不是软骨头，怎能让魔鬼占领自己的领地！你妄想迎
娶阿依曲莱克，她是我们英明汗王的妻子，你的胡言乱语，
夏依曼别特不可能成为塔拉斯的汗王，只要加木格尔奇还
活在人世，他的逆子绝不敢踏进塔拉斯半步。对于夏依曼
别特的恶行，加木格尔奇绝不会轻饶。柯尔克孜人将山看
作自己的父亲，将水看作自己的母亲，我们永远不会忘记，
父亲的千般呵护，母亲的万般爱惜。那巍峨的天山傲然屹
立，叠嶂的高峰被白雪覆盖，纵横的河流，流淌的不是雪
水而是奶汁，对于自己自由自在繁衍生息的家乡土地，白
毡帽的柯尔克孜族人怎能容忍强盗来践踏，为了保卫家乡

的土地，每一个白毡帽都会献出生命！玛德罕你这个卑贱的奴隶，怎能洞察柯尔克孜族人的胸怀！玛德罕，你对阿拉什人和神圣的天山已经犯下了不可饶恕的罪行。哪怕你再求情告饶，我也绝不会让你活在世间！"

当古里巧绕讲到这里时，玛德罕恼羞成怒暴跳如雷，挥舞着手中的铁矛，催动犀牛，准备进攻。古里巧绕岂能等待，他刚举起矛枪准备迎敌，突然传来停战的锣声。

此时夕阳西斜晚霞满天，天色已晚就要临近黄昏，当玛德罕返回营寨时，佳番的兵士便七嘴八舌："柯尔克孜人杀了我们两员大将，玛德罕却逃回不敢迎战，康阿依人都不愿奋力作战，我们还在这里为谁卖命，与其在他乡枉送性命，倒不如连夜逃回佳番。"佳番兵马乱成一团各自逃跑。别说是否有人会去找回他们，玛德罕和哈萨克人都为佳番人的逃走感到狂喜。

四位英雄吃饱了杰恩拜送来的马肉马肠，喝足了掺着蜂蜜的马奶，畅饮着皮囊里的烈性酒，便舒心地解开腰带，一觉睡到天亮。勇士们的伤口经过巴卡依老人擦洗用药、精心调理，很快被治愈。他们清晨给骏马鞴上马鞍，出发前虔诚地向玛纳斯的英灵祈祷求助。

玛德罕辗转反侧直到天明，古里巧绕的严词责问，像一块巨石压在玛德罕的心上。一清早，他骑上犀牛，吊拿着两条长腿，急不可耐地奔向战场。

四位英雄来到阵前，赛麦台依对身边的勇士未发任何指令，独自奔赴沙场。

　　赛麦台依和玛德罕打了三个回合，用月牙斧把玛德罕的长枪劈成两段。到了第四个回合，玛德罕趁赛麦台依的坐骑塔依布茹勒被缰绳绊住前腿的机会，将赛麦台依击落马背。前来救援的坎巧绕也被击落马下。失去控制狂奔乱跑的犀牛带着玛德罕与巴卡依不期而遇，巴卡依也被击落于地。此时英武超凡的古里巧绕疾呼着玛纳斯的威名，气势威猛地冲了上来，对玛德罕狠狠地刺出了矛枪，玛德罕来不及重新调整好身子，当即从犀牛背上被掀翻在地。可惜古里巧绕胯下的苏尔阔勇神骏下坡时不能回转，怎么样也勒不住嚼口，远远冲过了落地的玛德罕。此时聪明而勇敢的犀牛立刻跑到玛德罕身前，将长角插入玛德罕两腿之间，把他挑在了自己的背上，为主人创造了再战的机会。玛德罕疯狂地逼近赛麦台依身旁，古里巧绕和坎巧绕赶来，轮番攻击玛德罕，赛麦台依趁机跃上塔依布茹勒疾驰而来：“闪开！古里巧绕、坎巧绕，今天我被这恶棍打落马下，是我人生最大的耻辱，为维护父王玛纳斯的尊严，我要与他决一死战，雪洗我人生之耻。”坎巧绕、古里巧绕和巴卡依遵照汗王的命令退出战斗，驰上山头观战。

　　赛麦台依和玛德罕在阔克塔拉展开激战，不顾自己的性命，连续厮杀了两天两夜。赛麦台依一时大意，被玛德罕刺断了胳膊，他不顾刺骨的疼痛，仍与玛德罕激战。见到大哥已经受伤，坎巧绕催动着黑花骏马，高喊着玛纳斯的威名，飞一样直取玛德罕顽凶。当坎巧绕赶到时，赛麦台依便勒转马头离开。坎巧绕像俯冲而下的猎隼般发起了两次猛攻。玛德罕都死里逃生，他迅速调整骑姿，抢先用战斧的横面将坎巧绕击飞到很远的地方。玛德罕不再去理睬坎巧绕，却呼喊着向古里巧绕挑战。

古里巧绕应声像飞箭一样，骑着苏尔阔勇神骏飞驰而至，再次与玛德罕较量，古里巧绕使用手中的千般武器，不论斧锤刀枪，不管上下前后，连续不断地发起猛攻，实在无法把身经百战的玛德罕击下犀牛背。双方打得战袍衣甲都已撕裂，破烂不堪面目全非，勇士的肉搏不断升级，全身上下血肉模糊。时间已经过去两天一夜，他俩势均力敌，难分胜负。苏尔阔勇战马和犀牛已经四腿发软精疲力竭，全身完全耗尽体力，跟跄站立不稳。就在此刻，精明的汗王巴卡依飞驰着赶来开口道："雄狮们，你们已经疲劳，却没完没了地搏击着，不分昼夜地厮杀未歇息，让我们暂且鸣金收兵如何，回去好好休息几天，挑选更好的战甲和武器，选定时日再来会面如何？"巴卡依这样规劝，古里巧绕从内心感到遗憾，闷闷不乐，默不出声，玛德罕却愤愤不平地回答道："赛麦台依和巴卡依，你们当中若有一人落马，另一个立刻上来解围，你们暗中发起突然袭击来取胜，瞧你们布鲁特人[1]如此奸诈，你们怎么不瞧一瞧自己有什么能耐！我决不会就此临阵脱逃，我要将你们毁灭，在人世间清除柯尔克孜之名。在我将你们毁灭之前，先要除掉古里巧绕这个背叛祖宗的祸根！"玛德罕说

---

[1] 布鲁特人：意为高山牧人。是卡勒玛克人对柯尔克孜族人的称谓。

着向后一挥手，康阿依的六十位壮汉送来了武器装备，七手八脚一阵忙乱，为他重新穿戴盔甲战袍，紧扣纽扣和腰带。古里巧绕目睹玛德罕得意扬扬的样子，对巴卡依讲了心里话："我尊贵的巴卡依大伯呀，您看那恶棍的嚣张气焰，让我如何撤离这个战场，看到他得意忘形的样子，我心中怎能忍下这口恶气，我要与他决战到底！亲爱的大伯，我有一事相求，想办法将汗王玛纳斯留下的色尔长矛送到我手上。"古里巧绕坚持要决一死战，巴卡依老人实在无奈，他也只能答应英雄的请求。巴卡依让早就整装待发的坎巧绕飞马驰骋不仅送来了色尔长矛，还送来了衣甲战袍，坎巧绕为古里巧绕整理鞍马与战甲，当色尔长矛一握在手，古里巧绕对着巴卡依和坎巧绕会心一笑。

古里巧绕和玛德罕又投入了激烈交锋，两位英雄顽强战斗互不相让，古里巧绕重创了玛德罕的肩胛，又击中了他肥厚的臀部，差一点将他刺翻在地。玛德罕则击伤了古里巧绕的腋下和侧臀，双方都带着伤不敢轻易接近，中间隔有四箭射程开外，僵持着等待时机。

古里巧绕的伤口流着血，面对力大无穷的玛德罕，自我感觉已经乏力，就在这危急时刻，他两眼积满泪水，沉浸在悲痛之中，举目望向南方，向神灵们默默祈祷着："我那神圣的汗王玛纳斯，您的灵魂若到来该多好！已身居天国的我的父亲阿勒曼别特，我未曾见过您的尊容，您若从天而降该多好！我的父王，您的灵魂是否躲避远离我，是否让我的热血在玛德罕的枪下流淌！您是否想让我终生遗憾！阿克巴勒塔之子楚瓦克汗王，您是否把我视为豪杰的后代，我是否会拥有您的关爱？如今我在此落泪，丑态百出，您的英灵是否会前来助我！如果我在战斗中牺牲，下一个献身的英雄，便是您的儿子我的好兄弟坎巧绕，您怎能袖手旁观，不将代代拯救！雄狮玛纳斯的骨肉同胞色尔哈克，您是否会帮助危难者？若是我和坎巧绕同时阵亡，玛纳斯的儿子赛麦台依还有谁来辅佐，他的前途将会如何？我那大哥正身负重伤，口吐着鲜血，那年迈的巴卡依大伯是否会被玛德罕杀害，众多的阿拉什人无力反抗，是否会遭到入侵者的践踏？加木格尔奇的儿子夏依曼别特已经向康阿依人投降，这无耻的家伙是否会得意忘形？我吸吮过老母亲卡妮凯的乳汁，她是否会被玛德罕残酷摧残？我们的无数个善良的长辈，是否会被他们斩尽杀绝？阿依曲莱克是否会变成天鹅飞回阿昆汗的都城避难，康阿依的大军是否会把城堡包围，逼他们交出阿依曲莱克，阿昆汗的百姓们是否会遭劫难？难道就让布哈拉、玛尔孔朗、塔什干、浩罕和喀什噶尔统统被康阿依人的铁蹄践踏，难道就让那里的英才和有识之士统统被屠杀？富饶美丽的阿拉套养育着自由自在的百姓，阿拉什人世代生息的故土难道就这样落入敌人的手中？世间美丽富饶的天山，条条河谷流淌着乳汁般的河水，入侵者是否会残酷蹂躏百姓，将这里长期霸占？明镜般亮丽的艳阳天，是否会是阴霾一片？我们富饶的故乡是否会被乌云笼罩？在这生死存亡的关头，在这血染沙场的时刻，祈求先辈们的英灵前来相助！”

当古里巧绕悲愤得双眼落着热泪,向先辈们诉说痛苦之时,他胯下的苏尔阔勇神驹突然开口说话:"与其让我失去古里巧绕,与其让我失去阿拉套的青草,与其让我失去尽情欢快的牧场,与其让我沦为敌人的战利品,还不如让我死在英雄的面前。求求您,亲爱的阿克库拉先辈,把我苏尔阔勇一道带入天堂与您做伴!亲爱的阿克库拉的同伴、阿勒曼别特的坐骑萨热阿拉,切莫让我与古里巧绕分开,求您的英灵带我去相伴!壮士楚瓦克的坐骑阔克铁凯,您与阿克库拉平分秋色,您的美名至今相传不衰,求您把我苏尔阔勇也带去吧!那英雄色尔哈克的战骑、出类拔萃的铁勒克孜勒,求您带我去一起安息吧!"苏尔阔勇神驹苦苦哀求着,就像被遗弃的孤儿一般,绝望地痛哭流涕。

英魂助勇士

　　在神驹哭泣的时候，库尔普勒代克河的交汇处正是艳阳高照的中午，突然山崩地裂乌云遮日，整个天地瞬间漆黑一片，那巍峨挺立的阿拉套山此时却弯腰俯首，群山密林一片寂静，鸦雀无声，整个大地像凝固一般。一会儿又狂风呼啸着卷地而起，笼罩的乌云即刻飞散，耸入云霄的山峰又昂起头，西南方向的山峰之巅出现红彤彤的霞光一片。四位英雄豪杰出现在云端，非同寻常的阿克库拉神骏驮着尊神般的巨人玛纳斯，从蓝色的天空来到人间，阿勒曼别特身披青色战袍，骑着萨热阿拉骏马英姿飒爽地紧随其后，接着是骑着阔克铁凯战马、身穿灰色战袍铠甲的勇士楚瓦克和骑着铁勒克孜勒骏马的色尔哈克勇士。这三位勇士面带微笑精神抖擞，与阿依阔勒玛纳斯相随相伴。随着四位英雄的来临，霎时间阳光明媚普照大地，满山遍野

265

草木返青，百花争艳，百鸟齐鸣，大地生机勃勃，春意盎然。玛纳斯等四位英雄好汉并驾齐驱，时急时缓地朝前驰来，敏捷的阿勒曼别特一步登先，单独来到古里巧绕身边，他热泪盈眶无比欣慰，目不转睛地看着儿子。平生第一次面对父亲，古里巧绕却目瞪口呆，阿勒曼别特终于对古里巧绕开口讲话："在世的时候未能见到你，未见过你金光灿烂的容颜，孩子我未能宠爱你，更没有能亲吻你的脸。我虽然身在天国，却时时把你挂念。听到你凄切的哀求，我的心都要碎了。我的儿子呀，那康阿依的玛德罕并不是不可估量的强汉，也不是不可阻挡的洪峰，更不是不可战胜的劲敌。"他急切地把儿子拉到身边，抓了一把儿子的右臂，说："我把右臂的力量给你。"他又抓了一把儿子的左臂，说："我把左臂的力量给你。"他又抚摸了一下儿子的背，说道："世间任何强大的敌人也不能让你的后背着地。孩子啊，不要久留快上阵，那个疯狂的玛德罕气数已尽，你快去为民除害，严惩邪恶，即刻将他打入地狱！如果你连玛德罕都不如的话，再不要称是我的后代！"还未等古里巧绕做出回答，刚才还在眼前的四位英灵已消失得无影无踪。

那康阿依的玛德罕呆若木鸡地看着眼前的情景，不知道是真是假，也不知道是梦是幻，四位英雄的出现让他深感疑惑和不安，当古里巧绕见到先辈之灵，精神焕发信心倍增，按照父亲的教导，就要发起进攻的时候，玛德罕开口问道："古里巧绕，你是魔法师吗？刚才的一幕是不是你故弄玄虚的魔法，如果那幻境中的人是真的，告诉我名字，他们到底是谁？两天前巴卡依劝我们休整两天再来，当时我就是不肯答应他，我在心里想轻而易举地将你掀下马，让你鲜血四溅，没有料到你至今还和我顽强拼搏，我当初如此评头论足：'空吾尔巴依未能把柯尔克孜阿拉什踏平，实在没有本领，我父亲涅斯卡拉抵挡不住柯尔克孜对手的进攻，是一件不可思议的事情，穆拉迪勒是天下有名的败将。'现在看来是我冤枉了他们。"玛德罕道明内心的感受后提出了这样的请求："我们现在休战吧，让我回去休整两天再来好好应战！你若心中不害怕，就让我回去好好填饱肚子，然后杀你个丢盔卸甲，我要直奔塔拉斯将那里彻底毁灭夷为平地！"玛德罕东拉西扯地说这说那，还要看看古里巧绕的胆量有多大。当玛德罕纠缠不休时，巴卡依来到阵前，对古里巧绕说道："喂，小马驹古里巧绕，刚刚才来过这里的英灵对我这样提示：玛德罕还拥有吃一顿饭的阳寿，所以至今还断不了气。我刚才从远处眺望，仔细观察分析，他向你一直苦苦哀求，希望返回军营，你就答应让他回去一趟，吃饱了自然就会来送命，你看怎样，我的英雄？"巴卡依说完退回阵地。

　　古里巧绕接受了巴卡依的劝告，用洪亮的嗓门回答玛德罕的问话和要求："喂，玛德罕你听着，见到雄狮们的身影，你惊恐地不知所措！你问四位英灵是谁，听我一一告诉你，那威武地跨着阿克库拉的是先辈玛纳斯的英灵！他是阿拉什的栋梁，他是白毡帽柯尔克孜族人的保护神，在世时人称阿依阔勒玛纳斯，听到他的威名，恶魔都会魂不附体，心惊胆战，他的身影一旦出现，定会吓死像你这样的浑蛋！与我交谈的魁梧强壮的大汉，神似高山上矫健的雄鹰，是我的亲生父亲阿勒曼别特，多年来只是耳闻未曾亲眼看见，今日我才第一次目睹了父亲的尊颜。他是来自契丹的王子，他不服卡勒玛克人的统治，抛弃繁花似锦的都城，几番周折来到塔拉斯，成为玛纳斯的同伴和高参。阿依阔勒玛纳斯率部远征，我父亲阿勒曼别特担任统帅，把卡勒玛克人赶出了别依京城，他功绩盖世，几天几夜也说不完。那身披灰色战袍铁甲，骑着阔克铁凯战马的是阿克巴勒塔巨人的儿子楚瓦克，与任何对手较量，他从未让对手生还，直到他从容离开人间，始终未失去自己的尊严。手中高举着矛枪，挺立着结实的身板，像敏捷凶猛的雄鹰的是英雄色尔哈克，在边别依京的激战中，他单枪匹马冲进城去，毫不胆怯地英勇搏杀，不愧为久经沙场、身经百战的勇士。显灵的这四位英雄，个个都是翻江倒海的好汉，人人都有撼山震岳的英名。哪怕你是全身铁铸，只要他们轻轻一挥手，你就会被击成粉末。你妄想逃脱降临的死亡，灭你的时机已经到了，玛德罕，我可做到决不食言，我会让你的青色犀牛在死亡路上仍与你做伴，下次我定让你滚下牛背，把你挑在枪尖上，在康阿依、佳番和哈萨克人前巡展。我若不让你返回军营饱餐一顿，你将留下终生遗憾，我也算不上心胸宽广的英雄，最短不少于两天，最长不超过七天，让你尽情地吃饱喝足，然后返回此地，像黑绵羊般来送死!"古里巧绕说完这些,从容而毫无顾虑地下马,松开苏尔阔勇的嚼口,扒下笼头,放了自己的坐骑。

玛德罕骑着青犀牛回到军营,他的侍卫和厨师们手忙脚乱为他准备饭菜。十一头熊,五百只旱獭,十三头牛,一百只羊,再加两峰肥骆驼,被玛德罕一顿吃了个精光。两个磨面房同时运转,源源不断地供应面粉,他在库尔普勒代克河的下游一口气喝断一条河,他浑身大汗冒着热气,从额头流淌的热汗,六个侍卫手脚不停都来不及擦拭干净,就这样他还不停地叫嚷着让人往上端食物,他这样折腾了七天,到了第八天中午时分,才匆匆忙忙地上路。

古里巧绕露宿荒野七昼夜,口中未进一点食物,他从未因饥饿精疲力竭,生来就如烈豹般敏捷强悍,非比常人,一望见玛德罕的身影,他就立刻跃上战马,心想莫让玛德罕死得遗憾,将临死前的挣扎恩赐于他,便来到两军阵前立马挺枪。

玛德罕风驰电掣地奔来,像风箱中喷出的火焰,他气势汹汹似排山倒海,神速又敏捷,凶猛地连续进攻,三次击中了古里巧绕,古里巧绕的护胸镜被击得粉碎,胸部受伤。当玛德罕为自己击中对手而兴奋、擦身而过时,古里巧绕镇定自若,挥舞着玛纳斯留下的色尔长矛,正对着玛德罕的屁股果断快速刺出,大山般强壮的玛德罕撅着屁股从青犀牛背上滚落。古里巧绕说到做到,他勒住缰绳利索地掉转马头,朝着玛德罕的胸口又用力猛扎了一枪,他没有拔出长枪,顺势抽出月牙战斧朝着青犀牛猛力劈砍,青犀牛当场毙命于英雄斧下。古里巧绕迅速转向玛德罕，把色尔长矛戳实扎牢，"噌"的一下挑起玛德罕。古里巧绕加上玛德罕，对苏尔阔勇骏马而言，实在难以承载，为了不辱主人的使命，就是大山压在它身上，它也要稳稳地站立挺住，这回它比前一回更加虔诚地向奔腾的急流和神圣的高山哀求，给它增添勇气和力量，苏尔阔勇马在晃悠中悲泣求助，感动了圣灵雄狮玛纳斯的英灵，他让阿克库拉神骏朝着阿拉套山飞速而行。阿拉套山向阿克卡依普神下达指令，让它同阿克库拉前往相助。阿克卡依普神和阿克库拉立即腾云驾雾般地急驰到库尔普勒代克的出水口，阿克库拉腾空嘶鸣咆哮，阿克卡依普神抚摸着苏尔阔勇，强大的力量传进苏尔阔勇骏马的周身，那密密麻麻的千军万马见此情景目瞪口呆，苏尔阔勇凝聚众神驹的力量，立刻承载起两位大力士急驰奔走。古里巧绕将玛德罕挑在枪尖巡游示众，所有的敌兵下马求饶，纷纷请求英雄们手下留情，英雄们当即安顿各路人马回营等候。

次日，赛麦台依下令召集所有的人马，厉声追问："是谁把佳番和康阿依的人马，带到这里来的？"这时凯日木拜抢先急切地回应，是他受乌买托依的指派，拿着黄金和珠宝去佳番和康阿依，把克孜勒乌尤克和玛德罕请来的，他只不过是完成乌买托依派的差事，这都是乌买托依的罪过。赛麦台依斥责凯日木拜不要胡言乱语，将水搅浑，他当众宣布："康阿依和佳番的众人马，你们是雇佣的军队，是遵照命令来到这里，我不想追究你们的罪过，我立刻放你们踏上各自的归程。你们的马匹盔甲和装备，我也不作为战利品，我不会让你们赤身裸体地徒步而回，我何必要让你们承受这样的折磨。"然后，赛麦台依下令率领军队的将领，还有部落头目出列。

听到出列的命令，那些率领大军的将领和头目心想自己会被处死，吓得失魂落魄，不敢出列，最终觉得无处躲藏，便战战兢兢地走出人群。千人长以上的将领和头目，从康阿依人中出来千名，从佳番人中站出四十名，从哈萨克人中仅出列十名，这些败将被集中领进了原来玛德罕住的营帐。古里巧绕进入营帐准备给他们训话并安排返回事宜，他们看见古里巧绕就惊恐万分，以为末日已经到来。面对败军将领，古里巧绕义正词严地训话道："你们作为首领和将领，伙同克孜勒乌尤克和玛德罕也犯下了罪行，本应立刻下地狱，当两个巨魔先后毙命沙场时，你们没敢摇旗呐喊，也没有敢上去助战，说不定这两个巨魔在自己的领地时就已经让你们厌烦。现在我们就要放了你们，你们可以回家，率领各自的人马从这里消失！你们有多少骑马来的和徒步来的，马上给我报个准确数目！"当古里巧绕讲到这里时，众多佳番人就怨声载道："我们没有马，是徒步来的，来到这里才三个月，刚刚学会骑马，凯日木拜和乌买托依从各自的部落提供了一批良马，克孜勒乌尤克死后，我们当中的许多伙伴骑着这些马溜之大吉，能够保命就是天大的福气，只要能活着回家，我们感激不尽，十分满足，我们不需要再安排马匹！"佳番兵勇的呼声刚落，又有几个康阿依将领和头目七嘴八舌地表达意愿："我们来了十万人马，其中骑马的只有五万，没有坐骑的五万人从哈萨克人那里得到了马匹，我们甘愿还回五万战马，绝无任何怨言，只求饶恕我们，放过我们的性命。"心地善良的古里巧绕答应了他们的请求，不但没有留下他们用的马匹，还将他们的武器装备、贵重物品、钱财和干粮茶叶，一件未留全部归还给兵丁。古里巧绕最后叮嘱他们道："我把武器归还给了你们，千万记住，不要在路途惹是生非，不要自以为是胡作非为。率军的将领们，我已把权力交给了你们，不得让士兵掉队走散，将他们平安带回老家去！"古里巧绕话音刚落，在场的败将们喜出望外，他们感受到柯尔克孜人的仁义和公平，议论纷纷赞不绝口。康阿依和佳番的残兵败将昆虫般密密麻麻地踏上了漫长的归乡之路。

此时阿克艾尔凯绮专程赶来，邀请四位英雄到家里做客。四位英雄好汉结伴而行，前往阿克艾尔凯绮家中。乌买托依见他们到来，不知道他们会怎样处置自己，心中忐忑不安，没想到雄狮赛麦台依利用吃饭喝茶的工夫，召集哈萨克人，当众为乌买托依解释脱罪："他虽然做了一些亲者痛仇者快的错事，但他还是年轻幼稚的孩子，被坏人蒙蔽教唆威逼。现在还谈不上他的什么罪过，就请姨母阿克艾尔凯绮对他进行开导和教训。"赛麦台依表面是指责乌买托依，事实上把所有的谴责和训斥都对准了凯日木拜。他直言不讳地警告凯日木拜："你心眼不正、暗藏杀机，你内心恶毒、两面三刀，瞧你还会招惹许多是非。"

赛麦台依命令哈萨克族人两日之内集结牲畜，立刻做好准备，举部搬迁，前往阿拉木图和阿尔泰，还有名扬四海的萨热阿尔卡，乌买托依正式成为哈萨克族人的汗王。从此他们各自安了家,赛麦台依安顿好所有的哈萨克族人，安慰了姨母阿克艾尔凯绮，他自己也到了返程的时刻。

那奸诈的凯日木拜这回遭到赛麦台依的谴责，便冥思苦想了许多诡计，但又觉得有想法也无能力实现，走投无路末日临近，整天提心吊胆，心神不宁，面黄肌瘦像得了严重的黄疸病。他知道自己的日子不多了，就派人请来乌买托依，倾吐了自己内心的想法，再次对年轻气盛的乌买托依进行教唆和诱骗："我要对你倾吐真情，请你好好倾听我的建议，赛麦台依名义上任你为汗王，但不可能把你视为知心朋友！你也不是不了解他，他一贯我行我素，想干什么就干什么，从来不会和你商量，只因为他离不开母亲卡妮凯，不想得罪阿克艾尔凯绮，所以把你立为汗王，也是为了控制和利用你，今后他不会让你有好结果，记住只要哪次磋商没有叫你，你就跟他们较量到底！"正是恶魔凯日木拜的这些阴谋诡计和别有用心的教唆，为乌买托依的丧命埋下了祸根。

当赛麦台依他们正在准备返程的时候，那个送信的莫勒朵库都尔赶来复命，当他行驰在凯铁奇时，恰巧空吾尔巴依得知卡拉库勒死亡的消息，立刻派出众多彪汉把卡拉库勒管理的马群赶了回去，因此莫勒多库都尔就空手而归了。赛麦台依听完并没有责怪莫勒多库都尔，反而催促其他三位早一点起程，并交代他们必须把凯日木拜一起带走，免得他留在这里惹是生非。

一听说四位英雄明日就起程，并要带自己走，凯日木拜对自己的性命已经完全绝望。他用油搅拌着阔克塔什和库恰拉毒药吞下去。其实赛麦台依早知道他有病，心想他若病情好转，必须带他离开此地，如果病情严重的话，何必要驮运他的尸骨。赛麦台依想着这些，亲自来到凯日木拜家，看他的病情剩下的时光最多不超过黄昏，果然不出赛麦台依所料，在当日中午时分凯日木拜离开了人世。

四位豪杰跨马起程前往塔拉斯，经过阿特巴什与纳仁，安然无恙地回到家里。

姑姑告急

在别特巴克山居住着被世人称为土库曼人的部落，这个部落的首领叫作玛德库勒，他的额头上有一只独眼，长相和性格十分怪异，外号叫作独眼龙。他的身体强壮，力量巨大无人能比，武艺精湛无人能敌。他心狠手辣，十分残忍，一旦心中不快，就要生吞活人解闷消愁，乌茹姆人无可奈何，每年要给他献活人，他吃完人之后才心满意足地摇晃着离开。他向俄罗斯摊派，每年要进献美女给他，他只要见了美女决不放过，首先向女方家索取财富，而后要和人家的姑娘同床共枕，之后便将她吃掉。玛德库勒就是这般残暴的魔鬼。

独眼龙玛德库勒听说住在喀拉卡勒帕克部落的首领卡尔马纳普的妻子卡尔德哈绮长得比仙女还美丽，于是他躺在家里苦想冥思，寻思着缺德的损招："我天生就有用不完的力量，纵观天下无人敢与我较量，财富和美女不会自己从天上掉下来，靠的是勇气和力量去争抢。我要率兵抢占喀拉卡勒帕克部落，将卡尔马纳普的马群全部抢来归我所有，我要把卡尔马纳普漂亮的媳妇抢占！"他既想劫财又想霸女，便招募了五千名亡命之徒，朝着喀拉卡勒帕克的许库尔律方向挺进。

玛德库勒一路浩浩荡荡行进，号声震耳，锣鼓喧天，不知走了多少路，终于抵达了许库尔律。

许库尔律地势平坦，牧草肥美，卡尔马纳普治理下的百姓富裕，不论是豪族还是平民，团结和睦，安居乐业，从来没有被拆散过。

玛德库勒抵达后派信差传话："让卡尔马纳普立刻赶来，抱着我的马镫下跪，老老实实地成为我的奴仆，让他将卡尔德哈绮送来乖乖地做我的小老婆！"

信使来到卡尔马纳普的宫帐，原原本本、一字不落地传达了玛德库勒的原话。卡尔马纳普听罢，火冒三丈，让人叫来他的兄弟卡拉朵巨人，商议应敌之事。卡拉朵巨人却不同意抵抗来犯之敌，他说道："哎，我亲爱的大哥，你说起话来好轻松，玛德库勒可是个吃人的妖魔鬼怪，可能会吸干我们的血，可能会把我们吃个精光，我虽然人称巨人卡拉朵，可从未跨马出过家门，更没有上沙场较量杀敌。他只索要卡尔德哈绮，你何必如此兴师动众，你为何不将老婆给了他，你为何不把财富保护好，你只要保住了汗王的宝座，还会娶个更漂亮的老婆！"卡尔马纳普非常生气地驳斥道："你这浑蛋家伙！简直满口胡言乱语！把老婆当作礼品让给别人，那可丢死人了！我自己也是一条英雄好汉，独眼龙还能把我怎样！"卡尔马纳普竖起战旗召集兵勇，率领全部人马到敌人的必经之路迎战。

　　玛德库勒骑着恰布达尔骏马，来到卡尔马纳普面前厉声喝道："卡尔马纳普就是你吗？快将你的老婆抱到我的马上，如果你舍不得卡尔德哈绮，快过来与我较量！"当怒不可遏的卡尔马纳普挺枪刺向玛德库勒时，玛德库勒把刺来的矛枪一把夺到手上，此刻巨人卡拉朵立即上前，举枪向玛德库勒刺来，玛德库勒又一把夺下卡拉朵刺来的矛枪。卡尔马纳普和卡拉朵巨人兄弟俩让对手夺走手中的矛枪，双手空空，四目相望，目瞪口呆，惊慌失措。"让你们睁大眼睛来瞧瞧，让我来演示要做的事情！"独眼龙说罢，从自己的人马中将一个红光满面的小伙子叫到自己身边，那小伙子来到独眼龙面前，心惊胆战全身发抖，这恶魔一把抓住了青年的手臂，在众目睽睽之下，将青年活剥生吞。目睹着恶魔的残暴，在场的人无不为之惊恐。他又忽然扑过来，用左手抓住卡拉朵，右手抓住卡尔马纳普，准备对兄弟俩下毒手。正当这时，玛纳斯的姐姐、卡尔马纳普的妻子卡尔德哈绮手握银枪飞马赶到，她虽然已是年迈的妇女，但她的身体依然似小伙子强壮，她"唰"的一声刺出长枪，劈头盖脸地发起了猛攻，她勇敢地救出了小叔子，又救出了自己的丈夫卡尔马纳普，从魔爪和血口下同时救出两位亲人后，立刻掉转马头纵缰飞驰。卡尔德哈绮立即组织人马将父老乡亲和马群转移到深山老林之中，然后她才上路去找侄儿赛麦台依。

在卡尔德哈绮撤走之后，玛德库勒再也未遇见交战的对手，只能到处寻找可吃的猎物。在短短的九日之内又活剥生吞了六个小伙子和五位姑娘。

卡尔德哈绮头上没有戴艾列切克帽，穿着打扮酷似男子，她朝着自己熟悉的道路疾驰，终于接近塔拉斯下游。她在旷野上的英雄玛纳斯陵墓前下马，为弟弟玛纳斯祈祷，然后悄然来到侄儿赛麦台依的家中。卡尔德哈绮一进家门，赛麦台依还未能认出来者是谁，猜想着此人来自何方，到此有什么事情？就在此时，巴卡依突然跨进了宫帐，看到卡尔德哈绮，他愣了一下神，认出她是雄狮玛纳斯的姐姐，张口问道："您还平安健康幸福吗？您是否已得到宠儿后代？您女扮男装风尘仆仆，是否遭遇不幸和灾祸？您亲自乘马来到这里是否遭到屠杀掠夺？"一听巴卡依这些问话，卡尔德哈绮顿时热泪盈眶，便开口答道："盘踞在别特巴克山的土库曼首领是位独眼龙，名叫玛德库勒，他生吃人肉似禽兽一般，他毁灭了俄罗斯的民众，征服了乌茹姆的百姓。现在他来到许库尔律，给卡尔马纳普下战书，要求把我当礼物馈赠给他，卡尔马纳普不甘受辱，带着我的小叔子巨人卡拉朵去和强敌较量，不幸落入恶魔手中。我为了维护尊严，女扮男装从容赶赴沙场，从吃人的巨魔利爪下挽救了他俩的性命。我为此来到你们面前，其余的事情全由你们来定夺！"

赛麦台依虽然未曾见过姑姑的面，也不了解她的为人，但耐心地倾听，明白了她的来意。

赛麦台依决定单枪匹马出发，他没有招呼勇士，他要亲自与那吃人的魔鬼会面，他藐视独眼龙禽兽般的疯狂。卡尔德哈绮与赛麦台依同行，她内心燃烧着复仇之火，为了洗清仇恨和屈辱，没有心疼从未见面的唯一亲侄儿，就共同去和吃人的恶魔较量。

枪挑独眼龙

赛麦台依朝着许库尔律的群山急驰，快要接近目的地时，山间小路十分艰险，这便是被称为加勒格孜克亚的天险，是世人皆知的险道。赛麦台依顾不上照料身后的姑姑，催促着胯下的塔依布茹勒骏马，沿着山梁陡坡上的羊肠小道，终于走出山口。他从怀中掏出千里眼，向四周眺望，突然发现一位巨魔般强壮的莽汉，正在许库尔律的平川上驱赶着马群，他仔细观察这个家伙，正是那吃人的禽兽恶魔。巨魔皱着眉头表情阴森可怕，身材壮实腰部粗壮，腰围得由四个人才能搂抱住，肌肉发达得像野公牛的大腿，只要见到他的面容，无人不为之惊愕和恐惧，赛麦台依看见他正在丧尽天良生吃活人。目睹着恶魔的暴行，赛麦台依岂能袖手旁观，他疾呼着玛纳斯的威名，箭一般冲到恶魔面前。

独眼龙玛德库勒毫不顾及眼前要发生什么，一心忙碌着要吃人饱腹。

英雄赛麦台依就是为了拯救弱小而生，他要做的事情谁也无法阻挡。他怒视着目空一切的独眼龙，朝着独眼龙的外肋猛刺了一枪。轰隆一声独眼龙感到浑身剧烈震动，色尔长矛虽未把他的铁甲刺透，强大的冲击力却让他难以忍受。他看到有人敢阻止他，怒火燃烧，丢下手中的人，厉声吼道："小孩，你从何而来，你是不是专为我送来的美餐，你可是细皮嫩肉的肥孩，浑身的油脂令人嘴馋。"

赛麦台依理直气壮地回答道："你若不知我就来告诉你，我是玛纳斯的儿子赛麦台依，我是专程从千里之外来为百姓除害的！"一听到"玛纳斯"之名，玛德库勒脸色失去光泽，继而又狂妄地说道："如果是这样，赛麦台依，既然你一路辛苦赶来，那就照你的意思决战，你那一枪虽然凶猛有力，你瞧我的身体却毫发无损！能让我低头弯腰的英雄还没有降生到人世！来到我面前的年轻人，我就把出招的机会先让给你！"赛麦台依并未举枪出招，开口答话不失大将风度："我已经刺了你一枪，这次先出招的机会送给你！"看到赛麦台依不愿出招，独眼龙心中不悦大呼小叫："小伙儿，你若不肯先出招就算了，你是自己来送死的，就让我来把你打入地狱，你这个不知好歹的家伙，让你领教我的厉害。"说罢，他手中提起了战刀，狂呼乱喊发泄淫威，突然奔驰着冲了上去，朝前方的巨大黑色岩石劈去，坚硬的岩石应声被击碎变成粉末。独眼龙趾高气扬，得意忘形地对赛麦台依说："算了吧，赛麦台依毛孩，难道你的脖子比岩石还硬？"他见赛麦台依不动声色，又抢起铁锤，猛一挥砸碎了身旁的山头，那碎石呼啸飞向天空，飞溅的乱石遮天蔽日，赛麦台依好像什么也没有看见，显示出英雄气魄，他对独眼龙这样低劣的表演实在感到很不耐烦："算了吧，你这头恶魔，与其在那里自吹自擂，不如在山上碰碎你的骨头！"

玛德库勒面对勇敢的赛麦台依，意识到自己震慑和恐吓的表演成为徒劳，便用双手高高举起大铁锤，向赛麦台依头上狠狠地砸去。英雄赛麦台依临危不惧，立马横斧怒视巨魔，当遭到铁锤沉重打击时，厚重的盾牌被击得粉碎，坚固的头盔被砸烂，英雄赛麦台依差一点被击打丧命。他强忍着肩胛骨的剧痛，对玛德库勒说道："给你的机会只有一回，这回该你接受我的攻击！"他信心百倍地催促着胯下的骏马，挥舞着战斧，以迅雷不及掩耳的速度，朝那家伙的头顶猛砸下去。可这独眼龙，背上的盾牌被击飞，头盔被击碎，头上只剩下小皮帽，却依然如故地挺立着，赛麦台依当场被惊呆："这下我该如何应对？我那雄狮父亲玛纳斯的神圣灵魂能否保佑我？"

两人又同时操起长枪，互相追逐着展开厮杀，相互撞击得噼里啪啦，所有的武器几乎全部破损无法使用，赛麦台依只剩下那杆色尔长矛。地面被踩出一个个深坑，干枯的大地渗出泉水。那马蹄刨起的土已堆积如山，那高丘已塌陷变成湖泊。两只猛虎一起恶斗，奋力拼杀持续了整整七天。赛麦台依见恶魔独眼龙越战越勇，只好请祖宗的英灵保佑："与你儿赛麦台依较量的敌人，是天下无敌的高手，父亲请你给孩儿力量和勇气，父亲请你快来帮助我，不要给后人留下遗憾！"

赛麦台依刚祈祷完毕，阿依阔勒玛纳斯等四位汗王的英灵像天地之气包裹着赛麦台依，用巨大的能量挺立在他身后。赛麦台依瞧见父辈们的神灵，顿时精神振奋力量倍增。当战机来临之时，赛麦台依怒吼着冲上去，将雄狮玛纳斯留下的色尔长矛，扑哧一声戳入恶魔的胸膛。他用枪尖高高挑起垂死的恶魔，转身来到敌阵前，对恶贯满盈的恶魔一句一句严加责问和训斥，犀利的言辞咄咄逼人："你骚扰和掠夺无辜的百姓，是否还想洗劫他们，独眼龙？！你强迫别人献出爱妻，是否还要强娶，独眼龙？！你向有姑娘的人家索要彩礼，是否还要将其搜刮，独眼龙？！你是生吃人肉的豺狼恶魔，是否还想溅血，独眼龙？！你的马刀沾满鲜血，是否还要舔血，独眼龙？！当你一心想掠夺战利品时，会有多少人在战场死亡，是否想过这些，独眼龙？！你从乌茹姆和俄罗斯不断抢夺美女，多少人家破人亡，你是否还想抢掠，独眼龙？！你为震慑对手施展淫威，癫狂地劈砍岩石，是否再来示威，独眼龙？！整个一座山头被你砸平，满口胡言乱语自不量力，你是否还要狂妄，独眼龙？！你今日得到应有的惩罚，是否曾想到，独眼龙？！今日我要为受害者讨还血债，你是否心中不服，独眼龙？！死亡是你自作自受命中注定，是否想逃脱，独

283

眼龙?!"赛麦台依锋利的言语像矛枪一样,每一句都刺入敌人的心里。他枪挑独眼龙威猛地绕场一周,然后朝着岩石砸了下去,独眼龙玛德库勒当即粉身碎骨成了烂泥。

追随独眼龙为虎作伥的入侵者,目睹独眼龙死亡,瞬间感到死神已降临头上,心想不能在此等死,便向英雄赛麦台依发起猛攻。整队人马蜂拥而上,如铁桶一般,将赛麦台依围在当中,赛麦台依心中既佩服又吃惊:"他们的统帅已被诛杀,他们如果缴械投降,抑或是四散逃生,我都可以饶恕他们的性命,统帅已在刀下丧命,士兵却临危不惧,一个个顽强英勇,誓为统帅复仇,这样的军队我虽然敬佩,但为了百姓的生命安全,我不能对他们心慈手软。"赛麦台依不得不大开杀戒,土库曼的所有人马最终被驱赶到乱石陡坡狭窄的峡谷,入侵者被赶进死亡之地,英雄赛麦台依犹如猛虎下山毫不留情,彻底将他们歼灭。

听说残暴恶毒的独眼龙玛德库勒已经被铲除,乌茹姆的百姓欢天喜地,一心想见到赛麦台依,父老乡亲们蜂拥而至,举行盛大的庆贺祈祷仪式。过去只从传闻里听说过赛麦台依的人们,今日面对面与英雄相见,七嘴八舌地盛赞英雄:"如果他用脚猛一踢,哪怕是大山也会被踢上天,天上的神仙们也会惊得无踪无影;他若轻轻吹一口气,平静的大海也会波涛汹涌;他一旦面向天空微微一笑,大地就会风和日丽阳光灿烂;他若向夜空看上一眼,天空就会繁星闪烁月光皎洁。"同时,众人向赛麦台依请求:"独眼龙玛德库勒的一个老婆已怀有他的孽种,如果那孩子真的生下来，还会横行霸道，你若能满足我们的愿望，请你为我们铲除孽种。"

赛麦台依让人找到那个孕妇，就要采取行动的时候，赛麦台依的姑姑卡尔德哈绮当场阻止并坚决反对："你也是家中的一棵独苗，你已将那恶魔严惩，那尚未出世的胎儿，他有什么罪过，至于长大以后会怎么样，除了老天以外，谁也没法预料评说。"赛麦台依听从了卡尔德哈绮的规劝，保全了娘俩的性命，不久独眼龙的老婆平安生下了一个男孩，给他起名叫萨尔特拜，长大后和柯尔克孜人发生了不少纠纷，不过这将是二十年之后的事情。

赛麦台依准备返回塔拉斯，临行前和卡拉朵巨人握手交了朋友，先与姑夫姑姑话别，再向当地的父老乡亲告辞。人们纷纷为英雄祈祷，希望他常来做客，赛麦台依风尘仆仆经过连续几天的行程，平平安安地回到塔拉斯。

死对头自取灭亡

　　一年又过去了，与赛麦台依签了盟约的卡勒玛克人尚未如约缴纳贡赋。那寒冷的冬天已经袭来，大雪封山，交通受阻无法远行。赛麦台依未派使者前去催促，就这样度过了安静的隆冬。

　　躲过了一冬的空吾尔巴依开始盘算着如何应对，卡勒玛克败将当时承诺每年给赛麦台依缴纳二十称子黄金，而且在盟约上盖上了自己的大印。他打算先进上一点贡赋，把赛麦台依稳住，然后差遣信使试探赛麦台依。于是这个无耻的家伙命人用黄铜制造了金币，用闪光的锡锭假造银圆，作为贡品献给了赛麦台依。他想纳完当年的贡赋之后，来年再以各种借口拖延，为自己摆脱困境争取时间。

　　空吾尔巴依经过长时间的苦思冥想，又想出应对的新招。他把艾散汗接到边别依京，又召集许多达官显贵滔滔不绝地煽风点火："自从我管理这座都城，任何强敌都不敢放肆地踏入，当年玛纳斯曾经占领了此城，我已让他为此付出了生命的代价。玛纳斯死后，他的儿子赛麦台依成为我们强大的对手。我与赛麦台依进行了殊死决战，但没有成功。不仅涅斯卡拉等名将命丧他手，而且我还忍辱订立了城下之盟。我暴露了自己的衰老，屈服赛麦台依，承诺每年进贡二十称子黄金。头一年我巧妙地用黄铜和锡锭蒙骗了愚蠢的布鲁特人。可是你们何曾想过，每年准时向他敬献黄金白银，这是我们最大的耻辱！只要有一线希望和机会，我就要和赛麦台依再决高低。今日我已想出了一个计谋，我想首先派去信使，把赛麦台依请出来与我相会，我要拿出和他决战的记录，看看谁在战争中牺牲更大？不算普通兵卒，只统计那些英雄大力士，如果我们牺牲的少，就继续向他们献赋纳贡，如果我们牺牲的多，我们不要他们贡献黄金，就让他们签字划拨土地给我们。这些就是我设计的妙计，准备彻底解决这个问题！今天请你们为此发表高论！"他说完这些十分得意，艾散汗和其他汗王一个个交头接耳，议论一番，最后向空吾尔巴依交付了所有的权力："我们把权力交给你，全由你来做出计划安排。如果有外来的劲敌，自然也由你与他们抗衡。"

空吾尔巴依把一切权力握在手中，立即叫来卡勒玛克的英雄乌桑干密谈，究竟要干什么只有他们两人知晓。然后派出两名信使拿着空吾尔巴依的亲笔信，直接去找赛麦台依。他在信中写道："在阿姆尔河流域，有险峻的克孜勒克亚高崖，有一望无际的广阔草地，希望赛麦台依你到这里来与我会面。你对我有深仇大恨，我对你也有要讨还的血债，只因为你的力量比我大，曾经得意地战胜过我。在此，我不再提金银和财宝，只想从我们双方牺牲的大力士算起，如果谁能多出对方的话，就向对方索取赔偿。如果还有多少不均的话，就用土地来交换扯平。如今我已是七十岁的高龄，从我们的父辈时代起，我们之间的纷争不断，使那些摇篮里的婴儿难眠，山坡上的马群也无法平静，双方的百姓无法安居乐业。五十年人间变幻，一百年大地更颜，赛麦台依你好好思量吧，不要把旧仇留给后代。经过我反复地揣摩思考，我认为只有这样才能彻底了断，在我还活在人世的时候，在你还风华正茂的时刻，我们要彻底消除百年的积怨。"

两位信使长途跋涉把信送到赛麦台依手中，赛麦台依让人读完了信，脑海里浮现了这些想法："空吾尔巴依阵亡的大力士数量定能多出我们许多，他一心想着以此为借口占领库依茹克吐外围广阔富饶的土地。不过，自以为是的空吾尔巴依想来到我面前一决雌雄，也算是千载难逢的好机会。预定的日子就让他来吧，我也将准时赶到那里！"赛麦台依阴沉着脸，并没有写信回复对方，也没有盛情款待使者，只是让他们带回了口信。

那前去远方的使者好不容易赶回来，把赛麦台依的原话一句不落地回禀了空吾尔巴依，一听到赛麦台依答应来会面，傲慢自信的空吾尔巴依喜不自禁，自以为他的阴谋已经得手，似乎那大片富饶的土地已在自己脚下。他兴奋之情难以抑制，又与乌桑干策划着更加恶毒的阴谋。

隆冬已过春季来临，获胜心切的空吾尔巴依率领大批兵马前往约定的地点。他的队伍中有能与精灵通话的巫师，有挂着毒蛇皮鞭的打手，有神奇的黑色天驹，有众多口吐烈焰、移山倒海的大力士和不懂人语的莽汉。为了缚住赛麦台依，他们还带来了特制的大网，空吾尔巴依把死神之黑色雄鹰高高架在手臂上，率领着大军来到阿姆尔河流域的克孜勒克亚高崖下安营扎寨。

此时，赛麦台依也和兄弟们一起来到约定地点，他们也预测到将会发生的事情，让阿拉什的众多兵马就地埋伏待命。

第二天会晤时，按照汗王的礼节和规矩，赛麦台依和空吾尔巴依就座于高台宝座，双方没有花费很长时间，相互表达了各自的意愿，根据约定的条件，开始统计通报各自牺牲的大力士。结果康阿依方伤亡的大力士多出了几位。空吾尔巴依当即咆哮如雷："赛麦台依，快划出你的土地，盖上你的大印！"赛麦台依斩钉截铁地说："你先要为我的父亲英雄玛纳斯，将六十万卡勒玛克人作为赔偿交给我才行！"空吾尔巴依顿时恼羞成怒火冒三丈："你这是什么话？不可思议！这是从哪儿来的歪理？"就在此刻，古里巧绕开口："愚蠢的空吾尔巴依，竖起你的耳朵给我听着，我们高贵的汗王、盖世英雄玛纳斯被你卑鄙地暗害。我的父亲阿勒曼别特和英雄楚瓦克，穆孜布尔恰克和阿吉巴依，阔克确和色尔哈克，还加上赛热克和其他英雄，都被你暗害离开了世间！你还嫌这些暴行不够，又入侵塔拉斯杀人放火！如果不把这些说个清楚，我们为何要给卡勒玛克人偿命，我大哥凭什么要盖王印？！当年约定的黄金和白银，你却一拖再拖不按时进贡，你送来的黄金实为黄铜，说是白银都是废品，以假充真蒙骗世人，你为何不把真相说清楚？！恶贯满盈的空吾尔巴依，你还想向谁讨还血债！不是你索取，而是你要偿还，你如果敢摇头说个不字，你将立刻丧命于我的刀下！"

一见到猛狮古里巧绕的威严，惊慌失措的空吾尔巴依急忙向部下眨巴起他的小贼眼，他那些精通鬼怪言语的部下立刻匆匆忙忙上了战马。

双方的千军万马如同翻腾的海涛，汹涌澎湃地涌向沙场。

在那飞禽飞不到头的旷野，面对康阿依人的挑衅，豪杰们开始投入战斗，不知从马背上打翻多少个勇士，克孜勒克亚的开阔地仿佛刮起一股赤色的狂风。双方的人马交织在一起，咆哮声呐喊声此起彼伏，密密麻麻的人群掀起层层巨浪。双方死伤惨重，战况激烈。尸骨遍野令人胆战，血流成河令人心寒。

太阳西下夜幕降临，双方军队各自回营。

英雄赛麦台依立即清点自己的部下，译员别尔德凯不见了，依勒尕代和塔勒德巴依也不知去向，约确巴依和莫恩格豪杰已战死沙场。"这无情的世道变幻莫测，世界末日是否要降临!"赛麦台依陷入悲愤之中。

就在此刻,空吾尔巴依却根本不管部下的死活,他下令把剩下的残兵败将分成了上千个小分队:"如果等到天亮,布鲁特匪徒就会将你们彻底毁灭,你们决不能在此睡觉等死! 要将那布鲁特团团包围,用奥乔阔尔火炮猛烈轰击,用弹火将他们全部烧死!"

空吾尔巴依的兵马趁着漆黑的夜幕行动,包围了赛麦台依的营地,开始咚咚哐哐地猛烈轰击,枪炮声震荡群山,响彻夜空。

赛麦台依和勇士们碰头分析眼前局势,商量对策。他们用火药填满阿克凯勒铁火枪,赛麦台依从下方开始反击。那些生来勇敢的壮士们立刻绕到敌人身后,分头从两侧夹击。英雄们高呼着玛纳斯的威名,狂飙般地闯入敌群之中。勇士们展开厮杀,没有留下任何遗憾。当天色渐渐发亮的时候,勇士们将那些卡勒玛克的兵丁全部驱赶到了河边。

空吾尔巴依见此情景,心急如焚,无法再等待,他跨上了阿勒喀拉骏马,紧握着长矛,喘着粗气匆忙上阵挑战,高声叫嚷道:"喂,该死的赛麦台依,有能耐你来与我单打独斗! 你如果怯懦不敢上阵来,就立刻偿还所有的血债!"

此时古里巧绕已无法再忍耐:"那叫嚣不止的家伙用恶语中伤我们多次,大哥把他交给我吧,众多的阿拉什父老乡亲,只能劳驾你照料。"得到赛麦台依的准许,古里巧绕好似喷射着火焰,驾驭着狂奔的苏尔阔勇骏马,以排山倒海的气势冲上战场。

那空吾尔巴依也是迫不及待，催动着战马飞奔而来，看他那凶狠的样子，就像饥饿的老虎一般。

两人交手鏖战，他们体态沉重用力过猛，大地被踩踏得摇摇晃晃，武器装备相互撞击，大地瞬间变成一片火海。他们像雄狮般撕扯扭打，来回撞击推来搡去，毫无顾忌地搏杀，空吾尔巴依冷不防将古里巧绕的衣摆从下端牢牢抓起，紧紧缠绕在自己的鞍鞒上。他立即催马冲刺向前，妄想将古里巧绕拖下马来。此时正值上坡，那已经衰老的阿勒喀拉马，无力拖翻奥波勒山般的巨汉，阿勒喀拉马已经是四蹄发软撅着屁股，古里巧绕的苏尔阔勇骏马却死死咬住了它的腿筋，空吾尔巴依在挣扎中松开了古里巧绕的衣摆，立刻掉转马头，朝着大营拼命逃窜。古里巧绕尾随着逃窜的死对头，像垂直俯冲而下的猎鹰死死紧逼，他抽出银色宝剑，那宝剑忽然伸展到八十四度，他举起宝剑奋力向恶魔砍去，没有想到失手未砍中拼命逃跑的对手，却将塔松、白桦和梧桐树震断，还无意中砍翻了一座山峰。尘土飞扬笼罩着天地，顷刻间天地漆黑一片，不见五指，滚滚浓雾铺天盖地。留下遗憾的古里巧绕疾呼先辈玛纳斯的威名，那喊声使阔依卡普的群山震颤，掀起了一阵巨大的狂风。遮天蔽日的满天黄土，瞬间神奇地被大风吹散，冲出灰尘浓雾的古里巧绕，向四周放眼眺望，正好在阿姆尔河岸，望见了空吾尔巴依的身影。

阿姆尔河两岸是陡峭的高崖，中间是急流险滩。在火热的夏季，河流仍带着冰块十分寒冷。只顾奔命的空吾尔巴依不顾一切地冲进了河中，阿勒喀拉马被急流冲击着，空吾尔巴依在冰河中挣扎，他的身影在冰水中时隐时现，智慧非凡的古里巧绕从小就是套马驯马的高手，他整理好父亲阿勒曼别特留下的神奇套绳在岸边等候。果然，空吾尔巴依像一团牛粪从冰水中浮出水面，古里巧绕眼疾手快，挥臂抛出套马绳，准确无误地套住了空吾尔巴依的身体。当古里巧绕往后拉拽时，阿勒喀拉马却被河水冲走，空吾尔巴依庞大的身躯就像一座大山，万般无奈的古里巧绕用力来拉扯，也未能把他拖上河岸，于是把套绳一端利落地缠绕在马镫带上，掉转马头向前催马猛跑。他高声疾呼着玛纳斯的威名，奋力拖拉空吾尔巴依。空吾尔巴依被拖上河岸后，古里巧绕心想拖他去见赛麦台依，当来到一处狭窄的地段，空吾尔巴依却卡在了中间，卡勒玛克人为了救出空吾尔巴依，不顾自己的性命，好似那汹涌澎湃的巨浪，向古里巧绕方向冲来。

就在这紧急关头，赛麦台依和坎巧绕挡住了众多的卡勒玛克兵马，没有一人能靠近古里巧绕，赛麦台依对古里巧绕发出处决空吾尔巴依的命令。

空吾尔巴依命丧古里巧绕的剑下。众多的卡勒玛克人，还有那些同流合污的喀拉契丹人，开始朝着康阿依方向溃逃。那波涛汹涌的阿姆尔河不知吞没了多少卡勒玛克兵马。

目睹着柯尔克孜族人的胜利，布谷鸟开始欢歌鸣唱，白鹳也开始高声对歌，为自己躲过致命的灾难欢呼，旱獭也在情不自禁地欢叫，蓝天豁然开朗晴空万里，那礼炮声顿时响彻云霄，大地开心地摇摇晃晃，阿姆尔河哗啦啦地欢唱，光芒四射的太阳喜笑颜开，霞光万道。为雄狮玛纳斯和众位勇士的亡灵报了沉积多年的血海深仇，天上和人间普天共庆。

英雄们跨上骏马，动身驰向塔拉斯，计划平安到达后先去向卡妮凯和巴卡依报平安，然后各自回家团圆。

独断的恶果

空吾尔巴依还在人间逍遥时，他执掌大权，与康阿依的乌尚如同胞兄弟，在他与赛麦台依相约前后，已与乌尚的二弟乌桑干一起密谋定下了毒计。他要调虎离山将赛麦台依引开，让乌桑干率军偷袭塔拉斯。

乌桑干受空吾尔巴依的唆使，利欲熏心向塔拉斯进军。他提前派兵侦察选择了路线，率领着兵马一路小心谨慎满怀戒心绕道而行，从渺无人迹的偏僻荒野穿行，以阿拉套山脉为屏障，未让人发现一点蛛丝马迹，悄悄地向塔拉斯推进。

色尔城的周围是广袤而丰美的草原，卡妮凯、巴卡依和加木格尔奇，此时正在夏季牧场别勒萨孜草原上享受天伦之乐，阿依曲莱克在此之前就前往玉尔凯尼奇看望父亲阿昆汗。

　　突然间出现密密麻麻的兵马，蜂拥着逼近色尔城边，人们猜测不出这是来自何方的大军，顿时傻了眼，率领人马的英雄汗王和跨马上阵的勇士们都不在色尔城，无人敢上前阻击来犯之敌。入侵者叫嚣着、吆喝着疯狂地闯进色尔城，突然袭击，乘虚而入，轻而易举地夺取了城池。在喀拉柯尔克孜人中间原来就有许多卡勒玛克人，乌桑干的人马一到，他们便一窝蜂地加入其中。夺取了色尔城的卡勒玛克人烧杀抢掠肆无忌惮，让妇孺老少痛哭流涕，他们将金银珠宝洗劫一空，接着又奔向阿依勒，要赶走草原上所有的畜群。

　　加木格尔奇、巴卡依与卡妮凯仔细观察来犯之敌：他们似乎已将赛麦台依汗王和勇士们杀害，然后毫无顾忌大摇大摆地闯来。大家在愤怒中痛心疾首，巴卡依的儿子、崭露头角的少年英雄巴依塔依拉克为了保卫家乡和百姓挺身而出，要上阵杀敌。但他的战马被困，不在身边，无可奈何的他骑上了加木格尔奇的坐骑乌拉尔博孜，四处奔波联络乡亲，侦察卡勒玛克人的动向。他从亲人们那里了解到，乌桑干安排部下将掠夺的大量财物运往康阿依，很可能绕道喀什噶尔而行，巴依塔依拉克决心跟踪他们夺回那些财物，让入侵者的美梦变成泡影。他出发前，以其父亲的名义写信给阔绍依的儿子加勒格再克，当即派人快马传送，要求加勒格再克留意喀什噶尔方向，防止卡勒玛克的驼队钻进喀什噶尔。

　　巴依塔依拉克单枪匹马，不顾一切将抢劫的强盗追赶，从大道追寻人马的足迹，从山顶搜寻人马的身影。他环顾四周警惕地观察，突然发现强盗的驮队在伊尔克什坦木山沟正在向喀什噶尔行进。

卡勒玛克的驮队浩浩荡荡驱赶着抢掠的牲畜，驮着无数的金银珠宝驰往喀什噶尔的方向。他们心想只要踏入喀什噶尔，就能安全地满载而归。未等入侵者如愿以偿，巴依塔依拉克穷追不舍，终于赶到前面隐蔽，然后突然杀出阻截。

敌方没有抗衡的战将，巴依塔依拉克杀入敌群，很快控制了驼队，当即让驮队和畜群踏上返回坎阔勒的道路。

巴依塔依拉克单枪匹马驱赶着卡勒玛克人的驮队，白天紧跟在他们后面，严密监视着他们的行动，夜里亲自站岗放哨，从不敢眨一下眼睛。他思忖着："只要我还有一口气，一定能回到坎阔勒，如果卡勒玛克人滋事，决不轻饶他们！回到坎阔勒，一定要找乌桑干算账！"驮队已临近坎阔勒，不久就会物归原主。

阔绍依的儿子加勒格再克收到巴依塔依拉克以父亲巴卡依名义写的信的时候，正在麻扎尔山的夏季牧场避暑，他看完信，先是对赛麦台依产生不满，心想："阔绍依馈赠的战旗，玛纳斯至死还高举着它，我是阔绍依的儿子，赛麦台依是玛纳斯的后代，他凭什么瞧不起我！他几次行动都没有让我参加，这次去和空吾尔巴依谈判签订和约，也没有给我打过招呼。现在卡勒玛克大军乘虚而入时，巴卡依大伯才来信请我支援，我如果不去又将如何？"但他又想到:"为柯尔克孜族百姓消灭入侵者,是勇士的最高尊严,对赛麦台依不满是个人的小小恩怨,我何必在汗王面前斤斤计较。面对敌人夺取色尔城,我绝不能在家袖手旁观。"加勒格再克最后下定了决心,他吩咐大队人马做好准备随后前往支援,自己当即跨上佳勒曼博孜战马先行。他马不停蹄,风餐露宿,当年阿吉巴依五天赶到的托加依罗的山梁,他仅仅用了两天。

加勒格再克警惕地放眼眺望前方,只见驮着重物的驼队缓缓而行,他一看押运的人却是卡勒玛克人的模样,抑制不住内心的激愤,松缰朝着山下奔去。加勒格再克奋然闯入了驼队,他熟悉卡勒玛克人的语言,正叽里咕噜地同卡勒玛克人对话的时候,巴依塔依拉克从驼队后面赶来,两位英雄好汉在此会面,紧握双手又互相亲吻指尖,亲切问候致意。加勒格再克先开口发泄对赛麦台依的不满,巴依塔依拉克却微笑着说道:"亲爱的加勒格再克,你言之有理,我对天发誓,我从不敢说假话,赛麦台依汗王经常单枪匹马出征,我们的确一概不知。这次入侵的大军压来时,我们才知道他去找空吾尔巴依算账去了。面对卡勒玛克人的入侵,眼下可不是埋怨的时候,我们在这旷野上再唠叨,除了大地还有谁来听?应该倾诉给赛麦台依,你瞧他本人又不在场,你如与赛麦台依见面,勇士啊,那时再倾诉委屈也不晚。如今英雄汗王赛麦台依远在他乡,保卫家乡的栋梁就只有我们俩。为了父辈的尊严,为所有的柯尔克孜族百姓而战,是我们义不容辞的责任。这就是我要说的心里话，伙伴加勒格再克，你可愿听？"巴依塔依拉克像父亲一样心胸开阔，深明大义又机智勇敢，不愧是巴卡依的后代。这时加勒格再克也做了发自肺腑的表白："你说得对，巴依塔依拉克，我这也只是说说而已，怎能为了跟赛麦台依赌气，对残暴的卡勒玛克的掠夺袖手旁观，让父老乡亲流离失所，让骨肉同胞们像那满山遍野的石鸡四处逃难！"

两位英雄一拍即合，决心前往坎阔勒抗击卡勒玛克强盗。他们心急如焚，匆匆忙忙赶路。

赛麦台依、古里巧绕和坎巧绕正在返回塔拉斯的途中，他们夜以继日马不停蹄，急切地想立刻赶回。在行进途中，古里巧绕忽然提起了压在心里的一件事情："我有一种预感，好像来自远方的侵略军已经攻进色尔城，好像给百姓制造了灾难，如果是那样，巴依塔依拉克和加勒格再克是否奋力上阵杀敌？那里还有没有上阵抗敌的英雄？大哥啊，你的男子汉气概，你出类拔萃雄狮般的霸气最终带来什么结果？你的手中已失去了公平，你认为别人都不完美，你也未能懂得他人的高贵。柯尔克孜与卡勒玛克之间，如此事关大局的事情，你却一人独自决定，我那大伯阔绍依赤诚忠勇，你却没有尊重他的后代，托什吐克汗虽然望着你，你却没有把他放在眼里！乌买托依虽在途中遇见，你也没有搭理他，你的大姨母阿克艾尔凯绮也被你冷落在一旁。大哥啊，这些你将如何解释，你将如何面对那些被刺伤的心灵？你将如何消除那些不良后果呀？！"紧接着古里巧绕的话题，坎巧绕也说出了心里话："大哥，你对什么都漠不关心，好像自己同别人毫无关系，先别说那远方的人们，就连家里的牧羊人似乎都毫无关系。别人我都无法再提起，就连我们你都不放在心里！我们这次的行动，在没有得到通报的人心中都会埋下愤慨的火种！你祖先的灵魂的确伟大，为此百姓才归从了你，像古里巧绕所担心的那样，那愤愤不平的百姓差点就各奔东西、分崩离析！"坎巧绕倾吐完自己的不满，渐渐平静下来。这时，赛麦台依幡然悔悟，感到所做的事实在不妥，显得十分惭愧，带有歉意地笑着说道："我亲爱的小兄弟，你们是我患难与共的伙伴，我遇事独断不与大家商议，我的所作所为已酿成恶果，我这才醒悟后悔莫及。现在我不知如何是好，我相信你们会理解大哥我的心，你们会出面妥善周旋为大哥弥补过失、排忧解难，年轻人一定要吸取我的教训，切不要失去身边的朋友，我把权力全交给你们，柯尔克孜族人的生存之道就由你们做主！"赛麦台依的一席话，发自肺腑，真心诚意，无丝毫推脱和掩饰，当他托付重任时，两位勇士心悦诚服，胸中的怨气彻底打消，心里的忧愁消除化解。三兄弟心胸豁然开朗，轻松愉快，三匹马也感觉轻快飞一样向前。

　　加勒格再克和巴依塔依拉克率领后续赶来的大队人马，在托加依罗草原的脊梁上与赛麦台依他们会合。加勒格再克和巴依塔依拉克没有以前那样热情，向赛麦台依礼节性地问候平安后，通报了乌桑干率兵偷袭塔拉斯并占领色尔城的情况。赛麦台依对他们一反常态的冷淡并没有生气，事实验证了古里巧绕的预感和自己的过错，他自感惭愧，悔恨交集，此时古里巧绕和坎巧绕主动向加勒格再克和巴依塔依拉克诚恳解释，取得谅解，并商议反攻计划。英雄们抛弃误会和怨气，握手言和，为了共同驱逐入侵者，飞马来到色尔城下。此时阿依曲莱克也从娘家回到赛麦台依身边。

乌桑干目睹英雄们率领大军到来，但他邀请的神箭手阔交加什还未赶到，觉得此时还不宜出城迎战。他命令立刻紧闭城门，固守城池。柯尔克孜的勇士们虽竖起战旗宣战，躲在城内的卡勒玛克人却不肯出城应战。

在关键时刻，古里巧绕想出了进城的办法，原来在城墙内有钢制的管道，外面有拧紧的铁盖，他趁着卡勒玛克人熟睡之际，悄悄摸近墙壁，拧开铁盖，顺着管道潜入城内，他手里抄起大刀，毫无畏惧地冲杀在前，城里顿时陷入一片混乱，偷袭者已闯入城内，看样子这城里已无法再待，卡勒玛克人潮水般涌出了城门。

乌桑干灰溜溜地逃出城，立即竖起战旗，敲响战鼓，在城外摆出了决战的架势。此时神箭手阔交加什也赶来给乌桑干壮胆，阔交加什的父亲神射手希普夏依达尔当年帮助空吾尔巴依杀害了阿勒曼别特、楚瓦克、色尔哈克等战将，这次空吾尔巴依将希普夏依达尔的儿子阔交加什介绍给乌桑干助战，乌桑干手中有了王牌，更加有恃无恐。

坎巧绕凭着男子汉气概奔马闯入沙场，乌桑干从容不追地披挂上阵，等待着坎巧绕出手，坎巧绕举起月牙斧，就要砍向乌桑干头顶的时候，突然传来一阵呼啸声，原来是阔交加什射出的羽箭呼啸着向他飞来。坎巧绕眼疾手快，闪电般抓住了箭尾，箭头穿过盾牌，未能伤及皮肉，为了避开阔交加什的视线，坎巧绕急忙掉转马头往后撤退，乌桑干将他从马背刺翻。见此情景，巴依塔依拉克着了急，向乌桑干发起了猛攻，乌桑干丢开坎巧绕逃走，坎巧绕立刻从地上爬起来，伸手拉过黑花骏马，正准备骑上马背的时候，阔交加什射出的羽箭穿透整个马匹，击中了坎巧绕的胳膊，巴依塔依拉克向坎巧绕奔去，疾呼一声："快抓马尾！"像一阵旋风般救走了同伴。巴依塔依拉克一心一意救援同伴，哪里想到提防敌人的暗箭。一支利箭射穿了他的右肩胛骨，月牙斧从手中滑落，乌桑干趁机扑上来，举刀向巴依塔依拉克砍去，巴依塔依拉克被砍身亡坠落马下。古里巧绕怒火填膺，追上来将疯狂的乌桑干刺落马下，然后迅速来到巴依塔依拉克的尸体旁，拦腰抱起尸体冲出卡勒玛克众多兵马的包围，回到柯尔克孜的队伍。

当古里巧绕勒缰停立时，白发苍苍的巴卡依目睹宝贝儿子的惨状，已经年迈的汗王巴卡依呀，如何能接受这般致命的打击！他当场口吐鲜血，脸色发白，嘴唇发紫："赛麦台依，你算什么汗王？你带来如此惨重的灾难！你还称什么少年猛虎英雄，还怎么统率父老乡亲！你去找那不守信誉的空吾尔巴依，不和大家商量，不提前为父老乡亲的安危着想，才落得如此悲惨的下场，父老乡亲深受洗劫之苦，连色尔城也落入敌人之手，这是做汗王的奇耻大辱和悲哀。人无远虑必有近忧，当汗王就要审时度势，就要未雨绸缪，防患于未然，这样才能保一方百姓平安。在我该去九泉的年纪，却遭到这般沉痛打击！我曾用鲜血沾染过刀剑，我曾足迹遍布天南地北，我却失去手上的猎隼！我的猎枪从中间折断！我的骏马无人乘骑，我的猎隼无人放飞！我的宝贝已经从身边离开，我的快马还未来得及参赛！我比被投进地狱坟墓还要悲惨！"巴卡依悲伤的泪水如雨般流淌，目睹着巴卡依的悲惨遭遇，在场的乡亲们都痛哭流涕。

为巴卡依的痛心，松树在哭泣，柳树在哭泣，就连永恒的太阳也在哭泣；含苞欲放的鲜花在落泪，那暗淡的月亮也在落泪。无法控制的群山在悲号，大地悲哀丘陵也在哭叫，清澈的溪流江河湖海也在哭泣，艾丁湖的天鹅也在哀鸣，色尔城的高墙在悲号，就连城中的树木林园也在号啕。

保卫塔拉斯

　　面对这悲惨的场面，英雄们顿时晕头转向，不知所措，赛麦台依实在无法忍耐，把缰绳紧紧缠绕在腰间表达内心的惭愧："巴卡依大伯的一切指责，完全由我个人来承担，不论大伯说出来还是没有说出来的，他的想法千真万确，之前古里巧绕和坎巧绕也推心置腹地告诫过我，我的百姓遭受如此折磨，这都是我的草率和过错。我若不改变目前的困境，还称得上什么英雄汗王，离开我勤劳善良的百姓，我将如何应对人生命运？！百姓是我稳如大山的依靠，是我坚如磐石的坚强后盾。我曾战胜无数强敌，自我满足春风得意，我行我素专横跋扈，眼下遭到如此惨痛的教训，我要亲手杀死恶贼乌桑干，赶走强盗收回失地，我绝不胆怯，勇往直前！"赛麦台依痛苦地自责着，觉得无脸面对巴卡依，他托付古里巧绕办好巴依塔依拉克的安葬事宜，立刻就要跨马起程，悲愤地奔赴战场。古里巧绕拉住了他的马缰："我生死为伴的大哥，不惜性命者并非英雄，当你单枪匹马前往时，那可不是轻易生还的地方，好像阔交加什也已赶来，他可不比希普夏依达尔差！他的飞箭准确而锋利，你的战袍也无法抵挡。大哥，你再也不能像从前那样独来独往，你是柯尔克孜族人的汗王，保境安民的事还要大家一起商量。"

古里巧绕阻止了赛麦台依的冒险行动，转身又请嫂嫂阿依曲莱克帮忙："阿依曲莱克嫂子，你在哪儿？你精通世间万物的禀性，请你快幻化成天鹅，在战场上空展翅飞翔，仔细侦察敌情，在那众多的卡勒玛克人中，一定要找到阔交加什隐蔽的地方！"古里巧绕就这样当机立断。

赛麦台依刚刚把权力交给了古里巧绕，对他的决断表示赞同，他也无法待在巴卡依身边，便来到坎巧绕跟前。坎巧绕的胳膊被射断，正扶着胳膊在一边坐着，他见到赛麦台依时，扭过身子背对着汗王，赛麦台依心想："我的福运星是否已飞走。"随后又来到加勒格再克身边，性格倔强的加勒格再克扭头就走开了，赛麦台依心想："萨热塔孜大伯近况如何？我们已经很久未见面了，他是否思念和盼望着我？"便缓步来到萨热塔孜身前，别提萨热塔孜会思念赛麦台依，面对汗王的殷切问候，他连眼皮都没有抬一下。看到这些，赛麦台依感到心烦意乱，坐立不安。他想，与其苟且偷生，还不如上阵与敌人决一死战，即便是死在敌人的刀剑之下，也不失汗王的尊严。于是他急切地跨上塔侬布茹勒马背，唰地抽出宝刀，朝着翻江倒海的卡勒玛克人，以排山倒海的气势冲过去。

赛麦台侬的冲杀并不十分理想，卡勒玛克的汗王乌桑干挥舞着长矛，与他疯狂纠缠，听到乌桑干的怒吼声，阔交加什知道是该自己大显身手的时候，他眼疾手快地张弓搭箭，愤怒地射向赛麦台侬，当那利箭"嗖"的一声穿透赛麦台侬的战袍，箭头就要挨着皮肤戳穿心脏的时刻，巴别丁神变成可爱的裸体小孩儿，飞一般地赶到赛麦台侬身边，把正在穿进的利箭嗖地一把拔去，一支支飞箭纷纷弹落在地，根本无法接近英雄的身体。阔交加什十分惊讶，心中有点发慌："我的利箭天下无人能挡，射到石头上也会穿透，这家伙原来刀枪不入。"阔交加什搭好利箭瞄向塔侬布茹勒马放了一箭，利箭正好从小腿骨穿过，万幸的是腿筋还完好。

塔侬布茹勒马动弹不得，赛麦台侬被困束手无策，面对乌桑干的大刀和神箭手的飞箭，在这生死关头形势十分危急。古里巧绕被赛麦台侬不顾汗王的尊贵身份，不顾生死的威严，神勇奋战的大无畏英雄气概深深感动，他把巴依塔侬拉克的后事托付给身边的人，当机立断急速上阵，准备与那些劲敌决一死战。

古里巧绕抬头张望蓝天，心想阿依曲莱克是否已飞来，果然阿依曲莱克在空中俯瞰大地的一切变幻，她扯开满天飞舞的云，向古里巧绕巧妙地显现自己空中的身影。阿依曲莱克发现阔交加什站在高低不平的山峦上，隐藏在卡勒玛克人队伍后面的一个土坑附近。她将手中的旗子挥向了那个方向，英雄古里巧绕立刻朝着崎岖的山路扬鞭催马急速前进。

在大难当头危机四伏时，柯尔克孜的英雄好汉怎能不出面相助！当乌桑干就要勒转马头回过身逼近赛麦台依之际，加勒格再克驭马奔驰着急速赶过来，挥矛刺翻了乌桑干，当他掉转马头抽刀砍向乌桑干时，呼啸着飞来的利箭刺中了他的右手臂膀。

正当此刻，古里巧绕按照阿依曲莱克在空中的引导，来到指向的地点，已经望见了阔交加什的身影，古里巧绕手中的三排弓弩，几乎同时射出了利箭，朝着目标雨点般飞去，不等阔交加什转过身来，就已经将他射翻在地，眼疾手快的古里巧绕一连射了三次，接着又迅速补射了三次，卡勒玛克的神射手，当场头枕大地一命呜呼。

古里巧绕眼看着被困的加勒格再克和徒步的赛麦台依，怎能不着急！他来不及砍下阔交加什的首级，便挥舞着皮鞭拼命抽打胯下的苏尔阔勇战马，眨眼间赶到受伤的勇士们身边。他挥舞着祖先留下的矛枪，未等乌桑干掉转马头，对准乌桑干的腹部奋力猛刺，乌桑干好像大山崩塌，滚落马下。重伤未死的乌桑干跪在地上频频磕头，祈求饶命，除恶务尽的古里巧绕不想将元凶轻易放生，他将乌桑干挑在枪尖，驱赶着卡勒玛克败兵。

巴卡依僵硬地挺立在一旁，为死去的独生子悲痛，当他看到赛麦台依牵着瘸腿的塔依布茹勒马，看到断了胳膊的加勒格再克在无奈地四处张望时，心中大吃一惊，不禁为汗王赛麦台依及勇士们担心。他不顾尸骨未寒的儿子，跨上雪青走马，策马驰骋，旋风般来到赛麦台依的身边。

"怒火中烧的巴卡依，好像要使出沾血的矛枪，虽然不要我的命，也会把我重伤！"赛麦台依这样思量，加勒格再克也这样猜测，两个人心中都忐忑不安。

巴卡依匆匆赶来，他说出的话令晚辈们深深感动："我莽撞的汗王，你的情况怎样？我看塔依布茹勒已瘸，你的身体如何？加勒格再克，你受了伤但不应该如此愁苦，我看你们精神不振恍恍惚惚，为何如此消沉？要说损失，你们何必为此过于悲伤和自责，我已失去唯一的独苗，若再失去更多的亲人，对苍老的巴卡依而言，将是雪上加霜更加凄惨！众多百姓遭受如此惨重的劫难，做汗王的心中更加悲痛。不愉快的事情再不要提起，相互之间的猜疑要摒弃，切莫再提互相埋怨的话语，首先我巴卡依绝不再抱怨！不再不顾百姓只念着我的儿子。当我只顾洒泪痛哭流涕时，没有想到我们如果失去了塔拉斯，阿拉什民众如若再被驱散，那喀拉柯尔克孜的子孙，谁人会把我们原谅？白色的苍鹰如果悲声鸣叫，问那白毡帽柯尔克孜在何地？棕色的猎隼如果凄声鸣叫，问那阿拉什人在何方？阿拉套山如果悲愤鸣号，问那自由自在遨游四方、傲视一切的柯尔克孜族人如今为什么低下了头颅？天上白云如果滴着热泪，黑暗中光芒四射的明月如果躲在云中悲切，问驰骋天下的柯尔克孜族百姓如今在何方？我们将如何回答？给世人增添力量和勇气的、给人类带来光明和欢乐的太阳，如果戴上厚厚的面纱哀叹，问当年玛纳斯建立的汗国在哪里？当年辉煌的宝座在哪里？我们将如何回答？白色的母驼悲鸣着逃窜，湖中的天鹅哀叫着飞散，灰白色猎犬汪汪着四处流浪，骏马良驹嘶鸣着逃散。它们的所有冤屈和悲伤，怎能够将我们饶恕？怎能不将我们声讨！人民中降生的男子汉，就要举旗捍卫人民，好汉不献身百姓，就要自行灭亡。男子汉阵亡百姓来安葬，没有百姓将由谁来安葬？巴依塔依拉克他死得其所，先让百姓平静后再将他安葬，英勇善战的无畏勇士就要在危难时刻大显身手，汗王的天职就是捍卫领地，汗王的责任就是保护百姓，我们要率领全体英雄勇士上阵，共患难同生死，摧毁卡勒玛克入侵者，携手保卫自己的百姓！"在痛失自己独子的时刻，巴卡依竟然如此慷慨陈词，赛麦台依感动地说道："我可敬的大伯，请您正眼看着我吧，您的肺腑之言，我将永世不忘，永远铭记在心！我尊贵的大伯，您已瞧见塔依布茹勒马中了利箭，在此之前有敌箭向我射来，所幸只穿透我的战袍，未能穿破我的皮肤，那无数支利箭的尖头却变成细软的柳枝，应声反弹纷纷落地。"听到赛麦台依这样讲，巴卡依追问道："孩子，你到底在说什么？当利箭穿透而过时，你也许没有感觉，在异常愤怒之中，受了伤却毫无察觉，利箭到底击中你的哪里？让我瞧瞧中箭的地方！"巴卡依仔细查看赛麦台依的战袍，利箭穿透了战袍，但英雄的身上却无一点伤痕，巴卡依惊愕地睁大眼睛，正当他们面面相觑、疑惑不解的时候，突然有一位神秘的孩儿来到他们面前发声：
"是我担心雄狮受到伤害，好不容易匆匆赶来，飞速攥住
了箭尾，将它们纷纷拔出才离开。"巴卡依看到了这位神
秘的孩儿，赛麦台依和加勒格再克接上话茬继续讲述："大
伯呀，是古里巧绕拯救了我们大伙儿，是他闯入卡勒玛克
军中找见了隐藏在暗处放冷箭的家伙，用弓弩射死了那个
恶鬼，然后又返回来救了我们。他把乌桑干从容地挑在枪
尖上离去，驱赶着卡勒玛克大军。"这时巴卡依又开口道：
"原来在康阿依人中有位叫希普夏依达尔的神箭手，别人
给他起名为黑色杀手。他的亲生儿子阔交加什也是有名的
神箭手，我这才明白，杀害我儿的凶手原来是这个阔交加
什，是他射出的利箭给我带来了悲痛。古里巧绕除掉他立
下了卓越的功勋。如果古里巧绕出征到远方，如果他遇到
什么麻烦，我们会遭受不可弥补的损失，我们要立刻将他
找回，我们去看看，阿依曲莱克能否将他找见追回？"巴
卡依说完，立刻率领众英雄豪杰浩浩荡荡返回城中。

巴卡依本身就是名郎中，他医治了加勒格再克和坎巧
绕受伤的胳膊，他将塔依布茹勒骏马的腿骨敷上草药细心
包扎，说是这样不会腐烂，很快就能长好。巴卡依亲自精
心包裹了独子的遗体，人们以隆重的葬礼安葬了巴依塔依
拉克。

再说古里巧绕驱赶劲敌远去，不知去向。阿依曲莱克
要从空中去寻找，谁能从陆地上去打探他的消息，眼下没
有合适的人选。此时，一百三十岁的老英雄加木格尔奇自

告奋勇，执意要前往，加木格尔奇与众不同，他骑的是乌拉尔博孜老马，身披的是巴艳朵孜战袍，他身边从来不挂弓箭，手中从来不握刀枪。不论何时何地遇到敌人，他都毫不犹豫地拔起一棵大树，就用它来歼灭敌人，这是他一贯的作风。眼下，他根本不顾自己年迈，还像年轻的小伙子一样，驰骋着乌拉尔博孜骏马，威风凛凛地奔驰而去。

大义灭亲

老英雄加木格尔奇在途中与一位年轻人相遇："你这个陌生的孩子，我看你十分可爱，你要去什么地方？"那年轻人不想回答老人的问话，开口反问："你已是老态龙钟的老人，还这样匆匆忙忙要去何方？"加木格尔奇有些不耐烦地追问："你这不懂礼貌的年轻人，先回答我的问话，如果不告诉我实情，我现在就要你的小命！"那年轻人不但不回答，反而掉转马头就想离去。老英雄加木格尔奇非常生气，他手脚灵便行动神速，未等年轻人掉转马头，唰地一把抓住年轻人的衣摆。

老英雄虽然年迈但依然强壮，轻而易举地抓住了年轻人，被生擒的年轻人又惊又怕，开始开口说话，道出了全部实情："不久前率兵进发塔拉斯的乌桑干，一直没有他成败得失的消息，助巴塔依命令我前去侦察，他随后要率领千军万马杀来，在我身后的山梁背后，卡勒玛克军队人数众多，一旦他们大军压来，柯尔克孜族人谁能抵挡?！"那年轻人虽然说出了实情，但口气十分强硬，加木格尔奇十分气恼，将那年轻人压在腋下唰地一刀割下他的耳朵："你把这个拿在自己的手里，快去禀报你的主子助巴塔依，就说加木格尔奇已经赶到。"说完，那个年轻人仓皇上了路。

年迈的加木格尔奇尚未失去英雄气概，他心想："从前未听说过助巴塔依这个家伙，可能是新冒出来的卡勒玛克英雄。如今我虽已衰老，但在这个关键时刻，面对强敌绝不能后退。"他翘首张望两侧，发现一棵高高耸立的梧桐树，兴奋地用舌头舔着上下嘴唇，将梧桐树连根拔起握在手中，轻轻地舒了一口气，他估计那年轻人已经跑回去，肯定会禀报一切，便鼓励自己振奋精神，去迎接即将展开的一场恶战。他在鞍前横放着梧桐树，不顾一切地催马向前奔去。

那年轻人跑回去，向助巴塔依诉起苦来："我毫不犹豫地执行您的命令，在前面山梁的背后却遭遇了一个老头，那老头逼问我要到哪里去，我没有向他问好致礼，也没有正面回答他的问话。我心想一个年迈的老头，还能把我怎么样，我根本没把他放在眼里，向他说出了轻蔑的话语。当我想掉转马头离开时，他却一把将我拉向鞍前，无情地割下了我的耳朵，责令我回来向您如实禀报。我摆脱老头爬上山冈回头眺望，观察那该死的怪癖老头，他的行为让人吃惊，他把一棵巨大的梧桐树连根拔了起来，然后横放在马鞍前，催促胯下的骏马，紧跟我身后赶来，他想给我们带来灾难！"

得知这个消息，助巴塔依喜出望外，高兴的原因是：助巴塔依生来就强壮无比，他生长在契丹人和卡勒玛克人杂居的地方，在那一带他曾赢得过多次摔跤比赛，曾战胜不少英雄获得荣誉，连空吾尔巴依和艾散汗都曾败在他的手下。他凭借这股好战的心态，听到敌人的消息便兴奋，他了解到加木格尔奇的情况后，开始了交战的准备。他心想："孤老头没有率领军队，竟然一个人前来送命，让我来戳穿他的心脏！我和二哥乌桑干、神箭手阔交加什联合在一起，哪怕赛麦台依是巍峨的大山，我也要将他掀翻！"助巴塔依狂妄自大，得意忘形。他下令兵马出发，顿时锣鼓喧天，战旗飘扬，大队人马骚动着向前涌流，很快逼近加木格尔奇，面对冲到面前的千军万马，加木格尔奇神态自若，毫无惧色。

加木格尔奇把整棵大树横在鞍前，梧桐树的树冠把他的坐骑和下半身全部遮盖，他好像一座大山在向前移动。望见加木格尔奇那庞大的身影，助巴塔依顿时思绪万千，他并未急于上前交战，而是仔细观察对手有什么破绽，他发现加木格尔奇虽然身材高大，但毕竟是年老力衰，缺少后劲。

此时加木格尔奇挥动大树向卡勒玛克人凶猛地扫来，一队队卡勒玛克士兵就像羊群一样被驱赶，就像稻草一般被横扫。

正当这个时候，古里巧绕突然出现在附近的山冈。原来古里巧绕驱赶乌桑干的败兵，歼灭顽敌，并将投降的士兵交给当地的柯尔克孜人后，正在朝坎阔勒方向挺进，偶然发现这里杀气冲天，就掉转马头来到这里。他搞不清到底是什么人，于是在外围翘首察看，当一轮搏杀过后，他认出了加木格尔奇，看到加木格尔奇孤身奋战，古里巧绕心中大吃一惊："我已消灭了乌桑干和阔交加什，是不是这一批卡勒玛克人又侵入了柯尔克孜的领地，不等柯尔克孜人喘过气来，又血洗了柯尔克孜部落，眼下一百三十岁的加木格尔奇孤身一人在战，赛麦台依、坎巧绕、加勒格再克和巴卡依大伯是否都已经牺牲？难道在我的亲人中仅留下加木格尔奇大伯一人？"古里巧绕想着这些，心急如焚，双眼冒火，他要赶快向加木格尔奇大伯问个究竟。

古里巧绕是天生的战神，一旦见到敌人，他就浑身增添无穷力量，哪怕连续行军三十天，他也不知道什么叫疲倦，根本不知道自己的饥饿。他十分激动急不可耐，催促着胯下的灰色骏马奔下山冈。他拼命高呼着加木格尔奇大伯的名字，但老人听觉不灵毫无反应，当他飞驰着赶到老人身旁时，加木格尔奇忽然扭过头，一眼见到古里巧绕，情不自禁地哈哈大笑："我的宝贝古里巧绕，你挑起乌桑干乘胜追击卡勒玛克的败兵，你走后众人放不下心，我便自告奋勇，追寻你而来。就在前面的山坡下面，我抓住了卡勒玛克的年轻探子，得知助巴塔依率大军涌来，我放走那年轻探子后，连根拔起一棵梧桐树，来到这里迎战。原来是英灵们安排你来扶助。我亲爱的猛虎，千万不要上前来阻拦我，我不需要静卧在家里闭眼，生与死由上苍来决定，你再阻止和逃避又有何用?！在三个月前我做了一个梦，这个梦十分离奇古怪，梦见我驱赶着千军万马的敌军，我用一棵巨大的梧桐树横扫入侵的众敌。我追得群寇四处逃窜，就在这个时候祸从天降，一杆利矛戳进我的胸膛，紧接着一群疯狗从四面追赶狂叫，不久我便穿着一身素装。看来死亡离我已经不远，我清醒地感到寿数已近。自从叶西铁克部落成为我的百姓，我跨马出征为乡亲们的平安征战，自始至终没有操起过任何武器，随时拔起大树横扫敌军。当年远征别依京时，契丹人被我的威严吓破了胆，从此以后我便名扬四海。我曾讨伐卡勒玛克五趟，为百姓带来安宁和荣耀，我今日已经是胸有成竹，要坦然迎接和挑战死亡的到来。在我生命的最后一刻，就让我在战场上光荣地牺牲!"加木格尔奇这样恳求着，根本没有掉转马头，也没有片刻的停留，径直扬鞭催马奔驰而去。

气急败坏的助巴塔依，挥舞着长杆铁矛，咆哮如雷，犹如狂风暴雨席卷大地。他正等待着给老英雄送葬。

古里巧绕举目眺望，他曾见到无数劲敌，助巴塔依实在太凶悍，助巴塔依的大哥是英雄乌尚，二哥是恶魔般的乌桑干，兄弟三人是空吾尔巴依所依靠的栋梁。古里巧绕顿时感叹："啊，公平的苍天啊，您有时又那样的不公平!您为何让这样凶残的卡勒玛克人赶来与年迈沧桑的老人争斗。您难道不觉得这是多么残酷的人间悲剧?！"古里巧绕哀求着苍天开恩相助，不要让老人在这里惨遭横祸。

正在兴头的老英雄加木格尔奇怒吼着奔驰而去，就要向助巴塔依发起进攻。突然有一位卡勒玛克悍将横着一根长矛挡住了他的去路，他威风凛凛开口大叫："我就是大名鼎鼎的夏依曼别特！"

当听到夏依曼别特的名字，加木格尔奇全身都在颤抖，他火冒三丈大声怒吼："你这个逆子叛徒，你让我丢尽了脸面，你是罪大恶极的祸根，你引来了卡勒玛克大军，烧杀抢掠自己的父老乡亲！你把领地出卖给卡勒玛克，厚颜无耻抛弃骨肉同胞，在世人面前丢尽我的老脸，使我无地自容。你这个败类，有你这样的儿子是我人生最大的耻辱。痛惜和怜悯你这败类的人，难道还能有什么好结果？我要亲手斩杀你这个败类，在阿依阔勒玛纳斯，还有众多神圣不可侵犯的英灵面前，洗清我的不白之冤和委屈！"加木格尔奇老人怒气冲天，挥舞起大树，毫不手软地将吃里爬外的夏依曼别特砸扁在地。加木格尔奇大义灭亲的壮举令世人敬仰，在世间流传下这样的佳话："抛弃乡亲的败类儿子，被加木格尔奇亲手所杀。"

接着巨人加木格尔奇与助巴塔依展开了惨烈的较量。没有了轮番上阵的老规矩，更没有摆架势相让和客气，凶狠的年轻力壮的助巴塔依呼啸着长矛发起猛攻，加木格尔奇虽然已经年迈但很敏捷，他挡住刺来的矛枪，抡起梧桐树向助巴塔依猛地砸去，助巴塔依闪过砸来的大树，顺手把大树夺在手中，掉过头来，凶猛地朝加木格尔奇头顶砸去。征战一生的老英雄加木格尔奇轰隆一声被砸进大地，连人带马消失得无影无踪，化为腾空而起的一道长虹！

古里巧绕目睹这惨烈的情景，心如刀割浑身瘫软，他好像要昏倒似的，感到天旋地转，似乎在马背上坐不稳，在这关键时刻，骑着萨热阿拉马的一位巨人来到他的身旁，高声喝道："你难道认不出我吗？我在世时你虽未见过我，但我的灵魂曾多次与你相见，我就是你的父亲阿勒曼别特。"他抓住古里巧绕的手腕："我把臂膀的力量赐予你！"又抚摸着古里巧绕的头顶，"我把所有的力量赐予你，我的孩子，你可要坚强不屈，祝愿你身强力壮所向披靡！"讲完这些话后巨人闪烁一道强光,忽然间消失得无影无踪。

就在这眨眼的瞬间，古里巧绕浑身充满了力量，他满怀对敌人的仇恨和必胜的信心，催马扬鞭冲向沙场。

为老将报仇

　　古里巧绕旋风般奔驰而上，向助巴塔依刺出矛枪，眼疾手快的助巴塔依一把抓住刺来的矛枪，拼命拉扯，古里巧绕用尽全力往回拉拽，两位英雄谁也不松手，矛枪差一点断成两截。他们同时丢掉矛枪，立刻抄起了月牙战斧，两人你来我往你劈我挡，钢铸的战斧卷刃起豁，破损不堪。战斧实在无法用了，又从鞘中抽出了刀和剑，顿时刀光剑影火花四溅。刀与剑相击从中折断，他们扔掉了手中的剑把，又抡起毡房般硕大的铁锤，两锤相击犹如大山碰撞，发出惊天动地的轰鸣声，喷出弥漫天地的青烟。所有的兵器都变成废铁，两人已经是双手空空，眼前只有加木格尔奇留下的梧桐树，助巴塔依想拿到手，未等他出手，古里巧绕已把大树高举在手中，奋力向对方砸去，助巴塔依侧身躲过，愤怒的古里巧绕又抡起大树横扫对方。助巴塔依伸手抓住大树，两人又互相拉扯着大树不放，大树被他们拉成几段，他们俩又扭在一起厮打，身上的盔甲战袍被撕扯成碎片，声嘶力竭的呼喊声惊天动地。

古里巧绕呼唤着阿依阔勒玛纳斯的英灵，力量倍增，信心百倍，他抄起只剩下半截柄把的斧背奋力出击，在古里巧绕的节节紧逼下，助巴塔依已感到疲惫不堪，他突然招手示意，要暂停战斗进行对话："请问好汉你叫什么名字？"助巴塔依冷不防问起姓名，盘问来龙去脉，酷似那水中游动的水蛇，他表面上假装很有礼貌，心平气和，心中的仇恨却无法掩饰，两眼喷射着满腔怒火。古里巧绕明知他在使用阴谋诡计，想借机休息恢复体力，但出于尊重战场上的规矩，古里巧绕只好停止攻击，这样回答对方的提问："我的名字叫古里巧绕，阿依阔勒玛纳斯的兄弟阿勒曼别特是我的父亲，我是赛麦台依的亲兄弟，你可要搞清这层关系！你想知道与你交手的人是谁，看来你还是想死得明白，不愿做糊里糊涂的冤死鬼，你的确还算是位英雄。你竟敢与我争霸称雄，你也是头雄狮；你竟然能承受这般冲击，你也是座大山；你身强力壮承受住这一切，你也是个硬汉；你的力量酷似波涛巨浪，你也是位骁将；你为百姓带来如此灾难，你也是个恶魔。你也应该说清你到底是谁？"

此时助巴塔依这样回答："我降生在喀拉卡勒玛克部落，我与契丹人混居在一起，来自与他们的交界处乌尔古。我父亲的大名叫乌先达，我的名字叫助巴塔依，像哈萨克人的名字，我姐姐嫁给了哈萨克人，我曾被姐姐抚养过。我的大哥乌尚在坎阔勒的战斗中被柯尔克孜人夺走了性命，在我之前出征的乌桑干是我的二哥，也不知道他如今是死是活，我为了讨伐柯尔克孜人欠下的血债来到这里。英雄啊，我也为你而感到惊讶，我像随风飘动的柳枝，被你的无穷力量所震撼，你年轻但久经沙场，武艺高强；你浑身上下似铁铸铜造，你魁伟高大似巍峨大山，你身手敏捷就像头猎豹，你曾经战胜过无数对手，值得我较量，你单枪匹马得意忘形，来到这里与我遭遇，这里将是你的葬身之地，我相信你将有来无回。"

古里巧绕听完助巴塔依的陈述，顿时情不自禁格外兴奋，目光炯炯地说道："助巴塔依，你把身世告诉了我，现在我想把你哥哥的情况告诉你，当空吾尔巴依带着你大哥乌尚来犯时，是我杀了你的大哥，你那狂妄的二哥乌桑干率兵马前来进犯我的故乡，占领色尔城时，是我收拾了他的神箭手阔交加什，也把乌桑干打入了地狱。我击溃了他的众多兵马，夺回了自己的金银财宝，赶回了自己的畜群，讨还了自己的血债深仇，把所有俘虏作为战利品分给了当地的柯尔克孜人。我做完这些之后返回的途中无意间与你相遇，我目睹加木格尔奇老前辈被你残忍地杀害！我可不是轻易败北的英雄，我要让来犯者自食其果，自取灭亡！"听到古里巧绕讲的这些情况，助巴塔依怒不可遏，脸色忽青忽白："古里巧绕，你快说实话，空吾尔巴依怎么死的？"这时古里巧绕开口回答："空吾尔巴依丧命已有三个月，空吾尔巴依丧尽天良玩尽了阴谋诡计，他一方面骗我们谈判，一方面偷偷地向塔拉斯派遣了乌桑干，他以统计死亡勇士的数量想瓜分我们的领地。我们及时识破了他的诡计，他惊慌失措打马逃脱，是我不顾一切地跟踪追击，在阿姆尔河的急流中擒获他，就地惩处，为民除害。空吾尔巴依丧命之后，卡勒玛克人溃不成军，四处逃窜！"

当古里巧绕讲到这里时，助巴塔依顿时泪如雨下，他恼羞成怒，顺手从地上捡起战刀，就要和古里巧绕决一死战："古里巧绕，你别自吹自擂，你真是血债累累，罪该万死！无情冰冷漆黑的地狱正在等待着你，古里巧绕你如果不畏惧逃窜，那就让我们展开回合战，你如果是英雄就放弃毫无章法的无序混战，让我们打回合战。古里巧绕，初次进攻的机会就给你，之后的进攻机会就归我，就让我们打三个回合，谁是英雄，谁是狗熊，最终还是让实力说话！"助巴塔依说到这里，古里巧绕表示赞同："要是这样，我同意。你不辞辛苦远道而来，初次进攻的机会就归你。"古里巧绕十分爽快。

当助巴塔依得到首先进攻的机会时，他像焚烧的柏树熊熊燃烧，恨不能一口把古里巧绕吞下。

大力士决战有个规矩，单打独斗打回合战，让出进攻机会的勇士必须在场中原地接招，拥有进攻权的勇士可随意选择最拿手的武器，以最擅长的战术进攻。场中应战的勇士必须一声不吭纹丝不动。古里巧绕手持坚固的盾牌，头上扣着钢制的头盔，原地站立，用犀利的目光凝视着助巴塔依。

得到进攻机会的助巴塔依从肩头唰地取下灰色的阿列
尼格尔铁弓，干净利落地掏出利箭，用尽平生之力拉开劲
弓，连发了三箭。利箭离弦，就像点着了火药的枪弹，箭
尾发出惊人的声响，呼啸声刺耳，划破长空。武功盖世的
古里巧绕唰地将身体倒向马的左侧，躲过第一箭；又倒向
马的右侧躲过了第二箭，只见第三箭朝着大腿飞来，他唰
地一把抓住飞箭，当作战利品插进了自己的箭囊。

助巴塔依眼看利箭未射伤对手，又抄起没有了刃的战
斧，用坚硬厚实的斧背狠狠地砸向古里巧绕，古里巧绕的
盾牌被击翻，自己却安然无恙。

助巴塔依内心充满忧伤和悲愤，两眼喷射着愤怒的火
焰，手中又举起大头铁锤，准备与古里巧绕进行最后一搏。
他催动胯下的骏马，疯狂地冲过来猛砸一锤，古里巧绕再
次从死亡中冲出，傲然屹立在助巴塔依面前。助巴塔依奋
力砸下的铁锤柄把断成两截，锤头掉在地上，他已连续发
起三回猛攻，现在该轮到古里巧绕进攻，助巴塔依感到自
己的末日将近。

英雄古里巧绕从肩头取下了父辈传承的苏尔弓箭，从
箭囊中掏出了带有菱形锋芒箭头的利箭。他瞄准助巴塔依
的肝胆射出了利箭，苏尔利箭就像射出枪膛的子弹，发出
雷鸣般的声响，从箭尾冒着一股青烟，当飞箭逼近时，助
巴塔依敏捷地向一侧倒了下去，利箭飞过后又挺立于马背
上，古里巧绕又射出了第二支利箭，空中呼啸而来的第二

支飞箭也被助巴塔依一把抓了下来，古里巧绕将卷了刃的月牙战斧重新扛在肩头，朝着助巴塔依冲去。

助巴塔依毅然决然毫不畏惧，脸前挡着硕大的盾牌，头上戴着铁制的头盔，身穿着层层叠叠的战袍，肖然挺立在马背上。古里巧绕抡起战斧，对准助巴塔依手举的厚实盾牌砸了下去，顿时火光冲天冒出青烟，溅落的火星把枯草点燃，助巴塔依淹没在滚滚烟尘中。

"噢，助巴塔依英雄，您在哪里？"卡勒玛克人纷纷叫喊着，当听到众人的喧嚣声，助巴塔依双腿夹紧战马怒吼着窜出烟尘。

见此情景，古里巧绕更加恼怒火冒三丈，他咬牙切齿怒不可遏，高举战斧，呼喊着再次冲到助巴塔依面前，平衡着两边的马镫，双脚蹬紧，挺起身体，使出全身的力气猛砸下去，"咥"的一声盾牌被砸飞，头盔被击碎，助巴塔依无法逃脱死亡的命运，轰隆一声滚落于马下，摊开四肢瘫死在沙场。

此时，助巴塔依的众多兵丁默默无语，有不少士兵是被强迫而来，他们有人喜出望外，也有人惊慌失措，还有人忧伤恐惧。

古里巧绕亲自处理善后，解散了众多的卡勒玛克兵丁，然后骑上苏尔阔勇骏马返回故土塔拉斯。

表弟发难

哈萨克历来是人口众多的部族，阔阔托依是哈萨克最早的汗王，阿依达尔汗是著名的富豪。后来阿依达尔汗的儿子阔克确成为哈萨克族民众依靠和信赖的汗王。玉尔毕和穆孜布尔恰克也是部落的汗王，哈萨克的这三个汗王已经离开人间，如今哈萨克各部联合聚集，阔克确的儿子乌买托依成为总汗王。乌买托依喝着新鲜的马奶酒，想入非非自我陶醉，梦想成为六十个部落的阿拉什的汗王。凯日木拜临死前所说的话已经过去了好几年，还一直埋藏在他的心底，他一心想假借赛麦台依去和空吾尔巴依谈判的事情闹腾，对赛麦台依发动攻击，乌买托依为此不分昼夜苦思冥想，最后下令召集了幕僚，宰杀四匹肥壮的骒马，端上热气腾腾的大块马肉，盛宴结束后，乌买托依开始侃侃而谈，情绪激动慷慨激昂："嗨，在座的各位大哥们，乌

325

买托依我有几句话要对你们说，希望你们仔细聆听。大哥
们，我不告诉你们，我还能把痛苦倾诉给谁？我越想越心
酸，感到愧疚，往事历历在目。当年玛纳斯统治所有的乡
亲，不论他走到哪里，就像驱赶羊群一样让百姓一同前往。
当然，玛纳斯是身强力壮的雄狮，他向卡勒玛克人讨还血
债，使所有的百姓拥有了领地，把获得的战利品也平均分
配。他有什么话也毫不隐瞒地告诉大家，为此人们簇拥在
他的周围，甘愿跟随他赴汤蹈火。玛纳斯之所以这样做，
目的是迷惑父老乡亲，那些被迷惑的人们，都未料到自己
的性命被掌握在玛纳斯的手中。我憨厚的父王阔克确，当
年随玛纳斯出征，在战斗中，不明不白地丢掉了性命。我
未能见到父亲的尊颜，未能亲手安葬，更未能将父亲哭
送，未能向父亲的英灵祈祷，我不讨还父债决不罢休，我
与赛麦台依不共戴天。这个赛麦台依比他的父亲还独断专
行，他目空一切，瞧不起人，一旦有人怯懦和畏惧他，他
就会把你当作奴仆，不论别人为他做多大贡献，他根本就
不会领情。你们大家想一想吧，他竟然独自去和康阿依人
谈判，还签订什么合约，独吞康阿依人进贡的财宝。他事
前不与我通气，事后连一声通报都没有。他伤害了我的自
尊和荣誉。难道我们哈萨克人如此无能，没有资格与他一
起前往康阿依？俗话说，男儿降生人间，就是为了尊严和
荣誉。为了维护尊严和荣誉，花费再多的金银珠宝我也在
所不惜！眼下我乌买托依十分满意，我们已经有了足够的
财富和力量，可以组织兵马与赛麦台依对抗，我要向赛麦

台依发起进攻，为我父亲讨还血债！俗话说，长辈活在人间，就是为了主持正义和公道。我尊贵的前辈和兄弟们，今天，我就是为此事特意召集你们来。"乌买托依这样愤愤不平，口若悬河，如同饿狮咄咄逼人。在座的人谁也没有表示异议。

乌买托依召集了五千名高手，其中有矛枪手、神射手、刀剑手、操斧手、抡锤手和大力士，每千人为一队，组建了精锐军队，他穷兵黩武，要向赛麦台依发动进攻，如果有谁提出不同意见，他就会立刻恼羞成怒大发雷霆。

到了乌买托依跨马出征的日子时，他的母亲阿克艾尔凯绮跑来劝告："哎，我的马驹乌买托依，宝贝，你要听我的良言相劝，雄狮玛纳斯是伟大的英雄，柯尔克孜和哈萨克百姓都全力拥护他。为了捍卫故乡和百姓，他殚精竭虑，奋战一生，得到大家的爱戴和拥护。违背大家意愿与他为敌的家伙，任何时候都不会有好下场！你与赛麦台依是亲姐妹生的表兄弟！卡妮凯是我的亲妹妹，赛麦台依是她的亲生儿子，你是我的亲生儿子，你俩是表兄弟，你们的父亲是情同手足的兄弟，他们少年时代就亲密携手共同抗敌，许多企图离间的阴谋家都白费心机。当卡勒玛克觊觎萨热阿尔卡，要从你父亲手中夺走时，是玛纳斯挺身而出，帮助你父亲保卫了这块热土，你父亲才登上汗位。赛麦台依继承父业，战胜和震慑了无数恶敌，无数人得到了他的恩泽。乌买托依，你若聪明的话，不要与赛麦台依为敌。与玛纳斯的子孙为敌，是没有好下场的！乌买托依，我劝你就此罢休，你若不听我的良言规劝，灾难就会降临到你的面前。你一心想用武力征服他，你也不是他的对手，他是天下无敌的猛虎，你一旦踏上他的领地，你将枉送性命。乌买托依，我的儿子，你有不满情绪和怨言，你去和赛麦台依推心置腹地交谈，或者差人传到他的耳朵里去，他会改变你的逆境困惑，他会分给你合适的领地，他会使你势力倍增，少走弯路。他将视你为挚友兄弟，与你同生共死。你若与赛麦台依和好，世上还有谁敢招惹你，更不会有人敢来欺负你，如若真的有猖狂者来犯，在大难临头的危难时刻，赛麦台依将会自告奋勇，毅然决然解救你。乌买托依，我的孩子，你千万不要上恶人的当，千万不要听信坏人的话！你千万不可与表兄闹僵，千万不能率军去侵扰！"当阿克艾尔凯绮讲到这里，乌买托依依然固执己见，这样反驳他的母亲："母亲啊，您不要再费口舌，我绝不听从您的话语，在我和赛麦台依之间绝没有什么挑拨离间者，您的儿子与奸臣毫不相干，是赛麦台依的所作所为，在我胸中燃起了一把烈火！我的父亲阔克确，堂堂正正为人忠厚，狡诈的暴君玛纳斯千方百计地蒙骗我父亲，是他葬送了我父亲的性命。赛麦台依更加残暴无情，他根本不为其父的过错而醒悟。他妄自尊大，不与我商议大事，赛麦台依哪一点比我强？！我的力量根本不比他差，我拥有众多哈萨克部落，我的部落和百姓有哪一点不如他的？！我要追讨父亲的血债，我绝不会就此罢休！我俩是表兄弟一点不假，当他前去空吾尔巴依那里时，如果能和我说一声一同前往，如若不去那是我的事，我也将毫无遗憾！血债累累的空吾尔巴依他可是杀害我父王的元凶，当我想要杀他报仇时，我却遗憾地落了空，自那时起，我非常失落，遗憾使我辗转反侧彻夜难眠！母亲，您却跑来劝我放弃，我已从哈萨克各部招募兵马，如果我不去赛麦台依那里，我将如何维护尊严？我将成为百姓的笑柄，这一切我将如何承受？不论握手言和还是刀兵相见，我决不后退非去不可！一旦谈崩树为仇敌，我决不活着放过他！"面对母亲的苦口婆心，乌买托依毫无悔过之意。

在阿依达尔汗的部落里，有一位名叫阿勒腾汗的老人，他可是一位著名的寿星，阿勒腾汗主持公道，语重心长地规劝乌买托依："放弃吧，孩子，不要张狂，不要逞强，不要再与赛麦台依较量！我猜想他非战胜你不可！赛麦台依是个强悍的无敌英雄，你虽然身上穿铁甲战袍，却并非无敌英雄，孩子你还未见识过强敌，你还未目睹勇士们的较量，你若不听劝阻前去逞强，非倒霉遭殃不可。说实话，坎巧绕不比你差，你不比古里巧绕强，你绝不是赛麦台依的对手。青阔交与托勒托依前去侵袭，他们何时能保全性命？节提苏的众多节迪盖尔人，相互残杀已经所剩无几，空吾尔巴依几次从康阿依出兵，最后还是以失败告终，在赛麦台依刀下全军覆没。既然空吾尔巴依被他斩杀，那正是你的表兄为你报仇，你父亲的血债该了却了吧。孩子，你还有什么不服，不要为虚荣如此斤斤计较，你绝对实现不了荒唐的梦想！喀拉柯尔克孜和哈萨克，当年在玛

纳斯的统领下，如日中天兴旺繁荣。如今，在赛麦台依的
统领下，阿拉什的父老乡亲才得以无忧无虑安居乐业。你
被自己的权势和财富所蒙蔽，孩子，莫不知天高地厚，惹
是生非！孩子，求你听从好言相劝，求你理智一点回心转
意。你眼下的权势财富不算少，求你安于现状满足现实！"

　　虽然长辈阿勒腾汗语重心长苦口婆心一再劝说，乌买
托依还是不肯听从，他死心塌地顽固不化，要向赛麦台依
发起进攻。乌买托依下令哈萨克军队即刻出发，浩浩荡荡
地向坎阔勒塔拉斯进发。

以卵击石

猖狂得意的乌买托依率领着五千多精锐人马，翻越无数高山达坂，涉过无数急流险滩，千辛万苦好不容易抵达了富饶的坎阔勒。

在坎阔勒的阿勒克木塔什，萨热塔孜老人望见一下涌来这么多的人马，不知道发生了什么怪事，他感到莫名其妙，赶紧跑回去向巴卡依报告。在场的英雄古里巧绕提出了亲自出马前去侦察的要求，得到大家的同意。

古里巧绕让胯下的苏尔阔勇昂首扬鬃，四蹄扬起滚滚尘土，朝着大队人马奔驰而去。英雄古里巧绕在阿依勒是一个巧绕，一旦出征便顶千名巧绕。哪里有艰险哪里就有他；哪里有难越的高山峻岭，自然是古里巧绕首先翻越；哪里有强悍的敌将叫阵，一马当先的自然也是古里巧绕。

青鬃狼古里巧绕直奔到大队人马面前，气概非凡直言不讳，咄咄逼人地张口问道："你们是什么人？从哪里来？你们来干什么？你们若是迷路的人马，我将热情款待你们；你们若是来挑衅的家伙，若是来交战的强盗，若是来惹祸的无赖，我会让你们有来无回，受到应有的惩罚。让你们的头目出来给我说明实情！"

此时，身披油光发亮的貂皮大衣、头戴光泽耀眼的水獭皮帽的乌买托依，从队伍中间大摇大摆地走出来，傲慢地站到古里巧绕面前，口吐狂言："你这个愚蠢的古里巧绕，竟敢不认识我乌买托依！你别胡猜乱想，我们根本不是旅行者。我四处奔波寻找冤家，到处寻找较量的对手！我父亲阔克确被玛纳斯谋害，我是前来讨还血债的！你若自不量力不懂规矩，你若不谨慎地出言不逊，你若不虔诚地听我的话，我将把你的城池夷为平地，我将洗劫你的财富和牲畜，我将夺取你们的汗王宝座！让你的赛麦台依来到我面前！我不需要他的牲畜和金钱，只让他痛哭流涕地来下跪，向我求饶！如果接受这些条件，我才可以考虑撤军，凭着卡妮凯姨妈的亲情，凭着前辈巴卡依老人的面子，我也许会将他宽恕，既往不咎！"

面对张狂的乌买托依，古里巧绕耐着性子规劝道："乌买托依，到此为止吧！我怎么会不认识你，你走出来我才看到了你，也听到你所陈述的怨言，明白了你的仇和恨。阔克确与玛纳斯是连襟，他们是形影不离的挚友，同舟共济的伙伴，生死与共的好汉。他们也有自己的规矩和秘密，从少年时代起，他们俩就联手抗击卡勒玛克强敌，长大成人后更是最亲密的战友，雄狮阔克确登上汗位后还经常来拜访玛纳斯英雄，他们共商大计，携手完成了不少大事。多少年来，不论走到哪里，他俩紧紧相随形影不离，获得的战利品历来都是平均分配，如果见到肥壮的牲畜，如果缴获金银珠宝，玛纳斯首先让阔克确挑选，剩下的战利品才分给其他汗王。在玛纳斯时代，阔克确的情况就是如此，汗王阔克确自由自在，从来无人威逼和限制他。面对铺天盖地的康阿依人，玛纳斯总是冲锋在前，一马当先。阔克确也是争先恐后，奋勇杀敌。他和其他勇士一样在混战中遇难，这还能去怪谁？在那残酷的战斗中，我的父亲阿勒曼别特，还有楚瓦克和色尔哈克等英雄都献出了生命。就连玛纳斯也遭敌人暗害致死。这些血海深仇，难道是你能讨的债吗？玛纳斯的儿子赛麦台依难道是你可攀比的吗？曾经出了不少你这样的捣蛋鬼，无中生有四处寻衅，有不少无知的英雄，声称要与赛麦台依单打独斗，当要真打时，他们都冒出一身冷汗，当雄狮真的被惹怒激愤时，也是那些无耻的叛变者鲜血被溅洒之时，直到死亡之神在向他们招手，这些疯狂的叫嚣者才为招惹赛麦台依而后悔莫及，幡然醒悟。乌买托依，让狗来听你的胡言乱语！你和赛麦台依是表兄弟，你不要把赛麦台依与其他人混为一谈，他事事对你多有谅解，你可不要不识好歹一意孤行。如果真的激怒了他，你这小命也无法保全！我看你眼下还年轻气盛，你的胡言乱语，我也不会去禀报，你快住口，不要再恶语伤人。让我来提前阻止这件事，让我做你们俩的调解人！我去和巴卡依前辈商议，让卡妮凯也知道这一情况，为了了却你那殷切的心愿，我把赛麦台依叫来如何？赛麦台依若看在亲戚面上，你会受到他的盛情款待。让我尽快赶回大哥那里，立刻通报所有情况。赛麦台依会来到这里，他若不听规劝非视你为敌，我就立即向你通报消息。"古里巧绕苦口婆心进行劝导，一心想化解这场亲人间的纠纷。可是乌买托依鬼迷心窍，根本听不进良言相劝。

英雄古里巧绕顾全大局，答应向赛麦台依通报便掉头返回。他心急火燎像是与雄鹰赛跑，朝着赛麦台依的住处风驰电掣而去。他顷刻之间来到赛麦台依面前，气喘着禀报了所有情况后，说道："亲爱的大哥，乌买托依就像熔铸的铁疙瘩，是性格偏强顽固的家伙，只要有一丝可能，请你不要与他一般见识。大哥，冤仇宜解不宜结，如果你与亲戚反目成仇，与亲人成为死敌，这对你毫无意义，就让我们立即跨马前去，快到跟前时就跳下马徒步前行，恭恭敬敬地上前问候，然后请他来这里住下，用美食佳肴盛情款待，推心置腹地叙旧谈心，让心中的误解冰释烟消，再馈赠礼品表示心意，以此宽慰他的心灵。大哥，为了保住亲戚关系，就向他恭敬地行一回礼，这也无损你王者的形象；就是为了大局下一回马，也丝毫无损你的英雄气概。大哥，让我们主动去阻止他吧，给他一次改过自新的机会。"古里巧绕说到这里的时候，赛麦台依语重心长地说："英雄古里巧绕好兄弟，你是我可以信赖的好伙伴！你还是替我再跑一趟，我前些日子不是说过吗，我已经把权力交给了你，英雄的伟大只有英雄理解，你不理解还有谁能理解？让我去向率领着大军的表弟下马行礼，祈求和解，旁人会嚼着舌根耻笑我，听说赛麦台依为叛军下马行礼，天下的流言蜚语会把我们淹没。"当赛麦台依这样述说之际，古里巧绕坚持己见据理力争，百般劝说，可是赛麦台依主意已定，毫不动摇，不肯退让。

古里巧绕无奈地催促着苏尔阔勇骏马急忙赶到乌买托依跟前，乌买托依一见到古里巧绕就大声吼道："玛纳斯的儿子赛麦台依是否接受了我的条件？他是否情愿来到我的面前下跪抱我的腿？如果赛麦台依不来下跪，我乌买托依决不返回！"当乌买托依这样猖狂发怒的时候，古里巧绕开口规劝道："哎呀，英雄乌买托依，你就改变主意吧，赛麦台依并没有恶意，他让我把你领回王庭，说要亲自盛情款待你，他很愿意与你兄弟相处。有些人在背后挑拨离间，为达到目的而胡言乱语，甚至诬蔑赛麦台依是吝啬鬼，其实我大哥不是那种人，他是英雄，豁达大度，他是亲人，充满爱心。他是汗王，心地善良，憨厚又朴实，就像久经寒霜的翠柏青松。一旦他暴怒情绪发作，不知多少强悍之敌要遭灭顶之灾。当他真的被顽敌惹恼时，世间什么也别想将他阻挡，就连他的祖父加克普汗也没有逃过。我们就此握手言和，你表兄还想设宴款待你。"

古里巧绕一再劝解，乌买托依顽固不化，他面无表情，把锋利的钢铸矛枪紧握在手中，咆哮如雷地叫骂着："你这个卑鄙无能的狗奴隶，你如若能与我抗衡对决，你如若敢与我对阵，进攻的机会就属于我，反攻的机会就属于你。你给我立刻滚上阵来吧！你若幸运不丢掉性命，你会有机会，万一你这狗奴隶丢了小命，那你就要干枯在坟墓里，你不可能存活，我发誓非宰了你不可！"乌买托依口出狂言，古里巧绕被迫接受挑战，他说："乌买托依，你并不是强过我的英雄，更不是一矛枪能刺翻我的勇士，你哪里是我的对手！"说完，纹丝不动地挺立在原地。

大发雷霆的乌买托依恶狠狠地猛抽着胯下的战马，呼啸着手中的矛枪，向古里巧绕飞驰着冲来。他用尽九牛二虎之力朝着古里巧绕猛刺过去，古里巧绕挺立在原地，毫发无损，安然无恙。他对乌买托依说道："乌买托依，你用过了自己的机会，应该没有遗憾，下面就该轮到我啦，你这狂妄自大的乌买托依，我实在不忍杀死你，可这是你自食其果，自取灭亡！"

乌买托依顿时感到不安，他已知灾难临近，为了男子汉的面子，仍然在原地勒缰挺立，古里巧绕让胯下的骏马飞驰着，流星般冲杀过去刺出了矛枪，乌买托依"轰"的一声从马背坠落，脑袋扎进了泥土里。

失去骏马

　　看到汗王已经丧命，众多的哈萨克兵卒，当即向古里巧绕哀求："我们的确是毫无恶意，我们并不是自愿来征战，我们是被强迫而来的。"古里巧绕面对他们的齐声哀求，不知道这善后的事怎样处理才好。

　　正在此时，巴卡侬和萨热塔孜风驰电掣地赶来，心想让双方和解，再不要自相恶斗，但他们赶来时不想看到的事情已经发生。古里巧绕向他们说明了情况后，大家进行周密的磋商，商定尽快去找赛麦台侬，将乌买托侬好好安葬。向众多的哈萨克人馈赠礼品，表达歉意，让他们心情舒畅，和睦相处。于是他们驮上乌买托侬的尸体引着哈萨克人来到城里。

　　当大家聚集的时候，巴卡侬开口质问赛麦台侬："噢天呀，我的孩子赛麦台侬，你们到底是怎么了？你的表弟乌买托依就这样永远销声匿迹。"不等赛麦台依回答，古里巧绕当众辩解道："我反复劝过他们俩，但谁也不听我的劝告，乌买托依态度蛮横顽固不化，他挺枪跃马向我挑战，于是我只好同他交手，他首先发起了猛烈进攻，我出于无奈进行了回击。是他无中生有前来滋事，举兵叛乱自取灭亡。"此时卡妮凯赶来，她无限悲痛唱着丧歌，流淌着眼泪责问赛麦台依："噢，赛麦台依，我的狼崽子，乌买托依是你的姨表兄弟，孩子你到底在干什么？在我大姐还在人世时，你却给她带来了灾难。可怜的姐姐阿克艾尔凯绮，这下可被投入了万丈深渊。你杀死兄弟乌买托依，你用兄弟的鲜血沾染了枪尖，当你的大姨年迈衰老之时，她在哈萨克部落的处境会更加艰难！"卡妮凯带领着在场的人们齐声号啕痛哭着。按照葬礼的传统和风俗，妇女们头上披着黑色轻纱，人们沉痛地唱着丧歌，隆重而体面地举行葬礼。

为了不让哈萨克人记仇，汗王们商议要让他们满意而归，众人赶来了众多的牲畜，集中了大量金银和绸缎，赛麦台依亲自坐镇指挥，给每个哈萨克人牵上了一匹良种骏马，还送给他们强壮的骆驼，驮运金银绸缎。

这时，坎巧绕跑来向赛麦台依进言："噢，亲爱的大哥，我有几句话要对你说。大哥，你今天怎么了？你的智慧到哪里去了？你的亲生母亲卡妮凯与阿克艾尔凯绮是亲姐妹，阿克艾尔凯绮失去了汗王儿子，千万莫让她感到过于悲伤，大哥啊，你一定要抚慰她心中的悲哀，你既然馈赠就应该送给她最尊贵的礼物，只有千里马，才能体现你的汗王气魄。"在一旁的古里巧绕觉得这个提议并不合适，但因乌买托依死在了自己手中，就不好提出异议。赛麦台依听坎巧绕这么一说，根本没有考虑将来的后果，只觉得坎巧绕言之有理，"就将塔依布茹勒馈赠给阿克艾尔凯绮姨妈，让她消消心中的悲愤痛苦吧。"他在心里这么盘算，便把塔依布茹勒神骏送了出去。哈萨克人十分满意，皆大欢喜地回了家。

赛麦台依丧失理智，失去了塔依布茹勒千里马。从此民间留下了这样的谚语："手中失去了塔依布茹勒，表明雄狮的儿子赛麦台依已是死到临头。"

阴谋叛乱

　　赛麦台侬尊贵的夫人、夏铁米尔的孙女恰绮凯，是娇生惯养的女人，当阿依曲莱克成为可敦 [1] 后，恰绮凯更加嫉恨，阿依曲莱克一直对她尊重谦让，也未能得到她的谅解，反而她心中的嫉妒之火越烧越旺，甚至恨不得让赛麦台侬灭亡，把阿依曲莱克变成奴婢，以解心头之恨。恰绮凯像灰蛇般缠绕献殷勤，把坎巧绕引诱拉拢到身边，娇揉造作的淫笑声完全迷惑了坎巧绕。坎巧绕鬼迷心窍，忘恩负义，被教唆成了万恶的凶手。恰绮凯和坎巧绕鬼鬼祟祟在暗地里谋划，一心想夺取汗权进行篡位，成为汗王和可敦。

　　这一天，让赛麦台侬中计送走了塔依布茹勒神骏后，

---

[1]　可敦: 我国古代北方游牧民族称汗王为"可汗"，称王妃为"可敦"。

坎巧绕来向恰绮凯表功。他们又在一起策划，要利用托勒托依之子克亚孜的势力，达到夺权篡位的目的。

当年赛麦台依征服节迪盖尔时，将节孜坎皮尔的七个儿子立为汗王，托勒托依的儿子克亚孜长大后不愿屈从七位汗王的管束，夺回了自己的马缰，节迪盖尔人把克亚孜重新推举为自己的汗王。坎巧绕断定克亚孜为了他父亲的血海深仇，为了荣耀，会来入伙，会被他们所利用。

坎巧绕沾沾自喜，从自己亲近的同党中找了一名叫加尼斯孜的家伙，打发他去给汗王克亚孜送信。

坎巧绕在信中这样表白："你的祖上三代都是汗王，没有人能夺取你的汗位。吸血鬼赛麦台依没有珍惜汗王们的尊贵，他竟然杀死了你的父亲，他让疯狂的奴隶古里巧绕管理着你悲伤的百姓。当时我虽然极力劝阻，赛麦台依死活不听我的话。当年你还年幼，势单力薄，的确也无法以武力抗衡。克亚孜，你父亲所流的鲜血，你是否还铭记在心头？你是否想过讨还你父亲的血债？克亚孜，我十分欣赏你，尤其是你的果敢和纯朴，我写信差人专程送给你，希望你能夺取赛麦台依的汗王宝座，将他的亲戚和同伙全部消灭打入地狱，我已使赛麦台依失去了千里马，他胯下没有了塔依布茹勒骏马，还能有什么能力与我们对抗。你如果有自尊和勇气，克亚孜，你就大胆地干吧！只要你与我联手合作，你将会彻底改变命运。当人们从夏牧场转迁时，就在阿亚克奥纳[1]月份里，期望你与我在途中相会。只要我不死还活在人间，就在塔什干和纳曼干之间，就在那个奥依东的地方，我将等候你，只要你能按时赴约，我们就不会有任何遗憾！如果你不听从我的主意，让你父亲托勒托侬的英灵来惩罚你，你会遭到灭顶之灾！如果我的话里有一丝作假，如果我违背承诺的誓言，让那无际苍天惩治我，让大地母亲惩罚我，让那神圣神灵惩办我，让那墓中亡灵惩处我，让那燃烧的黑土地严惩我，让那天上的太阳焚毁我，让那无月的黑夜吞没我，让那天上的明月处罚我！"坎巧绕在信中如此起毒誓，他想对方看了会确信无疑。

那信差加尼斯孜临行时，坎巧绕一再嘱咐："你把此信送到汗王克亚孜手中，你将得到丰厚的报酬。这是一件十分机密的大事，你千万不要暴露自己的身份，不要四处张扬，你要快马加鞭日夜兼程，速去速返。克亚孜如果写信就带回来，切莫白天返回，要夜里潜回，直接到家里来找我。"

坎巧绕唠唠叨叨反复叮咛，差遣加尼斯孜赶紧出发。

加尼斯孜接过信件，日夜兼程来到克亚孜面前，把坎巧绕的亲笔信交到克亚孜手中，克亚孜是位不识字的壮汉，他立刻叫来识字的莫勒多，当着身边的亲信和幕僚，让莫勒多反反复复地阅读解说，完全明白了来信的用意，清楚

　　　[1]　阿亚克奥纳：柯尔克孜传统历法中指八月。

了坎巧绕的目的。他当即口述让莫勒多写了这样的回信："呵，好样的，坎巧绕，你是势力强盛的英雄，只要你能完全信守诺言，我将全力以赴助你成功！你说的话就像黄金，就在阿亚克奥纳月份里，我定将率领十万大军，毫不迟疑地赶到约定的地点。我在那里等候你十五天，如果你十五天内不赶到，我将毫不犹豫掉头回家，你如果真心实意与我合作，我将不惜性命与你配合，你点燃了我心中的怒火，我定向那狂妄自大的赛麦台依讨还我父亲的血债，杀了他以解我心中的怨恨！"信里写下了诸多内容，发泄了克亚孜内心的怒火，又写下了很多誓言和承诺，"坎巧绕，请你完全相信我，我若不在约定时间赶到，让节提苏的土地惩处我，让无所不能的神仙惩办我，让节迪盖尔显灵惩罚我，让那激流和巨浪卷走我，让那铁头大锤砸烂我，让阿克波罗特宝剑砍了我！让我父亲托勒托依的血处置我，让那江中的木筏发落我，让那无际的荒野旱死我，让那无底的湖海吞没我，让飞禽走兽的众神分食我！让茂密的森林惩治我，让那毒蛇蚁蝎咬死我，让那大道的尘埃埋没我！如果我将你的话遗忘，让你祖先的英灵处罚我！我的起誓和诺言就这些，愿你在约定的地点等我！"

信使加尼斯孜拿到克亚孜的回信，千辛万苦奔波，在夜幕掩护下悄悄潜回家。坎巧绕匆匆忙忙接过信，急不可耐地打开阅读，当他读完整封信的内容，通宵达旦没有合眼，他激动得整夜心潮澎湃，在兴奋中熬到天亮。

天色一亮，坎巧绕手忙脚乱地跨上战马，驰向古里巧绕的家，一进门就开口说道："咳，我的汗王古里巧绕，杨枝柳条都吐新芽，大地返青一片绿色。百灵欢歌鸟语花香，飞禽鸣唱着在蓝天翱翔，大地百花盛开姹紫嫣红，<u>丛丛绿草繁茂成长</u>。瞬间夏季就要来临，我们还躺在家里干什么！上马吧，英雄古里巧绕，让我们带上几个随从，到夏牧场巡视一番。在山里狩猎盘羊和岩羊，让我们出去轻松一下。如果打的北山羊多，就驮到老人们面前，分发给他们，以表心意。"坎巧绕如此这般地说出不少话，古里巧绕当即表示同意。

坎巧绕和古里巧绕带上六名随从和马官，以及充足的干粮和弹药，从阿依勒一同出发。

他们顺着坎阔勒直上，直奔坎阔勒的顶端，攀上了巨大岩石的平台。他们放眼望去，柏树歪歪扭扭地生长着，绿藤缠绕着柏枝向四面伸展，绿草已铺满大地，鲜花盛开五彩缤纷。他们面对美丽的群山赞不绝口，谈笑风生，兴致勃勃。

进入深山之后风景更加优美，漫山遍野绿草红花似花毯，酷似姑娘们精美的刺绣。两山之间宽阔的河水缓缓流淌，两岸是丰美的牧场，看上去整个坎阔勒生机勃勃，美不胜收如仙境一般。在山里猎取盘羊和岩羊，大家欢声笑语十分高兴，好像大地也沉浸在欢乐之中，他们在苏萨木尔停下来，放开马匹饮水吃草休息，接着他们在群山四处巡视，看看哪里水草茂盛，瞧瞧哪里牧草长势不好。繁茂的牧草长势喜人，在夏季凉风中如波浪起伏，让人眼花缭乱，整个坎阔勒里里外外，五光十色，在阳光下闪烁。

他们整整走了十天后回到坎阔勒山下的阿依勒，坎巧绕提出搬迁的建议，得到古里巧绕的支持，匆匆忙忙动员父老乡亲尽快向夏牧场搬迁。

人们成群结队喜气洋洋搬进夏牧场，举行各种游戏娱乐活动，库姆孜琴手和歌手尽情地弹奏和歌唱，人们每天屠宰马驹和羊羔聚餐，往马奶酒里掺和着蜂蜜，开怀畅饮，每天都像过节一样，坎阔勒的人们陶醉在欢乐之中。

夏季过去，转眼间迎来秋高气爽，五彩缤纷的鲜花凋谢，满山遍野一片金黄，坎巧绕心里念念不忘与克亚孜所立的誓言，他们约定的时间转眼间来临。

这一天坎巧绕突然来到古里巧绕家里，说道："我尊贵的古里巧绕，有件事不知你发觉没有？我们的百姓在夏牧场尽情享受着安乐的生活，所有的马匹已经膘肥体壮，所有的人都已心宽体胖。但是整个夏天我们一直待在家里，没能外出巡视周边的情况，塔什干的上游是座高山，撒马尔罕就在那边。那里的道路虽然很艰险，但也有可以通行的山口，我们并没有在那里布置警戒，也未留下可监视敌情的哨兵。我要到那里打探情况，如果那里没有危险的话，我再去纳曼干的平川，还有浩罕上方开阔的平台，我要登上高峰，用千里眼观察伊斯法罕和伊朗方向，仔细观测通往浩罕与喀什噶尔的各路山口，若有来自远方的敌人，我就呐喊着将他们赶走，巡视完各处的情况，再来向你详细地汇报！我只有一个请求，就是请你把苏尔阔勇骏马借给我骑，请将你的布鲁木战袍借给我穿。"坎巧绕滔滔不绝地讲着自己的想法，将假话说得跟真的一样，天衣无缝滴水不漏。心地善良的古里巧绕答应了他所有的要求。

坎巧绕准备就绪上了路，他巧取古里巧绕的骏马和战袍，身边驮上充足的干粮，就像展翅飞翔的秃鹫朝着塔什干方向驰去。

他绕过撒马尔罕的峻岭，翻越塔什干上方的高山，站在高高的平台上，手持千里眼四处眺望，没有发现任何动静和人影，更没有发现节迪盖尔的大军。坎巧绕心想，克亚孜是否没有赶来，顿时对克亚孜感到失望。他站在此地苦思冥想，头昏眼花，也觉得别无他法，便撒开骏马的缰绳，朝着纳曼干和浩罕方向走去。

坎巧绕一路扬鞭抽打着坐骑，可怜的苏尔阔勇流淌着汗水，来到纳曼干的下方，穿过一望无际的浩罕，登上高冈。坎巧绕坐在黑色岩石上，拿起了千里眼，他向山下四处张望，把四通八达的路口看了个遍，也没有发现任何动静，顿时怒火中烧，为克亚孜的失约咬牙顿足。他猜想这个不守信用的家伙会不会向赛麦台依告密，自己的末日是不是就在眼前？他瘫坐在原地不知如何是好。

忽然听到"咚"的一声响，从高山脚下传来了枪声，在群山峻岭回荡，他望见山脚下人山人海的兵马，率领兵马的正是汗王克亚孜，他派人四处鸣枪，向坎巧绕发出信号。坎巧绕的脸上顿时如阳光般灿烂，他鞭策着苏尔阔勇骏马，朝着山脚驰骋而去。

坎巧绕瞬间赶到山脚，克亚孜见到坎巧绕喜笑颜开，立刻亲自上前牵马迎接，两个人就像很久未见面互相思念的老朋友，拥抱着互亲对方的脖颈儿。他们寒暄过后铺开餐布用餐，茶足饭饱之后开始畅谈各自的委屈，推心置腹地诉说苦衷。

为了结成死党永不变心，克亚孜和坎巧绕两人结为生死挚友，盘算着要杀了赛麦台依，向往着独霸天下，称雄一方。他们阴谋策划，由坎巧绕继续蒙蔽赛麦台依和古里巧绕，千方百计诱骗他们，在本月十五日把他们引到玛纳斯的墓地，克亚孜将率大军在那里迎候。就在那里里应外合对赛麦台依和古里巧绕下手！

当克亚孜为坎巧绕送行的时候，打量着苏尔阔勇骏马，克亚孜的心如同针扎。他慢慢靠近苏尔阔勇骏马，轻轻地抚摸着它，无法克制自己，泪流满面，感慨万千，说道："我尊贵的朋友坎巧绕，你骑的这匹战马就是我父亲的骏马，当年赛麦台依指使他的走狗古里巧绕杀了我父亲，把这匹马当作了战利品。这样的屈辱和仇恨，让我如何能忍受！我企盼有一天能够驾驭着自由的苏尔阔勇！"

这时坎巧绕趁机给克亚孜进一步鼓劲打气："我的朋友克亚孜，你是烈豹英雄，你不能无谓地啼哭！我冒着危险来到这里，就是要帮助你夺回这千里神驹，帮你讨还血债，帮你重新登上宝座，享受荣华富贵！你要坚定不移鼓足勇气，恪守诺言，按约定时间赶到塔拉斯！"

坎巧绕说完，告别克亚孜，跨上苏尔阔勇骏马扬长而去。

陷入圈套

坎巧绕日夜兼程马不停蹄地回到阿依勒,他做贼心虚,在夜幕的掩护下,把苏尔阔勇骏马拴在很远的地方,悄悄地溜进住地。这个毫无廉耻的家伙,好似立了大功春风得意,偷偷钻进了恰绮凯的房间。他向恰绮凯献殷勤,绘声绘色地讲述了从自己起程到返回的整个过程,最后还说道:"恰绮凯,你可要在心里做好准备,等待着做我心爱的汗妃!"

等到天快要亮的时候,坎巧绕偷偷摸摸地离开了恰绮凯的宫帐,跨上战马悄悄回到自己的毡房。当太阳高照的正午时分,他骑上苏尔阔勇骏马风尘仆仆地赶到汗王赛麦台依的大帐。

坎巧绕一到就装作开心模样哈哈大笑,滔滔不绝地禀报巡视的情况:"我一直到撒马尔罕的边沿和塔什干广袤的山腰,在纳曼干的下方和开阔的浩罕上方,我登上岩石高冈，观察了喀什噶尔方向，都没有发现什么可疑情况，我看当今天下已无一个敢与我们抗衡的敌人。我看到我们广袤的牧场上水草丰盛、人畜两旺，景色秀丽一片好风光。在辽阔的平原上庄稼金黄丰收在望，这正是举行婚礼和祭典盛会的好时光。父老乡亲们早已把牲畜备好，急切盼望。大哥，如果你觉得合适的话，就请你听一听我的设想，自初夏兴致勃勃地来到这里，已到了秋高气爽的季节，我们还未前去陵墓祭拜先祖，依我看，时间已临近十五月儿圆，正是前去陵墓祭奠的最好时机。让我们牵上一匹白色牝马直奔父亲的白色陵墓，用牵去的马匹祭奠后返回。如果两三天内我们不去，就会和乡亲的婚礼庆典相冲突，紧接着冬季寒流来临，我们将失去祭奠的机会。如果我们不去祭奠先祖，先祖的灵魂怎会安宁，我们会受到世人的谴责！"坎巧绕油嘴滑舌，极力劝说赛麦台依。

耐心听完坎巧绕的话语，赛麦台依表示完全赞同。

当赛麦台依准备动身时，卡妮凯听到这一消息，匆匆忙忙地赶来，严肃地劝阻赛麦台依："孩子啊，听我的话，你要老老实实地待在这儿，眼下哪里也不能去！我在梦里遇到一件怪事，今日不是你出门的黄道吉日，在梦里你的鞍垫被抛弃，你的苏尔阔勇神骑失去鞍具，你的阿克凯勒铁火枪的枪膛生了锈，色尔长矛也从中折断。你脱去了阿克奥勒波克战袍，月牙斧的斧刃已豁了口。从远方涌来众多的劲敌，在梦里你眼睁睁地被抓走。我的孩子，眼下不是你去陵墓的时候，我梦见的可不是吉祥事，我的马驹，你千万不要去!"

卡妮凯苦口婆心地劝阻,母亲的双眼流淌着血泪,泪水顺着脸颊流淌。

就在这个时候,阿依曲莱克急匆匆赶来:"请你用心听从母亲的话,你一定要改变这不吉利的主意。十来天后人们将要转场,当乡亲们转到秋草场后,通知所有父老乡亲去举行图略仪式[1],然后你同大伙儿去祭祖,让我们大家一道去祭拜父亲的英灵。"

阿依曲莱克出面这么劝说,赛麦台依准备改变主意,暂时不去先祖的陵墓。

这时坎巧绕却跳出来以强硬的口吻说:"我尊贵的大哥,你这是怎么啦?跨上马后你竟然反悔,你怎么如此地出尔反尔。阿依曲莱克,休要多此一举,男人们的事情,女人们何必纠缠着瞎掺和。你何时体谅过我大哥,你来去自如,自行其是,何时与我大哥商量!大哥,走吧,快催马上路,男子汉怎能听信妇道人家的话!"坎巧绕像发疯一样挥起皮鞭狠抽了马一下,唰地勒缰掉转了马头。

已骑上马的赛麦台依,进退两难,无法再跳下马背,在坎巧绕的挑拨下,准备一意孤行策马离开。

此刻卡妮凯再次来劝阻:"你听我说,我的宝贝马驹!你未能听从你妻子的话,你没有回心转意却固执己见。现在,我要你切记母亲的话!其实就在最近的日子,你和我

---

　　　[1]　图略仪式:柯尔克孜族习俗,为消灾免祸而举行的祈祷仪式。

们都会搬迁到坎阔勒去，你为何如此心切而匆忙？我已经
告诉了你，你却死活不信我的梦兆。你今日出门确实不吉
利。孩子，你就听母亲一句话吧，今夜的星座正好是逆向，
孩子，自从你父王玛纳斯以来，就有这样的规矩：办事前
要精细地推算日月星辰的运转，只要星座排列不顺，从来
就不张扬着跨马出行，决不离开自家大门半步，只要违背
父辈的话一意孤行，晚辈绝不会有好的结果！你父王当年
要骑马出行之前，定要去托鲁果塔什[1]那里试试运气。他
要举一举磨盘大的托鲁果黑石，试一试自己的运气是好是
坏，若能平稳地举起将它抛起，他就连头都不回直奔而去；
如果举不起那块托鲁果黑石，他就会老老实实悄悄回家。
这就是你父王留下的规矩。我的心肝宝贝，最起码你也去
一趟托鲁果塔什那里，试举一下那托鲁果黑石，你好好地
试探一下运气。你若从托鲁果塔什悟出不祥，你就即刻返
回自己的家里！"

听罢这些话，坎巧绕更加愤怒，他咆哮如雷，竟然指
责卡妮凯："今日我大哥出门，你们却百般阻挠！看来你
已经老态龙钟，胡言乱语，这难道不是老糊涂了吗？还说
什么死神已经降临，你难道亲眼见到它了吗？大娘，你好
好想一想，你用自己的乳汁养育，给了我大哥无穷的力量，
不论遭遇任何事情，大伙儿始终不渝同舟共济，我和古里

---

[1] 托鲁果塔什：意为试运气的石头。柯尔克孜族人用来占卜吉凶祸
福的特定石头。

巧绕在他身边相伴互助。你竟然用猜测的话语千方百计阻止大哥出行。大哥，走吧，不要理她们，谁还在这里为她们停留！"

面对坎巧绕的疯狂叫嚣，卡妮凯不得不将谜底揭破："我亲爱的宝贝儿子，我把真心话告诉你，自从坎巧绕降下人世，我就发现他将来必起祸殃。当时我把乳头放进他的嘴里，乳房中只出鲜血不出乳汁，我当时预感到不祥，怀疑他将来会把你谋害。那时就曾想除掉他，又不忍心杀死襁褓中的婴儿。坎巧绕，你如此催促着急不可耐，不让赛麦台依安心待在家中，你到底想干什么？你这次出门肯定另有目的，否则为何如此急切，如此疯癫？"

当卡妮凯一针见血揭穿坎巧绕时，坎巧绕歇斯底里为自己鸣不平："卡妮凯大娘，你今天终于讲出了真心话，不论在任何时候、任何地方，在你眼里我都不如古里巧绕，你对我从小就有偏见，我这一生也无法改变命运！我所要去祭拜的是你的丈夫，你为何如此指责和埋怨我？此时我更想念起自己的父亲，我怎能不去祭拜他们，你们不去就拉倒，我自己非去祭拜他们不可！"

坎巧绕十分恼怒，脸色像死人一样蜡黄，大声吼叫，言辞刻薄。当他要离去时，竟然向赛麦台依的坐骑疯狂地抽了一鞭，苏尔阔勇骏马奋蹄而起，勇士古里巧绕也只能紧紧跟随而去。

卡妮凯张望着待在原地，目送着渐渐远去的儿子，她泪流满面、撕心裂肺！

赛麦台依为了维护男子汉说话算数的尊严，未听从母亲卡妮凯的劝说，跟着坎巧绕离开了阿依勒，但心中不免生出几分不安，他心里回想着母亲说过的话语，便向两位巧绕发出指令："我们还是到托鲁果塔什前试一试运气吧。"

他们朝着前方的山梁驰骋，登上托鲁果塔什的山冈。赛麦台依跳下马背，展开双臂牢牢抱住那磨盘大的黑色岩石，想用力抱起，但那岩石在原地一动不动。他顾着面子无法后退，于是，脱下外套顺手抛去，再次弯腰抱住那岩石。此刻，他鼓足勇气，不遗余力，仍未能将岩石抱起，由于用力过猛，他脸色灰白，腰杆好像要折断，一股一股鲜血从鼻孔喷涌而出，但岩石依然横卧在原地。

古里巧绕看出情况不妙，喊着："大哥，我来抱！"他立刻跳下马跑了过去，也反复地使着力气想抱起岩石，岩石仍然未动。

"你们都不行？！"坎巧绕说着大摇大摆走来，根本没有使用双臂，只用单手抓住，那黑色岩石像一个苹果般被抛到了很远的地方。

"大哥，我们的运气来了！岩石被我轻松地抛去，说明我时来运转有好运，这不仅属于我还全属于你，对我个人所降临的红运也归属古里巧绕，快动身吧，英雄好汉们，让我们趁早赶到陵墓！"坎巧绕得意地说完这些，兴冲冲地跨上了坐骑。

赛麦台依不愿挫伤年轻人的自尊也跟随着上路，只是说了一句："让我们快一点去早一点赶回来吧！"

353

当他们扬鞭催马来到陵墓的时候，坎巧绕事前安排的人们驱赶着祭祀用的牲畜，身后扬起滚滚尘土到达陵墓。赛麦台依催促着大伙儿立刻屠宰白色骒马，大家向着玛纳斯的坟墓祈祷默哀，然后挖好土灶，架起大锅，坎巧绕叫人点燃熊熊大火，瞬间煮肉的锅沸腾起来。

赛麦台依来到沸腾的锅前观察，发现肉和汤都变得乌黑，一会儿，眼瞧着锅里的乌汤又不知去向，查看锅底也没有发现有漏洞，忽然大锅也翻扣在了地上。见此，赛麦台依感觉到一种不祥的预兆，便开口喊道："小伙子们，这样的祭祀我们不能继续下去，走吧，我们快回家去！"说着话，赛麦台依全身瘫软，头晕目眩想呕吐，踉跄着起不了身。

就在眨眼的工夫，天空被滚滚尘雾笼罩，从玉其阔绍依的坡下传来震天动地的喧嚣声，那浩浩荡荡的大队人马，正战旗招展地蜂拥而来。

望见千军万马，赛麦台依嘟嘟囔囔着："母亲的预言果真灵验，死亡之神来得如此飞快，你们自己亲眼瞧一瞧。"

坎巧绕明知那是克亚孜的人马，却装模作样地说："如果是前来侵犯的劲敌，让我们把他们斩尽杀绝，可别是那无辜的旅行者，让我先去打探消息吧！"

此时，古里巧绕一语道破："他们离我们已经很近，显然是节迪盖尔的队伍，是克亚孜率兵到这里。小伙子们，快跨上战马准备迎敌！"

古里巧绕匆匆忙忙跑过去牵住了苏尔阔勇骏马，却被阴险的坎巧绕拦住，坎巧绕继续使用阴谋诡计道："卡妮凯和阿依曲莱克不知说了多少话，我们也未听她们的规劝，又何必因大军压来而惊慌失措，我四处巡逻时还未见一点动静，到今日还不足五天，克亚孜竟敢前来挑战，这可是出乎意料的怪事！赛麦台依大哥，今日那托鲁果塔什被我轻松举起，我看自己今日运气不错，面对来犯之敌，我怎能不大开杀戒反而袖手旁观？大哥，请你亲眼看看，今日让我施展风采！让我上阵去斩杀敌人，荣耀将落在你的名下！请你把苏尔阔勇骏马让给我骑，把色尔长矛交给我，把阿克凯勒铁火枪赐给我，把阿恰勒巴热斯神剑配给我，我要去将侵犯的强敌像赶羊群般驱逐出去！今天我还要说说我的心里话，自从幼小的孩童时代，我和古里巧绕在你的呵护下长大成人，但在各种场合大显身手的却只有古里巧绕一人，他赢得了你的信赖和偏爱，我得不到你的信任和赏识，感到遗憾和内疚，今日请给我效劳的机会！"

面对坎巧绕这样倾诉内心的委屈，这样央求纠缠，赛麦台依无法拒绝，感慨地说道："坎巧绕，你也是一条好汉，你也是受尊敬的男子汉，我的坐骑装备都给你，你千万别怯懦，大胆歼敌！"

汗王赛麦台依把自己的坐骑，还有战袍、武器和他的信任都给了黑心肠的叛徒坎巧绕。

坎巧绕跨上苏尔阔勇骏马，配上了色尔长矛、阿克凯勒铁火枪、月牙战斧和阿恰勒巴热斯神剑，向赛麦台依道了一声："大哥，谢谢你！"便春风得意地策马而去。

英雄幻化消失

克亚孜突然命令节迪盖尔的大军沿着斜坡在山梁下扎营待命，此时坎巧绕飞马来到克亚孜面前："我的猎豹克亚孜汗，你是统治百姓的汗王，我把你当作自己的依靠，你如约赶来我十分满意，但是你为何停止前进扎营在这里，你是否依然如故地恪守盟誓的诺言？我已实现了自己的承诺，巧妙地让赛麦台依失去了战马，又让他和古里巧绕失去一切武器装备，变成了徒手的废物！想射击，他没有阿克凯勒铁火枪；想劈砍，他没有月牙战斧；想冲杀，他没有色尔长矛；想逃跑，他没有了快马！"

当坎巧绕说到这里时，克亚孜却这样劝告："我的猛虎，坎巧绕英雄，我虽然带来了众多的军队，但我心中一直是七上八下，赛麦台依是凶猛的英雄，对喀拉柯尔克孜和哈萨克，他可是不可缺少的靠山。因为惧怕英雄赛麦台依，卡勒玛克不敢轻举妄动，不敢侵扰众多的百姓，在赛麦台依的保护之下，百姓正安居乐业地生活！他的父亲玛纳斯是天下的雄狮，如若有谁无理招惹了他，从来不会有好下场！我的确畏惧他们父辈的英灵会惩罚我们。这里的所有将领和兵卒，谁人不把他们敬仰和拥戴，我父亲托勒托依未死在家中，是自己招惹雄狮送了命，也许这都是天意，命中注定他又能奈何！我们还是不要去招惹他了，千万不要匆忙杀人，让我们恭恭敬敬地去和他谈判，谈条件，还是以和为贵，我们依然是同胞。"

当听到克亚孜的这番话，节迪盖尔的人马喧嚣着："好样的英雄克亚孜，你表达了我们大家的心意，赛麦台依曾经歼灭我们的劲敌，我们还是不要去冒犯他！"在场的人们齐声呐喊着，就像祈祷祝福似的，摊开双手高高举起。

恼羞成怒的坎巧绕忍无可忍地破口大骂："克亚孜，你这个家伙，快去死吧！让狗去听你的这些话，除了狗还有谁听你的话！让漆黑的夜听你的话吧，让众多的誓言惩处你！你果然被赛麦台依的威严吓破了狗胆！暴君赛麦台依自始至终践踏着你的尊严，给你带来灾难和伤害，我们切莫畏惧大胆同往，用战刀砍下他的头颅！对已死去的玛纳斯，你却如此地害怕，我这样的英雄眼下就站在你面前，难道你对我不惧怕不担忧？！言而无信的克亚孜，今天如果你不杀死他，我就先杀死你，所以，与我同心合力杀死赛麦台依，才是你唯一的选择。汗王克亚孜，快率领你的军队出发吧，你要充分利用今日时来运转的机会！"

坎巧绕威逼利诱咆哮如雷，锋利的矛枪已逼向克亚孜的胸膛。坎巧绕以巧舌和利剑完成了交易，克亚孜最终成为了他的帮凶。

节迪盖尔的大军倾巢出动，似波涛汹涌势不可当。他们来到玛纳斯墓前，将英雄赛麦台依围困在中间。

和克亚孜一起率领兵马过来的坎巧绕，在赛麦台依的对面勒住马缰，亮出真面目，耀武扬威地向赛麦台依挑战："赛麦台依，我现在告诉你，我和克亚孜是合作者。赛麦台依，我把你当作靠山，却没有得到任何实惠，我暗地里秘密派信使，和克亚孜联系，我假装巡视与他秘密相会结为挚友，订下海誓山盟，承诺在陵墓杀死你，还得感谢你给了我这样的机会。赛麦台依，你是个大傻瓜，母亲的忠告你一句也没有听，你只有落到这应有的下场，瞧你的死期已经到了！眼下的机会都属于我。现在，让我来砍下你的头颅，让我来登上汗王宝座，让我戴上汗王宝冠，让我来实现自己的夙愿！我要瞧瞧你所依靠的古里巧绕究竟有什么能耐！我要娶恰绮凯做我可爱的汗妃，我要将阿依曲莱克送给克亚孜，我要卡妮凯成为奴婢，我非要收拾掉萨热塔孜不可，我要让巴卡依做牧羊奴！如果我做不到这些，我坎巧绕就不算人！"

面对突如其来的哗变，赛麦台依已愤恨到极点，怒不可遏，他面色蜡黄全身震颤，战马武器已经被骗走，他只有赤手空拳迎战。他跨上古里巧绕骑来的阿尔恰托茹的马背，用马鞭指着叛徒坎巧绕的鼻子，痛心疾首地高声诅咒：

"你这个黑心肠的坎巧绕，没想到你从小就包藏祸心，你真是吃里爬外的败类！你惯施阴谋欺骗我们，真让我遗憾无法闭眼！你这个让誓言惩罚的杂种，让母亲卡妮凯的乳汁惩罚你，让众多的诺奥依的食盐惩罚你，让父亲的英魂惩罚你！你这个没有人性的畜生，必将惨死在荒郊野外！"赛麦台依虽然手无寸铁，但丝毫没有退却之意。

气急败坏的坎巧绕凶猛地冲过来，朝着赛麦台依刺出矛枪，当赛麦台依伸手就要抓住枪杆时，坎巧绕却迅速地抽回了矛枪，当坎巧绕从身边疾驰而过时，赛麦台依眼疾手快地猛抽了一鞭，那该死的黑心肠坎巧绕差一点从苏尔阔勇马背翻身落地，赛麦台依要催马追赶，可是胯下的阿尔恰托茹马迟钝地不肯奔跑，赛麦台依顿时后悔莫及："我收养了很多骏马坐骑，像阿尔恰托茹这样的劣马，我却以为是骏马良驹，它怎能与塔依布茹勒相比！我招募了很多英雄壮士，从四处招来许多男子汉，像坎巧绕这样的黑心恶棍，怎能与古里巧绕英雄相比！我的威严是否已经丧失，是否死神已降临到我的头上，看样子这就是我应有的下场！在坎巧绕的鼓动下，我才馈赠了塔依布茹勒，今天又把苏尔阔勇马让给了他！我把所有的武器都交给了他，是我把他装备得无懈可击，是我给他增添了力量，活该，这是我自找倒霉！"

见到赛麦台依的危险处境，古里巧绕万分焦急，不顾个人安危，想拼命保护赛麦台依，但是赤手空拳又是徒步的古里巧绕被众多的兵马团团围住，已经无法向赛麦台依靠拢。

败类坎巧绕心中积满阴险和罪恶，挥舞着长矛再次向赛麦台依发起了疯狂的进攻。

英雄赛麦台依失去了骏马和武器，虽然已没有可战胜对手的条件，但却没有丝毫的退缩和怯懦，高昂着头挺立着，对已经逼近的死神，他根本就不屑一顾！当叛徒的矛枪猖狂刺来时，他高傲的眼睛眨也不眨："你想如何全随你的便，我可不想再见你丑恶的嘴脸，你这丧心病狂的坎巧绕！"他说着向一侧转过了脸。

只听"哐"的一声巨响，英雄的鲜血已浸染了神枪，可惜英雄赛麦台依被他自己的"巧绕"用他父亲玛纳斯传下的色尔长矛戳中，人间悲剧又一次发生。

未等坎巧绕抽出刺入的矛枪，克亚孜冲杀过来，抢起月牙战斧用斧背朝着赛麦台依的后脑勺猛击一斧，可惜烈豹般的赛麦台依轰隆一声倒在地上！

黑心肠的坎巧绕手持玛纳斯的阿恰勒巴热斯神剑要砍下英雄的头颅时，克亚孜拦住了他："住手，不要割下英雄的头颅，切莫让他身首异处，英雄虽然可以杀死，但还要维护他的尊严，我们不要毁坏了他的尊容，也不要摘取他的宝冠，我们还要隆重地埋葬他。"

未等克亚孜说完话，那赛麦台依犹如熔化的铅水一般幻化消失得无影无踪。兵丁们四处寻找也不见其踪影，根本不知道他是死是活！

人们找不到赛麦台依的尸体，也无法掘地埋葬，将士们目瞪口呆心神不定，失魂落魄议论纷纷："英雄赛麦台依究竟秘密地去了什么地方？！"

节迪盖尔的众多人马一拥而上，疯狂围攻手无寸铁的古里巧绕，并将他五花大绑。

古里巧绕耗尽体力，已没有一丝反抗之力，从口鼻中喷出鲜血，毫无知觉瘫软地躺在地上，等待着命运的折磨！

坎巧绕已经杀红了眼，手持着沾染血迹的长矛，又疯狂地冲向古里巧绕，叫嚣着说非要杀了他不可！

此时克亚孜一把抓住了他的马缰，劝道："算了，英雄，快住手，你已铲除了赛麦台依，如今还留下什么遗憾！我们何必要把他杀死！英雄不会伤害无力抵抗的英雄，如果这样惨无人道，冤死的英魂就会来夺取我们的性命，请你答应我的这个恳求吧！"

坎巧绕对克亚孜不满地反唇相讥："克亚孜，你的行为太幼稚！我才不听你的胡言乱语，你展开双臂掩护的，是杀死你父亲的仇人！他铁石心肠，心狠手辣，如果让他活在人间，你最终不会有好结果！"他狂暴地挥动着手中的长矛，叫嚣着向前冲去。

克亚孜又拦住他，苦口相劝："喂，英雄坎巧绕，我已兑现了自己的承诺，你若坚持不听我的恳求，我会为此十分伤心！"

在克亚孜的坚持下，坎巧绕无法砍下古里巧绕的头颅，但为了防备古里巧绕反抗，他们经过商量，下令手下割掉古里巧绕的肩胛软骨。

兵丁扒下古里巧绕的衣服，发现他宽大的肩膀上长着一颗大锅般的黑痣，在厚实的后脊梁上长着一排乌黑浓密的鬃毛，在他的臀部有保护神阿勒曼别特抚摸的标志——五个手指的印迹。他的情况就是如此奇妙，他的肩胛软骨和筋被割剜时，古里巧绕没有疼痛地呐喊，他胸口还残留着一口气，依然微微动弹着眼睫，就这样被抛弃在荒野。

克亚孜总觉得心里不踏实，亲自率领他的将士去寻找赛麦台依的尸体，但别说赛麦台依的尸体，就是连血迹都不见了，无人看见他的任何踪影，他从人间完全幻化消失了！

赛麦台依到底去了何方成了秘密，人们对此惊奇不已，克亚孜心中带着疑惑，掉转马头，和坎巧绕一起向色尔城进发。

萨热塔孜面对这突如其来的灾祸，忧愁和恐惧涌上他心头，遗憾的是，众多的民众都在夏牧场还未下来，他手下没有集结的军队，他无法赶到乡亲们身边召集人马，也躲不过这场灾难。萨热塔孜想来想去，最后下了决心："只要在我的身体入土之前，在我的双腿着地之前，我要用我的老命誓死保护玛纳斯的妻儿老小。"他在危难中鼓起勇气，手中挥动着银色矛枪，驱马冲上阵来。

老英雄萨热塔孜抖擞精神，越战越勇，成排成行地横扫着群寇，连续鏖战了整整十昼夜。

老当益壮的萨热塔孜不让群寇安营扎寨，让来犯之敌寸步难行。他不放过任何可以交锋的悍将，此刻恶棍坎巧绕也难以招架，掉转马头逃向克亚孜所在的方向。萨热塔孜寸步不让紧追不舍，手中的矛枪逼近坎巧绕，当枪尖就要刺中之际，坎巧绕胯下的苏尔阔勇骏马像旷野里的野兔一般非常敏捷地前后左右躲闪，以飞一样的速度把萨热塔孜老英雄甩在后面。

坎巧绕狂奔着逃到克亚孜身边叫苦连天："克亚孜，我实在无法招架，他差一点儿就杀了我，如果不是苏尔阔勇神驹，我可能到不了你身边。要单打独斗，我们谁也不是他的对手，让我们另寻战术来应付他。"

坎巧绕和克亚孜急忙商量，下令兵丁在萨热塔孜要来的道路上挖掘壕沟设下陷坑，巧妙地掩盖好壕沟，坎巧绕手持上了膛的阿克凯勒铁火枪，躲藏在壕沟等待老英雄。

老英雄萨热塔孜怒火满腔，奋不顾身，踏着大道挥鞭催马挺进，一心想把坎巧绕和克亚孜从密密麻麻的兵丁中一个一个揪出来，用利刀短剑惩罚他们。他丝毫未发觉掩盖的壕沟，毫无防备地驰骋着骏马直扑过来，逼近壕沟。就在此时，躲在壕沟里的坎巧绕恶狠狠地射出了罪恶的子弹，萨热塔孜的额头被硕大的子弹击中，从马背上轰隆一声坠落。

坎巧绕设计杀害萨热塔孜，终于达到目的后，将节迪盖尔的克亚孜引向神圣的色尔城。